ハヤカワ・ミステリ文庫
〈HM517-1〉

# 死を弄ぶ少年

ネイサン・オーツ
山田佳世訳

早川書房
*9054*

A FLAW IN THE DESIGN

by

Nathan Oates



Translated by
Kayo Yamada
First published 2024 in Japan by
HAYAKAWA PUBLISHING, INC.
This book is published in Japan by
arrangement with
ICM PARTNERS acting in association with
CURTIS BROWN GROUP LIMITED
through THE ENGLISH AGENCY (JAPAN) LTD.

すべては暗号であり、その暗号のすべてが彼を主題とする。

ウラジーミル・ナボコフ「暗号と象徴」

# 死を弄(もてあそ)ぶ少年

## 登場人物

ギルバート（ギル）…………………大学教授。作家
モリー……………………………………ギルの妻
クロエ……………………………………ギルの娘。15歳
イングリッド……………………………ギルの娘。11歳
マシュー…………………………………ギルの甥。17歳
シャロン…………………………………ギルの姉。マシューの母
ナイルズ…………………………………マシューの父
スージー…………………………………ギルの講義を受ける学生

# 1　二〇一八年一月

今ならまだ、踵を返して出ていける。彼が来なかったことにすればいい。手荷物受取所のそばの柱に取りつけられた液晶画面にフライト情報が表示されており、それによるとニューヨーク発の便は三番ゲートに到着済みだ。じきに乗客が正面のエスカレーターを降りてくるだろう。でも今ならまだ引き返せる。甥に見つかる前に。モリーには適当に言い訳しよう。欠航になったんだ。いや、電話をかけたけど出なくて。変だよな？　まあ明日になれば何かわかるさ、とかなんとか。だが実際はそうもいかない。ギルは甥の後見人だから、すぐに関係者から連絡が来るだろう。彼がひとりで家までやってくるかもしれない。そうなったらもっとまずい。ギルがどれほど彼を恐れ、疎んでいるかを本人に知られることになるから。甥に対してそんな感情を持つのは、よくない。改めるべきだ。しかしギルにはできなかった。

乗客がぱらぱらとエスカレーターをおりてきて、ほとんど人のいないターミナルを足早に横切り、手荷物受取のコンベア付近に陣取りはじめた。もう手遅れだった。マシューはそこにいた。まぶしいほど白いシャツの上に、バーモント州の冬を越すには頼りなさそうな、丈の短い黒のダウンジャケットを着ている。片側に流したヘアスタイル、唇をかすかに歪めたうすら笑い。よく知った表情だった。ギルの喉元に嫌悪感がせりあがった。

長いあいだ会わないうちに変わっているだろうとは思っていたが、これほどとは。やせっぽちの子どもだった彼は、ギルの背丈を数センチ追い越し、百八十センチを超えていた。コートとキャリーバッグを持って歩きにくそうにしている老人をひょいと避けたマシューの顔には、同じことを何度も繰り返しているかのような退屈と苛立ちが表れていた。まるで投資案件を調査しに都会からはるばるやってきた若いビジネスマンだ。

手を振る叔父に気づいて軽く首を傾けたマシューに、ギルは姉のシャロンの面影を見た。亡くなった姉。ギルにこの問題を、息子を残していった姉。

「やあ、よく来たな」とギルは言って両腕を広げた。ところがマシューはその仕草の意味を知らないか、あるいはそれをしている男を知らないかのように、一歩下がった。「飛行機の旅はどうだった？」

「飛行機の旅?」マシューは眉をひそめて自動チェックイン機の真っ暗な画面、レンタカーの無人のカウンター、外のアスファルトを滑る雪、そして黒いマウンテンパーカーを着こみ、ずんぐりしたスノーブーツを履いた間抜けな叔父に目をやった。「別に特別なことはなかったけど。普通すぎて覚えてないくらい」

「そりゃよかった。スーツケースは?」ギルは、微動だにしない灰色のコンベアをむなしく見つめる人々のほうを指さした。

「ない。もう行けます」とマシューは答え、肩にかけたバッグのストラップを引っ張った。

持とうか? と訊くべきだろうか。だがバッグは週末だけ遊びに来たのかと思うほど小さくて軽そうだ。叔父についていくしかないと知っているマシューは、関心なさそうに彼を横目で見た。世間での地位を考慮すれば、自分がこの男の下に置かれるのは明らかに不当なのに、というように。こんなふうに甥を見るのは、ひねくれすぎだろうか。マシューがそっけないのは気まずいせいかもしれない。なにしろ何年も会っていなかった叔父の家で暮らすのだ。引きつった笑顔もそのせいだろう。大人であるギルが率先して動くのを待っているのだ。

「すぐそこの短時間利用の駐車場に車を停めてある」ギルは出入口のほうを向いた。自動ドアのガラスに反射するふたりの姿は——歩道の縁に積まれた雪と通り過ぎる車のヘッドライトのせいで見えにくいが――ニューヨークの一場面を描いた絵画のようだ。タイトル『施しを求めるホームレス（ギル）とうっとうしげな若い銀行マン（マシュー）』。

「ファスナーを閉めたほうがいいんじゃないか。外はかなり寒いぞ」

「死にはしないでしょ」とマシューは言った。自動ドアが開いて凍てつくような風が吹きつけた。

タクシーが横断歩道を通り過ぎるのを待ちながら、ギルはまた姉の面影を発見した。マシューの横顔は姉にそっくりだった。寒さで赤らんだ高い頬骨に、灰色がかった青の瞳。ギルの気に入ろうが気に入らなかろうが、この子はたったひとりの甥、家族の一員なのだ。彼と同じ視点でまわりを見てみなければ。歩道脇に停められた融雪剤の跡がついたSUV、それ以外は一台の車も見当たらない車両乗降場、向かいに停車中の警察車両から細く立ちのぼる排気ガス、ジャケットを突きやぶって入ってくる冷たい突風のなか、やけに明るく感じられる照明。人口が減少した極寒の北部にある小さな空港。彼はこれから知らない人間ばかりのこの土地で暮らす。

確かにギルは再会を台なしにした。でも次はうまくやれる。モリーと娘たちと家族全員で、大変な困難を経験したマシューを快く迎え入れ、安心させてやるのだ。しかし、スバルを駐車した方向を指しながら、ギルは彼がちっとも動揺などしていないことに気づかずにはいられなかった。イライラして不機嫌ではあるが、悲しんでいるふうではない。両親を失って一ヵ月も経たない子どもなら悲嘆に暮れていて当然なのに。

六番街での事故。盗難された配送トラックに突っ込まれ、彼らの乗るスポーツカーはぼぺしゃんこになった。トラックを運転していた人物は現場を去り、地下鉄の駅に逃げこんだ。その瞬間からマシューは孤児になった。といっても、少しのあいだだけのことだ。十七歳の彼は、見た目はすっかり大人とはいえ法的には未成年で、それが今バーモントにいる理由だ。少なくとも夏に十八歳になり、その数週間後に大学生になるまではここにいるだろう。

ギルとモリーと娘ふたりは、葬儀に参列するためニューヨークに飛び、マシューが彼らの庇護を受けられるよう手続きも済ませた。アッパーイーストサイドにあるシャロンたちのアパートメント——十二月のニューヨークらしく、リビングには一見してプロの仕事とわかる、銀色の雪の結晶、繊細なガラスのボール、白く輝くライトなどで装飾された巨大なクリスマスツリーがあった——に宿泊したのだが、驚いたことに彼らが到着したときもそのあとも、マシューは一度も自宅に姿を現さなかった。マシューは友達の家にいます、つらい状況にある今、そのほうがあの子も安心できますから、と顧問弁護士は説明した。

事故のあと、遺言状に従ってギルたちがマシューの後見人になる、と電話で知らせてきたのもこの弁護士だった。夫婦に子どもができる前、まだブルックリンに住んでいたころ、息子の名づけ親になってほしいとシャロンに頼まれた。ふたりはウォール街の近くのトリニティ教会でおこなわれた洗礼式に参列し、激しく泣く赤ん坊を抱いた。しかし、ほぼ絶縁状態になってしまってからは、姉は息子の後見人に、自分と同類の友達のうちの誰かか、引退してスコットランドのエディンバラに住むナイルズの両親でも指名しなおしただろうと思っていた。どうやら予想ははずれたようだった。マシューがある程度大きくなってからは気にしなくなって変更するのを忘れたのか、家族の絆を示すためだったのか、ギルにはわからなかった。後者だとモリーは信じていた。ナイルズとシャロンのようなものすごい資産家が、遺言状を書いてそのままほったらかしておくはずがないというのだ。彼女が正しいとすれば――きっとそうなのだろう――この六年間互いにぎすぎすして苦い思いをしてきたにもかかわらず、シャロンはひとり息子を弟夫婦に託したことになる。

当然、葬儀にはマシューも現れるものとふたりは思っていた。マシューが通う私立学校やナイルズの投資銀行から、大勢が葬儀に参列した。短く刈った髪で禿げかけているのを巧みにごまかしたり、年齢にそぐわない高級な服を身につけたりした、押し出しのいい男たちと、ギルはよそよそしい握手を交わした。彼らは頭をうしろに引いて、ナイルズから聞いた義弟の意外なプロフィールを思い出そうとしているようだった。作家だったっけ？

それとも大学教授か？　メイン州の森の中に住んでたよな？

**バーモント州です**とギルが訂正すると、男たちはどちらも同じだと暗に意味するように、ただうなずいた。ニューヨーク以外の場所で、ビジネス以外のことをするなんて、彼らにとって現実ではないのだ。彼らの妻たちのよく管理された体は怖いほど細く、何度もひきあげられ、注射された顔は、ちゃんとした笑顔を作ることなど二度とできなそうだった。

　長いこと姉の世界を蔑(さげす)んできたが、ひとつには妬(ねた)みのせいだと知っていた。無慈悲な悪魔であることに間違いないが、彼らはうなるほどの資産も、アップタウンの広大なアパートメントも、豪華な別荘も持っている。男たちは天文学や医学のかわりに為替取引と市場操作に精を出す数学の天才で、女たちはＭＢＡ、法学士、医学士、博士号などの学位を持ちながら、働いているのはほんのひと握りだった。彼女たちは自身のキャリアより、力のある夫がもたらしてくれる贅沢を選んだ。そんなものはどれもごめん被(こうむ)るね、ギルは自分に言い聞かせた。もちろん手にする機会があったわけではない。多額の金融取引に数学音痴の小説家はお呼びでなかったから、難を逃れたというわけだ。

　礼拝が始まる前、マシューのクラスメイトの母親だという女性に、彼の居場所を知らないか訊いてみた。

「ああ、今日はマシュー、来られないんじゃないかしら」ナイフみたいにとがった頬骨の女性は答えた。**今日は**。日課のサッカーや演劇の練習の話をしているような言い方だった。

「まだ会えてないんです。彼、大丈夫でしょうか？　葬儀には来ると思ってたんだけどな」なんて情けなく聞こえるんだろう。

「携帯電話の番号、ご存じないんですか？」いぶかしげに女性は聞いた。この〝ヒト〟、まだ進化のかなり初期段階なの？

「もちろん留守番電話にメッセージを残しましたよ」とギルが答えたときには、女性はもう背を向けて、知人をハグするため両手を広げていた。その知人もまた、同じ金の鋳型から作られたような女性だった。

こういう女たちが、マシューをかくまい、ギルとモリーの手から守っているのだ。当然だ。彼女たちのほうがあの子をよく知っている。じつのところ、姉が寄こしたクリスマスカードに書かれていたこと以外に、甥について知っていることは何もなかった。関係が最悪になってからも、ギルは毎年来るカードをきちんと読んでいた。カードを通してだけ、姉の機知に触れることができた。そこには若くて皮肉屋のシャロンがいた。これがなければ、幼いころの姉との記憶は、富豪の妻のイメージに塗りつぶされ、消えてしまっていただろう。

車をバックさせて出し、ブースで料金を支払う。着ぶくれてフードまでかぶった係員に一ドル渡すとき、マシューの視線を感じた。ニューヨークなら十二ドルだか十八ドルだかそのくらいはするのに、これが金が動く仕組みも知らない未開人の住むヒックスヴィルか。

「腹は減ってないか？　モリーがラザニアを作ってるよ」

「はあ」マシューはこれまでに問われた中でいちばんの愚問だとでもいうように、軽く首を振って言った。「ラザニアを嫌いな人っていないからね」

ギルはなんと答えたものかわからず、たった今聞いたのが気の利いたジョークだったかのように、間抜けな笑いを鼻から漏らした。

いつもならバーリントン郊外の裏道を通って帰るのだが、州間高速道路八十九号線のほうが早い。ランプを通り抜けながら、高速を走るトラックや車を見たマシューが両親の死を連想してしまうのではないかと危惧した。しかし彼は、雪と氷にすっかり覆われたショッピングセンターや郊外の集合住宅を見て、嘲笑を浮かべただけだった――違う、きっとふだんからこういう表情なのだ。

「こっちにいても高校を卒業できるんだってな。よかった」ギルは言った。

「ええ、まあ」マシューは窓の外に顔を向けたまま言う。二本の指でガラスに触れると、そのまわりが丸く曇った。

マシューが通うマンハッタンの私立高校、ハーバート校の校長が先週電話をしてきて、教師とのメールのやり取りで残りの学習を修了できる、と説明した。校長は気取ったイギリス訛りで言った。マシューはすべての教科で**ずば抜けて**優秀ですから、悲劇的な状況とはいえ問題ないでしょう。叔父さまがお勧めのエセックス・カレッジでひとつかふたつ講義を受ける方法もあるので、詳細を調べておきます。

マシューが自分から話しだした。「最終学年になってからは学校がおもしろくなくて。倫理学とヨガで苦労してたし、行かなくても損はしません」

「そうか。ならいいけど」

「秋学期にコロンビア大学で講義を受けたんです。だから実質、高校は卒業したようなもんなんだ」

「卒業式にはニューヨークに連れていくよ」ギルは慌てて言った。

マシューは小便だらけの廊下を歩いているかのような、不快そうな顔をした。「いや、遠慮します。必要ないんで」

「だが、きみは――」

「わかってるって、感謝してます。でも、ほんとに大丈夫だから。街を出て、かえってせいせいしてるんだ。あの学校は息苦しい閉鎖病棟みたいだったし」

雪のわだちが伸びる高速道路を見ていたギルは、マシューを横目で見やった。どう見ても誠実そうだ。今の話はほんとうなのかもしれない。ほんとうにニューヨークが嫌いなのかもしれない。彼はただ不幸な若者に過ぎず、ギルが思いこんでいるような甘やかされたろくでなしではないのかもしれない。

「それに、ここはすごく素敵だ」マシューは外の景色を手で示して言った。沈む直前の太陽を背に、山々が濃紺に染まっている。「息苦しいことなんてないでしょ？」

「実際のところを見たら驚くぞ。雪が降ったらわかる。やんだと思ってもまたすぐ降りはじめるんだ」

「ふうん。だとしても叔父さんがなんでニューヨークを離れたかよくわかるよ」マシューはそう言ったものの、目の前にあるのはびしゃびしゃの道路、道路脇の泥混じりの雪、その向こうの裸の木々とでこぼこの雪原だけだ。

「五月になれば、冬のあいだ耐えてよかったと思えるんだが」ギルはほんのり罪悪感を抱いた。マシューは一度もギルたちの家を訪れたことがない。招待しなかったからだ。同じバーモント州でも、ストウやキリントンの、豪華なリゾートホテルとか裕福なニューヨーカーの二軒目か三軒目の大きな別荘なら何度も行ったことがあるようだが。

「でしょうね」とマシューが言うまでに長い間があったので、一瞬ギルはなんの話をしていたか思い出せなかった。**夏だ。美しいバーモントの夏。そうだった。**

もうすぐ家に着く。モリーが、ギルにかわってマシューの相手をしてくれるだろう。これからずっとぎくしゃくした空気が流れつづけるわけでもない。まだ彼は来たばかりだ。時が経つにつれ、きっとやりやすくなる。きっとよくなる。何もかもすぐによくなるはずだ。

# 2

ギルはかけ値なしに自分の家を愛していた。十二年前ニューヨークからやってきて、初めて目にしたときからずっと。草原の一角を占める黒いとんがり屋根の家は、元は農場の家屋で、増築した一階部分からパティオに出られる。都会を出ようとモリーを説得しながら、理想として描いていた家そのものだった。ギルの母親が亡くなって、残された財産で心に重くのしかかっていた大学院時代の学生ローンを完済してもなお、新居の頭金を払うのに十分な額が残った。バーモントの土地は安くないとはいえ、ニューヨークとは比べものにならないことは言うまでもないだろう。屋根の修理をしなければならなかったり、市税の査定額があがったりで、すぐにまた借金を抱えることになったものの、なんとか腰を据えることができた。エセックス・カレッジでいくつか講義を受け持つようになり、数年が経って二冊目の小説を発表したころ非常勤講師の座を手に入れ、ついには終身在職権のある教授になった。ほとんどの人と同様、かつかつの暮らしぶりではあったが、彼らには所有する土地があり、美しい家があった。

もちろん文句を言いたくなる場面もある。夜に猛吹雪の中を運転するとき、家の前の私道が凍結したとき、道に迷ったハンターが丘をくだって敷地に入ってきたとき。でもそれが健全だ。住んでいる場所のすべてを愛さなくてもいい。ギルが知るかぎりたいていの人は、馴染みがあるという点以外に自分の住む土地で好きなところはないようだ。

石塀の入り口から私道に乗り入れると、タイヤの下で凍りついた砂利がパリパリ音を立てた。マシューは木々——ギルの木だ——をうつろな目で眺めている。高速を降りてからずっとこうだ。緊張のせいに違いない。それで無感動な表情にも説明がつく。決して期待はずれだったわけではあるまい。

玄関のドアが開いて、あたたかな黄色の明かりが凍てついた道を照らした。黒のジーンズと丈の長いデニムシャツ姿のモリーが青い石の階段を駆けおり、車のそばまでやってきてマシューを抱きしめた。モリーも、マシューがやって来るのを夫と同じくらい気に病んでいたのだが、ハグをする彼女は上手に不安を隠していた。まるで甥をとてもかわいがっていて、早く世話を焼きたくてたまらないふうだ。イングリッドとクロエは階段の上でもじもじとためらいがちに会釈(えしゃく)している。

ギルとモリーが心から愛する家を、マシューはどう思うだろう？　ギルは毎朝目覚めるたび、立派な家があって、素晴らしい妻がいて、賢くしっかりした娘がふたりいる幸運に感謝する。この世界を愛するがゆえに、それを見る自分の目に偏りがあることには気がついている。彼の目には、さぞ平凡な中流家庭に映るのだろう。ありふれた、悲しいまでの平凡さ。ギルが特大の誇りを持っているものだからなお悲しい。とはいえマシューは十七歳だ。十七歳の少年にとっては、すべてが嘲(あざけ)りの対象では？　自分もそうではなかったか？　それにマシューがこの家を、あたたかく愛にあふれた我が家だと思えるはずがない。荷物のようにただ運ばれてきただけなのだから。

短い茶色の髪を風に乱されたモリーがかわいらしく微笑み、マシューの腕を撫でて言った。「中に入りましょ。寒すぎる」

ドアの脇で待ちかまえていたエルロイが、ゴールデンレトリバーらしい間の抜けた笑顔でマシューに飛びかかった。姉の家では犬を飼ったことがなかったから、彼が驚いて怯(ひる)むものとギルは思った。意外にも彼はすぐに、大喜びする犬のそばに膝をつき、わき腹を撫でてやり頭をもみくちゃにした。エルロイはどさりと倒れこみ、ひっくり返って白い腹を見せた。

胸を刺す愚かな嫉妬を無視しようと努めながら、ギルは身を小さくして彼らの横を通った。おれの犬のくせに！　早々に裏切ったな。

「お腹空いてる？　もうすぐ夕食の準備ができるわ」モリーがブーツを脱ぎながら言った。

「うん、いいにおいがしてますね」マシューは言った。

「でもまずあなたの部屋に案内するわね」モリーはまたマシューの腕に触れた。細やかな気づかいを必要とする、両親を一度に亡くした子に接するやり方で。

　エルロイも含めたみんなが二階のマシューの部屋——元ギルの書斎——に行ってしまったが、イングリッドだけは父親についてきて、アイランド型キッチンにもたれかかった。眼鏡が細い鼻梁をずり落ち、スウェットのフードに髪がのっている。

「さて、ついに来たな」ギルは言った。冷蔵庫を開けてビールを取り出していいだろうかと思案する。酒を欲していたと思われるだろうか？　実際は欲しているどころか、ないとやっていられなかった。だがイングリッドの目がある。

　イングリッドはジーンズの裾を押しこんだ分厚いソックスを難しい顔で見おろしていた。言い方が悪かった。あれでは彼が来ることは問題で、この日をずっと恐れていたみたいだ。たとえほんとうにそうだとしても、あの言い方はよくなかった。十一歳の娘もそう感じただろう。娘はありふれた言いまわしで言うと〝老成した魂〟の持ち主だ。年寄りくさいというより、たんに人より優れた魂を持っているのだとギルは思う。まわりに順応することに長けたイングリッドは、誰とでもなかなかよくなれる。ティーンエイジャーになる直前の女子らしい裏切りを経験して、それなりに傷ついてはいるが、気にしすぎている様子はない。友人関係と同じく、学校の勉強も彼女にはお手のものだった。本人がそう訴えたことはないものの、地元の公立学校では物足りないのでは、とギルは心配していた。神童だとは思わないまでも、娘には守護霊のようなものがついている気がしていた。

「うん、来たね」イングリッドは言った。その口調からは本心を読み取れなかった。読み取るべき本心があったかどうかもわからない。

マシューが一緒に暮らすことになる、とイングリッドには事前に説明してあった。ギルとしては〝滞在する〟という言葉に留めたかったのだが。あくまでも一時的な措置であって、ずっとではない。そんなことがあってはたまらない。けれども、ギルとモリーはその可能性についてイングリッドがどう思うか確かめたかった。彼女の反応はもちろんこうだった。**大丈夫、いとこだもん。家族だよ。**寛大でいい子だ。少々度が過ぎるほどに。マシューが同じ屋根の下にいるのが、ほんとうは怖いのではないだろうか？　怖くないわけがない。この子が父親より勇敢だとしても。あるいはモントークのプールでの出来事を、違う形で記憶している可能性もある。受け入れて、これからの人生を生きていくために。ギルとモリーは娘とよく話し合おうとしたが、しつこくしすぎたのかしまいには、もうその話はやめてと言われた。おそらくそのあと、彼女は感情に蓋をして、闇に葬ったのだろう。

「マシューは学校には行かないんでしょ?」イングリッドはカトラリーの引き出しに指をのせたままそっと押したり引いたりしてからパタンと閉じた。何度も小指を挟んできたにもかかわらず、よちよち歩きのころからやめられない癖だ。

「オンラインで勉強するみたいだ。それかエセックス・カレッジで講義を受けるか。よく知らないが」

「へえ、よかったね」

「たかが数カ月だけどね」とギルは言った。今のも感じが悪かった。まるでマシューがお荷物とか、やっかいごとみたいだ。どちらもそのとおりだけれど。

「悲しんでるかな?」イングリッドが訊いた。「ご両親のこと」

「そりゃそうさ。悲しいはずだ」

カチカチと爪が床に当たる音とともにエルロイが階段を駆けおりてきて、そのあとにモリー、マシュー、クロエと続いた。

「洗濯室は地下なんだけど」モリーが説明する。「汚れものはバスルームの洗濯かごに入れておいて。うちの子たちはそうしてる」

「あ、いいえ」みんなでキッチンにやってくるとマシューは言った。「洗濯は自分でやります。母はいつも代行サービスに頼んでたけど。そろそろ僕も生きるための知恵を身につけなきゃ」

エルロイが軽く飛びあがってマシューの手を鼻でつつき、彼の脚にもたれかかった。すっかり恋に落ちたようだ。

「そう。じゃ、あとで洗濯機の使い方を教えるわ」

「お願いします」とマシューは言った。

つかの間、沈黙が訪れた。エルロイが満足げにうなった。

「腹は減ってないか？」ギルは訊いた。

「ええ。昼ご飯を食べ損ねたから」マシューは黒のジャケットをとうに脱いでいた。ぱりっとした白シャツにグレーのウールパンツというかっちりした服装で、ダークブルー地に星のような白い模様のソックスまで上品だ。それに比べてギルは、ぶかぶかのカーキ色のズボンに分厚いセーターを腕まくりして、なんとも野暮ったい。

「ラザニアを作ったの」モリーはオーブンに近づき、カウンターから鍋つかみを取った。

「好きだといいけど。ベジタリアンじゃないわよね？」

「ヴィーガンなんです、じつは」という答えを聞いて、モリーが驚いて振り返ると、マシューは首を振った。「ごめん、冗談。そんな面倒なことは言いません」

「ヴィーガンの友達がふたりいるよ」と上の娘クロエが言った。キッチンの入り口あたりで隠れるようにしている。十五歳のクロエはマシューと二歳しか違わないのに、ずいぶん幼く見えた。純粋で世間知らずな娘。少し赤みがかった茶色の髪は豊かで、ウェーブがかかっている。妹のそれとよく似たその髪を、今は高い位置でポニーテールにしていた。明るいグリーンのセーターにレギンス、妹とおそろいのもこもこの毛糸のソックスを履いている。「ダイエットのためだと思うけど」

「それ以外に納得のできる理由はないよ」マシューは言った。

クロエは頬を赤くして、倒れそうなのを支えるようにドア枠にしがみついた。クロエも緊張しているようだ。しかし彼女がイングリッドと違うのは、自分を悩ませるものに真っ向からぶつかり、善良さとエネルギーでもってそれを変えてしまおうとするところだった。今表れている媚びるような笑みはそのせいであってほしい。おれが何か言わなくては。場の緊張をほぐすようなことを。でもギルには何を言えばいいのかわからなかった。

「席についていてくれる？」モリーがオーブンからラザニアを取り出しながら言った。「粗熱が取れるまで置いておくから、サラダを先に食べましょ」

テーブルにはパーティーのように、ランチョンマットとテーブルナプキンが並べられていた。ギルの皿の横に栓の開いたワインがある。マシューにもすすめるべきだろうか？まだ十七歳だが彼が酒を飲まないわけがない。とはいえここはギルの家だ。イングリッドとクロエもおかしいと思うだろう。

モリーがサラダを運んできてから数秒間、空気がぴんと張りつめた。木製のトングがボウルをこする音、皿にフォークがぶつかる音、イングリッドが水を飲むグラスの中で氷が動く音。

「それで」ギルが口を開いた。「結局、どこの大学を受けるんだ？」

そう言った直後に、間違ったことを言ってしまった気がした。**いつ出ていくつもりだ？ おれたちは元の生活にいつ戻れる？** と訊いたも同然だ。

マシューは、無礼な質問に答えあぐねているように、目を細めてサラダを見つめた。

「イェール大学に出願しました。両親にそう言われたから。ほかにもブラウンとかプリンストンとか、ハーバート校がすすめる大学に出願しないといけなかったんだけど、そのうちのいくつかは締め切りに間に合いませんでした。理由はわかるでしょ」

彼の軽い口調と責めるような物言い——大事な時期にあんなことになるなんて、うちの両親どうかしてるよね？——に、頭がくらくらした。

「ここでエセックス・カレッジに通うのもいいかもって考えてます」わざわざ言うまでもない当然の選択肢のようにマシューは言い添えた。

マシューが食べはじめると、モリーが知ってて黙ってたの？ と言いたげな、驚きと非難の目でギルを見た。だがマシューがここに残ることを望んだとして何がおかしい？　イェールとエセックス・カレッジには明らかな違いがあるにしろ。何が違うって？　エセックス・カレッジのクラスメイトは、イェールのクラスメイトほど裕福ではないかもしれない。お上品な全寮制の学校に行っていた子は少ないかもしれない。卒業後、親の会社で副社長の座が約束されている子は少ないかもしれない。それでもマシューは〝最高峰の〟大学と同等の学びをエセックス・カレッジでも得られるはずだ。それがギルの信念ではなかったか？　結局トップの大学は、企業や実績ある工場の研究施設なのだ。マシューにはすでに太いコネクションと、富豪の人生を何度か送れるほどの資金がある。もしかすると彼はそういうもののすべてを手放して、〝本物〟と思える何かを手にしたいのかも。

「そうだな、とりあえず自分に合うか試してみる機会はある」ギルは言った。「高校の校長先生が、今学期の授業をいくつか受けたらどうかと言ってたよ」

「なんの授業？」とクロエが訊いた。席についてからだんまりだった娘たちから出た、最初のひとことだった。子どもが突然大人の会話に口を挟んだときのような、ぎこちない沈黙が流れた。

「あー、まだわからないんだ、まずは許可をもらわないと」マシューが答えた。

ギルが何か言って会話を続ければよかったのに、そうしなかったので、静けさがテーブル中に広がった。

「クロエ」モリーが助け舟を出した。「パパに今日のディベート部の話、してあげたら？」

それからしばらくは日常が戻った。クロエは父親にディベートで勝利したこと、習ったばかりの戦略のことなどを興奮気味に話した。向かいのマシューは自分が注目の的でなくなってほっとしたのか、力を抜いて背もたれに体を預けていた。クロエはバス通学について肯定側の議論のポイントをひとつひとつ説明した。マシューが皿の上に身を乗り出してあごをこする。それから首をひとつ振ると、フォークを手に取ってサラダをすくった。ギルがいくら注意深く観察しても、記憶の中の少年と似たところは見つからなかった。これから一緒に暮らさなければならないのをあれほど恐れていた子どもとは別人だ。もう少しで彼の人生を破滅させるところだった子ども、シャロンとの仲を完全に引き裂いて、ギルからひとつめの家族を永遠に奪った子どもとは。

夕飯のあと、マシューは疲れたと言って部屋に戻った。当然、自分の時間も必要なのだろう。その時間に友達にメッセージを送るのか、インスタグラムとかスナップチャットのたぐいに投稿するのかは知らないが、子どもとはそういうことをするもので、マシューは子どもだ。洗練された都会っ子とはいえ、子どもには違いない。

食器を洗うギルを、モリーが手伝いに来た。夫が落ち着かない様子なのに気づいた彼女は、クロエと親友のリリーとの喧嘩の詳細を話して聞かせた。リリーは父親が出ていってから荒れているらしい。そこまでは理解できるものの、彼女のストレスへの対処方法は、どうやら友達に当たり散らすことのようなのだ。ギルは娘たちへのアドバイスを、基本的に妻にまかせている。彼に考えつくやり方といえば、クソくらえと言って相手と縁を切ることくらいだからだ。娘たちがよほどの人嫌いでないかぎり、適切なアドバイスとはいえない。幸い、ふたりに父親の人嫌いの性質は遺伝しなかった。

夫婦が寝室にあがったとき、マシューの部屋の灯りは消えているようだった。だが、携帯電話を片手にまだ起きているかもしれない。どちらにしても、抑えていたものをどこかで発散させないことには、ぐっすり眠れないはずだ。眼鏡をかけたモリーが、先にベッドに入っていたギルの隣で横になり、身を乗り出して彼の額にキスをした。「来たわね」

「そうだな」妻は今の彼に何が必要かわかっている。

「八カ月って何日だろう？」モリーはそう言って眼鏡をはずし、目をこすった。マシューを歓迎するふりをするのに疲れたのだろう。

葬儀のあと、弁護士から電話があり——あれからまだ二、三週間しか経っていないなんて信じられない――マシューが後見人であるギルたちの家で暮らせるよう準備をしてくれと言われた。ギルが返事をする前に、少年にかかるあらゆる費用を補うために、後見人には月々の養育費が支給される、と弁護士はつけ足した。シャロンとナイルズは、息子が慣れ親しんだライフスタイルを維持できる程度の金額を約束していた。マシューが家にいるあいだは月々一万ドル、大学に行ってから二十一歳になるまでは月々千ドル。こんなに高額な養育費はまずないですよ、シャロンとナイルズの感謝の表れだと思ってください、と弁護士は言った。

**ひと月に一万ドル。**八カ月間。食べ物と衣服、金がかかるのはそれくらいではないか？ ギルたちはこれまで毎月の支払いをかろうじて滞(とどこお)りなくおこなってきたものの、負債は一生なくならないかに見えた。娘たちが大学生になったらなおさらだ。だがもう心配はいらない。全部白紙になる。五百ドルを入金してそのままになっている、子どもたちの大学進学のための積立金にも増資できるかもしれない。マシューを引き取るだけで、ある意味では自由になれるのだ。

ところが金より重要な問題がある。甥が異常者だったら？ 過去の彼の姿からすると、十分にありうる話だった。娘たちはどう思う？ 家にいて安全だと感じられるだろうか？ 自分たちの安心と幸せより金を選んだと、両親に腹を立てるだろうか？

一週間にわたってモリーと話し合ったあと、弁護士に相談するため電話をした。ギルは心配事をとつとつと話したが、それが終わるやいなや、弁護士は彼を攻撃しにかかった。

もちろんマシューの世話を強要しているわけではありません。とはいえシャロンとナイルズがそれを望んでいたのは確かです。あなたはシャロンの弟で、ただひとり残された家族じゃありませんか。そのうえマシューの名づけ親でしょ、違いました？　後見人になることに同意しましたよね？　確かにそのとおりだった。だが同意したのは甥が赤ん坊だった十七年も前の話だ。姉は控えとして誰かを指名してなかったですか？　弁護士の失望がしばしの沈黙を通して伝わってきた。はい、もしもの場合にそなえてナイルズのご両親を。ですがご両親はスコットランドにお住まいで、七十代も後半のご高齢です。マシューのお祖父さまは健康状態が思わしくなく、近いうちに心臓の手術をするそうです。おふたりとも葬儀にいらっしゃっていなかったの、ご存じですね？　でももしほんとうにあなたがお姉さまのご遺志を尊重できないとおっしゃるなら、万が一そうなら、別の方法を探ることもできなくはないですけど。

それからもうひと晩思い悩み、ギルとモリーは結論を出した。マシューを受け入れよう。もし事故にあったのがシャロンじゃなく、おれたちだったら？　唯一の年代が近い家族であるシャロンに、娘たちを託したいはずだよな？　マシューを拒否したら、おれたちは偽善者ってことにならないか？　翌日、弁護士に電話した。わかりました、うちで彼を引き取ります。弁護士は言った。責任を果たされるんですね、よかった。のちほど秘書に、マシューが乗る飛行機の情報と、養育費振込のための書類を送らせます。

「少なくとも、以前の彼とは全然違うみたい」モリーは枕をひっくり返して頭をのせた。

「モントークで会ったときとはって意味だけど」

「そうだな、うん」妻の言うとおりだった。恵まれた身分であることは隠せないものの、マシューは静かに行儀よくしている。しかし、過去のあのマシューがどこかにひそんでいるはずだ。そうだよな？

「感情もよくコントロールしているようだし」モリーが言った。

「え、ああ、まあな。ただ、もっとこう、悲しむというか、悲嘆に暮れてるんじゃないかと思ってた。なんていうか、不安だったり途方に暮れてたりするんじゃないかと。だって両親がふたりともだ。なのに――」

「マシューはまだティーンエイジャーだし、両親を亡くしてるし、わたしたちの知るかぎり問題児だし、きっと動揺もしてる。でも正直に言うとね、ギル、わたしの関心はわたしたち家族にあるの。あなたとわたしと娘たちで、八月まで乗り切ることに。それが目標。でしょ？」

「きみの言うとおりだ。おれたちならできるさ、大丈夫」

モリーはまた身を乗り出して夫の頬にキスをすると、背を向けて読書を始めた。ギルも来週の教材にする小説を開いて眺めるものの、文章が頭に入ってこない。気づけば廊下のすぐ先にいる少年のことを考えていた。どんな小さな音でもいいから何か聞こえはしないかと耳を澄ます。咳とかドアが閉まる音とか。だが静まりかえった家の中で聞こえるのは、モリーがページを繰る音だけだった。

# 3

明け方目が覚めて最初に頭に浮かんだのは、娘たちの様子を見にいかなければ、ということだった。自分がのん気に寝ているあいだにふたりが死んでしまったのではないかとパニックに襲われる、娘たちが赤ん坊だったころの懐かしい感覚。でももちろん昔と同じように、ふたりとも無事だった。イングリッドはシーツにくるまっていたし、クロエの部屋のドアを細く開けてのぞいてみると、布団の向こうに熟睡中の顔があった。廊下の端のマシューの部屋のドアは開いていた。ベッドの下に押しこまれたバッグ、整えられたシーツ、ベッド脇のテーブルに置かれた水の入ったグラス。寝起きで頭がぼうっとしていたギルは、つかの間の安堵感に包まれた。マシューが突然理由もなくこの家を出ていき、思いがけずこんなにも早くギルたちは解放された、という愚かな夢を一瞬見たのだった。

キッチンにもリビングにもマシューはいなかった。七時半を少しまわった今、黒い森のシルエットの上に差す薄明かりは光の粉のようだ。ギルはコーヒーメーカーのスタートボタンを押した。さて、まずはひと晩無事に生きのびた。ところでエルロイはどこだ？　いつもは夫婦の寝室にある犬用のベッドで寝て、いちばんに起きた人間とともに起き出すのに。

「エルロイ」と小声で呼び、低く口笛を吹いてみたが、階段をおりるときのカチカチという爪の音も、角を曲がるときにドアにしっぽが当たる音もしない。

マシューの靴とジャケットが、昨夜置いてあったところからなくなっている。玄関の収納スペースのフックを見ると、犬のリードもなかった。マシューはエルロイを散歩に連れ出したのか。約四万平方メートルの土地を所有していて、そのほぼすべてがなだらかな丘に広がる森だと、夕食のあとマシューに話した。よければ明日案内する、とも。森には坂道をのぼり池をぐるりとまわってくだる、ギルが切り開いたトレイルがある。

ブーツに足を突っ込むと、家の裏のテラスに出た。夜のうちに北極からの寒波が到来していた。ゆるい靴紐の隙間から冷気が忍びこんでくる。マシューは庭の端、森との境目あたりにいた。エルロイはリードの先で地面を嗅ぎまわっている。寒さに肩をすくめながら――帽子をかぶらないからだ――マシューは体の向きを変えた。電話をしている。彼は怒ったように片手を振りあげると、それを拳にして胸に置いた。ギルが口笛を吹くと、エルロイの耳が持ちあがった。マシューがこちらを見た。

もしれない。

「犬を放していいぞ」ギルは大声で言ってから、しまったと思った。モリーを起こしたか

「エルロイ、おいで」ギルが太ももを叩いて言うと、マシューはようやく理解したようだった。エルロイはいったん静止したあと、黒い鼻を上げて、風を切るように雪の上を駆けてきた。毛がさわさわと波立っている。凍りついたテラスまでやってくるとスピードを落とし、ギルの脚にまとわりついた。

マシューはまた森のほうを向いていた。ギルはエルロイを家の中に入れて拭いてやってから、ノートを持ってキッチンカウンターの椅子に腰かけた。考え、思いつき、感じたことなどをメモしておくノートだ。こういったがらくたのようなメモが書き物をするうえで大切なのだと、常々学生に話している。いくらそれが真実とはいえ、最近の彼の文筆家らしい活動といえばこのノートだけだった。それでも何もないよりましだ。ざっと目を通してから――悪くない直喩を見つけたが、本質的な部分を半分は欠いたようなわけのわからない文章もあった――新しいページを開き、疑念にやる気をそがれる前に書きはじめた。ときどきノートから顔をあげて、暗い森を背景に行ったり来たりしているマシューの影に目をやる。そのつもりはなかったのだが、いつの間にか彼を空港で出迎えた日のことを書いていた。沸騰したコーヒーがぽこぽこ音を立てはじめたとき、階上でモリーの足音がし

た。

「おはよう。大声さん」目をこすりながらモリーがキッチンに来た。パジャマのズボンにTシャツを着ている。寒さのせいか、着古してぺらぺらになった黄色のコットン地に押さえつけられた乳首が目立つ。

「すまない、エルロイが――」ギルはモリーの脚にもたれる犬を手で示した。ノートを閉じて、妻にコーヒーを淹れてやる。

「ありがと」モリーは身震いするとマグカップを両手で包んだ。

「スウェットを取ってくるよ」と言って、ギルはまだマシューが庭にいるのを確かめた。木々の上に青と黄色のグラデーションが広がり、庭が白く輝きはじめていた。

「暖炉に火をおこしてくれる?」胸の前で腕を組んだモリーが言った。同じことを考えたのだろうか。マシューが戻ってきたら胸を見られてしまうから何か上に服を着ないと……と。でもここは彼女の家だ。マシューは家族だし、一応は子どもだ。しかし同時に、彼は他人で、見た目は完全に大人の男だった。

「そうしよう」ギルはまず玄関のそばのハンガーから自分と妻のスウェットを取ってきた。

昨夜の灰をかき出して新しい薪を入れ、着火剤に点火する。引っ越してきたばかりのころ、これから学ぶべきことがたくさんあるとわくわくしたものだが、できるようになってもっとも満足感が高かったのが、暖炉で高温の火をおこすやり方だった。庭の手入れをしたときでも、家や配管の修理をしたときでも、森に道を作ったときでもなく、火おこしをマスターしたときに、バーモントに居場所を手に入れたと実感できた。

大きな薪が燃えはじめたころ、マシューが家に入ってきて、モリーからコーヒーをもらい、暖炉の前に座った。

ギルはパンケーキ作りに集中しようとした。誰と電話していたのか訊きたかったが、自分には関係のないことだ。だけど寒いのにわざわざ外に出てまで？　なぜ家の中で話さない？　隠したいことでもあるのか？　ださい田舎者のいとこの悪口を言っていた？　それにしても冬休みの朝七時に起きているティーンエイジャーなんているのか？

朝食の準備が終わるころ、娘たちが起きてきた。クロエはマシューの向かいのソファに座り、イングリッドはそのうしろのカウンターのスツールに腰かけた。クロエがテレビのニュース番組をつけた。いつもはモリーとギルも、子どもたちと一緒にニュースを見る。見たあとはますますいろんなことに対する不安が増すのだが。週末の朝のニュース番組を習慣にしたのはクロエだった。夕食のときにPBSニュースアワーをつけておいていいかと訊かれることもよくある。彼女は博識で、政治に熱中していた。先の大統領選挙のあとも、モリーとふたりでワシントンDCに行き、ピンクの猫耳つき帽子をかぶってウィメンズマーチに参加した。学生自治会にも立候補し、エリザベス・ウォーレンの選挙活動のボランティアまで始めた。両親の興味のある事柄を受け入れ、自分のものにしたのだ。一見政治に熱心な父親が、じつは真剣に問題に関わったことがない偽物だと気がつくのも時間の問題だ。実際に抗議運動に参加したことはなく、参加するといえばフェイスブックのグループのみ、安全な自宅のリビングで御託を並べているだけなのだから。

テレビ画面に、たるんだ二重あごと何かに憑りつかれて正気を失ったような目をした、見るだけで不快になる上院議員の男が現れると、クロエが言った。「げー、こいつだけはやめてよ」

マシューが何か言ってクロエが座りなおしたのを見て、熱いフライパンの上で計量カップを静止させたまま、ギルは聞き耳を立てた。溶けたバターの中にドロッと生地が垂れ、大きな音を立てはじめる。

「冗談だよね?」クロエの声がした。

そこでモリーが皿を洗いはじめたので、ソファの会話はまったく聞こえなくなった。口論か議論をしているのか、ふざけあっているのか。テーブルにつくようギルが声をかけたときも、ふたりはまだ話していた。クロエがテレビを消音にしたので、パクパクと口を動かしつづける頭ふたつが朝食の背景になった。

「残念だけど、ジョークじゃ済まない。ああいう法律は人の命に関わってくるの。法はただの概念じゃないんだよ」

「概念なんだって」クロエの隣の椅子を引きながら言ったマシューは、完全にリラックスしていた。このテーブルにこの家族と座るのは悪夢でも災難でもなく、日常であるかのように。ほんとうは悪夢で災難だと思っていたとしても、外から見るかぎりわからなかった。「あの男たちにとってはね」マシューはテレビを指さす。「法律は現実に施行されるわけだけど、あいつらにとっては概念にすぎない。しかもやつら自身の概念ですらない。きみが大嫌いな政治家たちはみんな取るに足らない人間だ。ただ次々聞かされる概念を、概念とすらとらえないで、金融取引として考えてるんじゃない？　結局はそういうことなんだよ、金がどこかから別の場所へ移動するだけなんだ」

「ニューヨーカーらしいご意見ね」パンケーキにメープルシロップをかけながらクロエが言った。「概念だって現実だよ。現実に適用されるんだもん。性的マイノリティ、女性、黒人社会、直接影響を受けるのはそういうグループ。ポストモダンの混乱のせいじゃない、特権のある白人男性がどう思いたくてもね」

心配を通り越して、娘を誇りに思う気持ちがあふれた。娘はおれよりずっと雄弁で、ティーンエイジャーのころのおれと比べるとはるかに先を行っている。この子にできないことはない。親としておれたちがいい仕事をした証だ。したことといえば、この子が生まれもった能力の邪魔をしないことだけで、その能力も母親から受け継いだものだけれど。

「でも、すべてがただの取引だって真実を積極的に利用するのが金持ちの白人男性だなんて皮肉だよね」マシューが眉をあげて言った。「その真実のせいで失うものなんて何もないみたいにさ」おそらく笑える自虐のつもりで言ったのだろうが、彼こそが金持ちの白人男性だという事実は笑えなかった。

「あの人たちは一度女性として生きてみるか、一年間貧困を味わってみるといいのよ。そうしたらその取引とやらがどれほど重大な意味を持つかわかるんじゃない?」クロエはパンケーキを切りながら言った。

今日の午後は大学に行く予定だとギルが言うと、マシューが一緒に行ってもいいかと尋ねた。きっと家から逃れる時間が欲しいのだ。

携帯電話をいじっていたクロエが顔をあげた。「わたしも行っていい?」

「街に?」それが突拍子もない願いであるかのようにギルは訊き返した。

モリーはどう思うだろうと振り返ってみたが、皿洗いをしていて反応がない。困ったことになった。娘をマシューに近づけたくないのだと気づかれずに、だめだと言う方法はないだろうか？　彼がここで過ごす一日目にふたりで街に行くなんて、だめに決まっている。何も起こらないとは思うものの、不安が腹の中で渦巻く。大学に行くなんて言わずにこっそり家を出ればよかった。ギルが答える前に、マシューが言った。「ああ、いいね。きみがいたら大きな街で迷わないし」

イングリッドは朝食のときと同じく、ひとことも発さずに一部始終をじっと見ていた。少なくとも、イングリッドも一緒に行くかと誘わなくてもいい正当な理由ならある。今日は乗馬のレッスンがあるのだ。馬場にいると凍りつきそうな冬でも、週に一度、馬に乗りにいく。危険だし金がかかる乗馬は、ギルが娘にすすめたいスポーツではなかった。あの動物たちの近くにいて、心が休まったためしがない。やつらは身体的に人間より優れていることを自覚しすぎている。イングリッドによると、馬は、ギルが自分たちを信じていないのがわかるから、緊張してしまうのだそうだ。ギルは冗談でこう返した。だってここは人間の世界なんだから、馬のほうがこっちに合わせてくれないと。だが実際は、馬と一緒に一歩でも囲いに足を踏み入れたら、そこはもう人間の世界ではない。ありえない姿をした、人間を一瞬で殺すことのできる巨大な生き物の世界だ。とはいえ普通、馬は人を殺さない。殺すとしてもごく稀だ。でも殺せるという事実は、人も馬もよく知っている。

朝食のあと、ギルたちはそれぞれ上着を着て、ブーツを履いて――マシューはセーターに寒そうなジャケットを羽織るだけでいいと言い張った。娘たちがそんな格好で出歩くと言ったら絶対に許さない——冷えきったスバルに乗りこんだ。

「それで、クロエ、どこでおまえたちを降ろそうか？」エンジンをアイドリングさせ、バックミラーを見ながらギルは訊いた。

「チャーチ通りは？」クロエが言う。

「きみが決めて」マシューがクロエの顔を見た。バックミラーの中のクロエが頬を染めて窓のほうを向いた。

「街でマウンテンパーカーを探してみたらどうだ？」ギルは提案した。

「えぇー、パパ、冗談でしょ？　マシューのジャケットはすっごくいいやつなのよ」前の座席のあいだにクロエが顔を出した。

「わかってる、そりゃいいやつだろうけど、寒いのは嫌だろ」

「パパ」クロエの声が高くなる。「モンクレールだよ？」

「わかったわかった」知らないブランド名だ。「きみの好きなようにしてくれ、マシュー」

「ん」マシューはそっけなくうなずき、あごをジャケットの襟の中にすっぽり入れた。

ギルはラジオを公共放送に合わせた。作家のインタビューをやっていた。この作家には会ったことがある。数年前に学会で彼女とパネルディスカッションをおこなった。数年といってももう十二年前になる。車内にいるのがクロエだけだったらその話を始めるところだが、マシューもいるので黙っておいた。自慢に聞こえるかもしれないし、こんな僻地で暮らしているくせに大物作家アピールをしていると思われるかもしれない。大物ではないのは明らかなのに。

それからバーリントンに着くまで誰もしゃべらなかった。沈黙をマシューはどう思っている？　たんに話題がない？　それとも自分のせいでギルたちが自然に振るまえていないと受け取っただろうか？　最終的にドーセット通りに出るコリンズ通りは、どこまでも続く凹凸だらけの雪原をくねくねと走る。灰色の木々越しに見える雪原は、ときおり煙がゆらゆらと立ちのぼる家が現れる以外は自然そのものだ。

街の一角が見えてきたときにはほっとした。ギルは街に入る手前の、バーモント大学敷地内の静かな灰色の湖面を指さした。マシューが何ひとつ見逃したくないというように、身を乗り出した。チャーチ通りの端に車を停めた。近くのベンチで、おそらくホームレスであろう汚らしい上着とぼろぼろのブーツの男ふたり——バーリントン中心部ではホームレスとそうでない人の境界が曖昧だ——が、両手を振りまわし、伸び放題のひげに隠れた口から白い息を吐き出して、何やら言い争っている。マシューはまったく気にならないようだ。見慣れているのだろう。さすがニューヨーク出身だ。

「仕事が終わったらメッセージする。それか、おまえたちの用が済んだら連絡してくれ」

マシューが降りた側から降りようと移動しているクロエに、ギルは言った。

「うん、わかった」クロエが勢いよくドアを閉めて、車体が揺れた。

ギルは駐車スペースに立ち尽くして、ふたりが道路脇に集められた雪を越えて、赤レンガ敷きのショッピングエリアに入っていくのを見送った。兄と妹にも見えるが、クロエがあまりにマシューの近くを歩くのでカップルにも見えた。

やめなければ、マシューを悪者と決めつけるのは。クロエなら大丈夫。人目のあるショッピングエリアだし何も起こるはずない。マシューはおれたちを傷つけるためにここに来たんじゃない、両親が死んだからここに来たんだ。それに今までのところ常にきちんとしていて感じのいい少年じゃないか。

ギルのバーモント州での理想の暮らしに、家はぴったりと当てはまってくれたものの、エセックス・カレッジは理想的なニューイングランド地方の大学とはとてもいえなかった。キャンパスの中心にある湖のまわりにやたらと大きい赤レンガの建物が三棟あるほかは、六〇から七〇年代にかけて建てられた、コロニアル様式やブルータリズムのお粗末な模造品――バーモントの冬をいくつも越えるうちに錆びて傷んだ、無骨な四角い建造物――の寄せ集めだった。ギルのオフィスは、納屋を改築したか、かつて納屋があったところに建っているかでオールド・バーンと呼ばれる、比較的惨めではない建物にあった。学部の駐車場にはまだ車が一台もなく、冷え冷えした淡い黄色の廊下にも誰もいなかった。節約のために暖房は切られている。財政危機は、この大学が創立以来ずっと抱えている問題だ。

結局、今朝会う約束をしていた学生スージーに会うまで、誰にも会わなかった。スージーはすでにギルの講義を三つ履修済みで、創作を教えるのはギルだけだから、これからも多くの講義を受講するはずだ。彼女は先学期の学生の中でももっとも優れた書き手だった。それどころかここ数年間でいちばんだ。その彼女が先学期の作品を書きなおしたので見てほしいとメールで連絡してきた。そういう依頼はたいてい断るのだが、彼女はお気に入りの学生だ。ギルは本を読んでいる彼女に近づき、その表紙を見るため首を傾けた。アリス・マンローの『公然の秘密』。

スージーが本を閉じて顔をあげると、ギルの中で黒い気持ちがふくらみ、うごめいた。これは間違いだ。深刻かつ予見されたエラーだ。おれはいったい何をしてるんだ？　鍵を手に持って。肩にバッグをかけて。話をしようとしている。創作について。推薦状について。重要ではないおしゃべりに甘んじようとしている。姉が死んで、もういないこの世界で。姉の体は車の中で押しつぶされた。車の残骸から引きずり出され、救急車で病院に運ばれ、死を宣告された。燃やされて、ざらざらした重い灰になった。何年も姉とろくに話もしていなかったという事実が、ギルにとって悲劇をさらに受け入れがたいものにしていた。娘たちの誕生日にメッセージを数通やり取りし、十二月には姉からクリスマスカードが来たものの、彼は姉を捨てたも同然だった。数年間、会うことも、ハグをすることも、そのほかの形で愛情を表現することもなかった。そうなった原因は彼にある。彼が姉を遠ざけ、姉は死んだ。遠ざけたから死んでしまったわけではないにしろ、ふたつの事実は関係しているように思われた。もしギルがこんなふうでなかったら、もっといい弟だったら、もっと寛容だったら、もっと素直だったら、何か違っていたかもしれない。ひょっとして姉はまだ生きていたかもしれない。くだらない考えだと、自分でもわかっているけれど。

壁にもたれかかって泣きたかった。穴にもぐり込んで、光から顔を背けたかった。でも、だめだ。姉のいない世界でやるべき仕事をやる、それが唯一の道だ。この物語もあの物語も重要だし、自分のクラスの学生がどこの大学院に出願するのかにも興味津々だ、というふりをするよりほかないのだ。人生からは逃れられないから。

「スージー」鍵をガチャガチャいわせながら――手が震えて金属がドアの木目に傷をつけた――ギルは訊いた。「冬休みはどうだった？」

# 4

最初の二、三日はとまどいも多かったが、しばらくすると、日々のルーティンに戻ることができた。子どもたちの学校が始まる月曜から、ギルは早起きして朝食を作り、車で送っていった。車の中で、今後の試験や放課後のスケジュール――ディベート部、乗馬、クロエが受ける予定の春のミュージカルのオーディション――などの話をした。息苦しさからのちょっとした解放だった。マシューがいない安全な車内で、悲劇の影がかからない場所で、元の自分の姿に戻る時間。学期が始まって二日目、マシューが来て五日目の朝、ギルは娘たちに、マシューが来てからどんな感じか訊いてみた。

「彼、元気そうだよね。ああいうことがあったばかりにしては」イングリッドがうしろの席で言った。

「うん」クロエも言う。「ていうか、思ってたのとだいぶ違う。もっと嫌なやつを想像してたけど、けっこうおとなしいよね」

た。

「悲しいに決まってる。パパとママが亡くなったんだもん」イングリッドの声は震えていた。

「おとなしいのはまだ悲しんでるからじゃないかな」クロエが言う。

「そうだな。パパもそう思ってたよ」

チーズファクトリー通りの合流点で速度を落とすと、ギルはバックミラーに目をやった。イングリッドの目に涙があふれている。マシューはこの美しく心やさしい少女を傷つけようとしたのだ。彼のために涙を流すこの子を。

「ああ、ひどい事故だった」ギルは言った。「それにしては彼はよくやってる。おまえたちがよく話を聞いてやったらどうだ？　パパには話したがらないだろうから」

「どうして？」クロエが膝の上のリュックサックを見ながら顔をしかめる。「パパはある意味、今は彼のパパでもあるわけでしょ？」

「そうだけど」とは言ったものの、その考え方には抵抗があった。イングリッドとは違い、ギルが感じるのは同情よりも、ぞくぞくするような恐怖だった。ほぼ何も知らない人間に責任を持つなんて。何年も憎んできた他人を愛さなければならないなんて。無理に決まっている。「おまえたちのほうが歳が近いだろ。それに、機会があればの話だ」

「でもおかしな雰囲気になりそう、長いあいだ会ってなかったし」クロエが言った。

ギルがイングリッドをちらりと見ると、彼女は窓の外を横目で眺めていた。プールでの出来事を、マシューにされたことを思い出しているのだろうか？

「街に出かけたとき、マシューと話しただろ」今度はクロエに目をやった。「あの日は何をしたんだ？」

「別に。歩きまわっただけ」とクロエは答えて、サンバイザーをパタンと開き、鏡のカバーをスライドさせて、ギルには過剰に思える量のリップグロスをつけた。「マシューは用事があったし」

「用事？」

「ベライゾンの店舗に行って、携帯電話を買ってた。そこでちょっと時間がかかって、次に銀行に行ったの。あ、銀行じゃなくてATM」

「携帯電話？　元々持ってなかったか？」と訊いたものの、ギルは答えを知っている。絶対に持っていた。到着した夜に何やら打ちこんでいるのを見たし、庭の向こうで電話しているのも見たのだから。

「うん、だからたぶん、二台目？　わかんない、理由は教えてくれなかったし」クロエは唇を突き出した。

運転に集中しなければ。詮索しすぎないようにしなければ。しかし、二台目の携帯電話だと？　あいつはいったい何をしようとしている？　携帯電話がもう一台いる理由は？

「そうか。わかった。ほかには何かあった？」

「マウンテンパーカー、探してたよ」からかうようにクロエは言った。マシューはすでにモンクレールを持っているからだ。あの日、ギルはふたりを街で降ろしたあと、オフィスでブランド名をグーグル検索して、丈が短くて頼りなげなあのジャケットが、少なくとも二千ドルはすることを知ったのだった。

「それはよかった。とにかく、パパが言いたいことはだな」ギルはいろいろ聞き出そうとしたことを取り繕うように言った。「もし彼が話をしたかったら、聞いてあげてもいいし、おまえたちがいいと思うようにすればいい。絶対にしなきゃいけないってことはないんだよ」

まだ鏡をのぞきこんでいたクロエが言った。「もちろんだよ、パパ。大丈夫、なんとかなるって」

「ああ。おまえたちはいい子だ。それはわかってるよな？」

「ただのいい子じゃない、最高の娘よ」とクロエ。

「世界でいちばんの」イングリッドも、彼女たちがもっと幼いころギルがやさしく言ったのを真似てつけ足した。

食事を別にすると、マシューのためにすべきことは、少なくともギルがすべきことは、何もなかった。マシューはほとんどの時間を自室で過ごしていた。おそらく携帯電話——二台のうちのどちらか——を使っているのだろう。だが毎日、ギルが長らく放置している、やや色あせたウェイトトレーニング器具が置いてある地下室に行くことは欠かさない。ある午後、洗濯物を取りにいくと、金属がぶつかる音とうめき声が聞こえた。見るとタンクトップ姿のマシューがベンチプレスをしていた。バーベルを持ちあげて、どかんと降ろす動きに合わせて、引き締まった筋肉が背中にぎゅっと寄せられたり、上腕三頭筋がくっきりと幾何学的な形に盛りあがったりした。

「補助がいるなら言ってくれ」ギルは声をかけた。汗に濡れたマシューが起きあがる。激しい運動をしたせいで息を切らしながら、半分閉じたまぶたで彼を見返した。

「ありがとう」マシューは顔の汗をタオルで拭い、また寝転んでバーを握った。

そのあとまた様子を見にいくと、彼は百キロを持ちあげていた。ギルが持ちあげられる限界よりも重い。それもかなり。気にすることはないのに、気になってしまう。まるで脅迫されているようだ。そんなわけない、ただトレーニングをしているだけ、エネルギーを消費しているだけだ。しかし、座ってはあはあと息をする彼の顔には怒りがのぞいていた。

たんにテストステロンが急激に分泌されたせいかもしれない。だとしても、その表情には憎しみが、ほんとうの感情が表れているとギルは確信した。

ギルとは反対に、妻はマシューを受け入れたようだ。特に意外ではない。ギルが「今日も生き延びられたな」と冗談を言うと、モリーは老眼鏡の上からのぞいて言った。「今後も問題は起こらなそうよ、ギル」

「もちろんだとも」無意識に声が大きくなってしまった。深呼吸をして目を閉じ、落ち着いて話そうと努める。「だけどな、あれはいったい誰なんだ？　妙じゃないか？　空港で別のやつを間違えて連れてきたのか？　今のマシューには以前の面影がまったくないぞ」

「それっていいことじゃない？」モリーはまだ老眼鏡の縁の上から彼を見ている。まだ説教を続けるつもりならなぜ眼鏡を取らない？　説教ではないからだ。この話題を持ち出したのはギルのほうだった。

「そうだけど、ただちょっと驚いたんだ。悪い意味じゃなく。おれはもっと……いや、わからない」これで会話は終わり、というようにギルは本を手に取った。でもモリーはじっと彼の言葉を待っている。「あの子が来たらもっと大変なんじゃないかと思ってたんだよ」

「わたしもよ。これからも大変じゃないことを祈りましょ。娘たちのために」

「ああ、娘たちのためにな」ギルは妻に投げキスをしてから本を開いた。これにて、甥を悪者にしたいという醜い願望は二度と持ち出さない、と暗黙の合意がなされた。

次の日、ギルは講義計画(シラバス)を修正したり、メールを片づけたり、学生向けのウェブサイトに課題の読み物をアップロードしたりした。午後は正気を保つために、エルロイを森に散歩に連れだした。これほどすっきり晴れて明るいのは、ここ数週間で初めてだ。雪が陽射しを反射してまぶしい。断られるのを予想して、マシューに一緒に行くかと声をかけた。「行きます」熱心に打ちこんでいた携帯電話をおろして、彼は答えた。「おもしろそう。森には何があるのかなって思ってたんだ」

「木があるだけだよ、それと雪」

散歩が大好きなエルロイは、新しい親友も一緒に来るとわかって大興奮し、喜び勇んでリビングを跳ねまわった。ギルがドアを開けるやいなや飛び出して、足を滑らせながら階段を駆けおりると、雪の上をトレイルに向け突進していった。

パティオに出たギルは、ガレージの煙突から細く煙が出ているのに気がついた。ガレージは数年前からモリーのアトリエになっている。きっと新たなシリーズ——緻密で写実的な森林の風景画——に取り組んでいるのだろう。こちら側の窓は高い位置にあるので姿は見えないものの、妻が絵を描いていると思うだけで安心できた。妻が勤勉であることで、なぜか自分が執筆活動をおろそかにしているのが許される気がするのだ。

雪の上をざくざく歩いているうちは沈黙が気にならなかった。静かな森の中に入るとギルはマシューが追いつくのを待った。

マシューはギルのお古のブーツを履き、お古の上着を着ていた。どちらも彼には大きすぎて、大人の真似をして遊ぶ子どものようだった。マシューはギルより背が高いものの、年齢や父親業のために蓄えた脂肪がないからだ。ギルは痩せてもいないが特別太っているというわけではない。マシューが若いというだけだ。だからといって彼をうらやんではいけない。そのうち年齢が彼を捕らえる。ただしそのころには、ギルは腰が曲がった田舎のじいさんだ。

森に入ってしばらくするとトレイルは丘をのぼる坂道になるので、滑らないよう気をつけなければならない。ブーツの足を雪のわだちに沈ませて、膝でぐっと踏みこむ。エルロイは雪をまき散らしながら、軽やかにトレイルを行ったり来たりしている。マシューのところまで戻っていったかと思うと、今度はギルを追い越して走っていき、見えなくなった。丘をのぼりきったらトレイルは高台の縁に沿って伸び、それから池に向かってくだり坂になる。

エルロイは道が曲がる部分でふたりを待っていた。ギルは丘をくだってきて池が現れる地点が好きだった。陸と水を隔てるのはわずかに盛りあがった雪だけで、その先は無情なほど平らかな氷だ。このあたりはシカが集まる場所で、木に止まるタカも頻繁に見られる。

マシューがギルの隣で立ち止まった。両手をポケットに突っ込んで、白い息を吐き出し、まぶしさに目を細めている。

「悪くない景色だ」少年は言った。

白い世界を並んで眺めていると、思いがけずマシューに親近感を抱いた。愛情に近い感覚ともいえた。ずっと誤解していたのかもしれない。一時期はけだものだったが、今はバーモントの冬の風景に美しさを見出せる善人に生まれ変わったのかもしれない。

「スケートはできるの？」マシューは池を指さして言った。「カチンコチンに凍ってるでしょ？」

「うちの土地じゃないんだ」ギルは答えた。「このトレイルの端までがうちで、そこから先はお隣さんだ。あの森の向こうまで」

「なんだ、残念」

ニューヨークではどこでスケートをするのだろう？　セントラルパーク？　ほかにこの子について知らないことはなんだ？　答えは〝何もかも〟だった。

「街にスケートリンクがあるし、近くの池でもできる」ギルは言った。

「ふうん、別にしたいわけじゃないけど。この気候じゃね」帽子をかぶっていないマシューの耳の上半分が真っ赤になっていた。

フードをかぶれと言いたかったが、やめておいた。

「心配するな、この寒さもあと三カ月で終わりだ」ギルは帽子を深くかぶりなおした。それからふたりはぐるりと円を描くトレイルを家へと向かった。

# 5

その日の朝、学内郵便箱から取ってざっと目を通しただけだったから、名簿にマシューの名前があるのに気がつかなかった。教室のうしろの窓際に彼がいるのを見つけ、ギルは入り口で立ち止まって教室番号を確かめた。間違いない、一〇五号室だ。数秒間、頭が真っ白になった。やつはおれを襲いにやってきたんだ。感じのよさも親切も、このときのための演技だった。でなければ、ほかにどういう理由があってあんなふうに笑う？　両端を上げた唇の内側に、歯を少しだけ見せて。

しかしもちろん、マシューは講義を受けにきたのだった。〈創作入門〉を受けに来たわけではあるまいし。ギルはすでにしわくちゃになった名簿をバッグから引っ張り出して出席を取った。

ほかの学生たちは何もおかしいと感じていないようだった。誰よりハンサムで、こぎれいな紺色のギンガムチェックのシャツを品よく着こなしているという点以外は、マシューはごく普通の学生だった。だけど明らかな違いがある、と硬い声で講義の概要を読みあげながらギルは思った。学生たちがみんな学期始めの緊張した面持ちでシラバスを見つめるなか、マシューだけは、ずっと狙っていた獲物を逃がすまいというようにギルから視線をそらさないのだ。

なぜマシューはおれの講義を受けるとあらかじめ言わなかったんだ？　どうやってもぐりこんだ？　登録期間の二週目には定員に達していたから、追加で入れてほしいという六名分の申請を却下しなければならなかった。どの講座を履修するか学生部長と話し合うというマシューを車で連れてきてやったのが昨日だ。そして今ここで、彼は順番に自己紹介をする学生たちを眺めている。自分の番が来ると、マシューはテーブルに肘をついて身を乗り出した。

「マシュー・ウェストファレンです。このクラスは選択科目として取ってます。ニューヨークから来ました。えっと、好きな本？　最近はナボコフをたくさん読んでます。特に好きなのは『絶望』と『青白い炎』かな」自己紹介を終えると椅子にもたれたが、またすぐに前のめりになって続けた。「あ、それと、そこにいるギルは僕の叔父です」

テーブルのあちこちでくすくす笑いが起きた。

「次、スージー？」ギルは、多少の騒ぎは気にならないという顔で、マシューの隣の席の若い女性を指した。

「すみません、今なんて？」スージーは慌てて返事をして、自分の発言がうけたことに気をよくしているマシューをちらりと見る。

「スージー、自己紹介をしてくれるかい？」ここで冗談を言うべきだったのかもしれない。そうなんだ、マシューには気の毒だけど私たちは親戚でね、とか。けれどもマシューがうちにいることに言及しなければならなくなるかもしれないし、それはなぜかと訊かれたら、姉の死という事実を明かさずには答えられない。その場面を想像して吐き気をもよおし、弱々しく震える手でペンを握りしめた。

「ええ、はい、すみません」スージーはマシューに向かってにっこりした。

授業時間終了の四十五分前に解散を言い渡したとき――今日だけだぞと念を押してから――マシューに教室に残れと言いたかったが、特別扱いしているように聞こえない言い方を考えているうちに彼は行ってしまった。

代わりに文学部の事務局に行くことにした。新学期の開始直前にマシューをクラスに入れられるのは、学科長のサイモンしかいない。彼が学科長になってから四年になる。前任者は定年退職の延長期間が過ぎるまで、悪政をしく独裁者のように権力にしがみついた、偏屈で保守的な男だった。教授陣の一部とは異なり、サイモンは小説家と学者に大きな違いはないと考えているようで、去年詩人をひとり採用した際は、ギルの意見を重視してくれた。専門はエリザベス朝時代の演劇で、そのせいかときおり独特の芝居じみた仕草や言葉づかいをする。

学科長のオフィスから廊下まで、学生の列がヘビのように伸びていた。列をすっ飛ばしたギルは、学生たちににらまれながらオフィスのドアを開けた。ほわほわとした白い縮れ毛のサイモンの頭がパソコンの上に飛び出している。不機嫌そうな女子学生が、デスクの向かいでペンのキャップをかじっていた。

「サイモン、少しいいですか？」ギルは声をかけた。

眉をひそめた難しい顔でパソコンに向き合ったまま、サイモンは答えた。「もちろんだ、ギル。三月にまた来てくれ」突然、彼の表情がぱっと明るくなった。「ああ、わかった、APプログラムの単位が問題らしい。教務課に行ってもらわないといけないようだ、すまないね」そう言って女子学生を外に出るよう促した。彼女の顔は怒りで紅潮していた。

「ランチはどうだい？」サイモンは陳情者の列の長さをおそるおそる確認してから、ギルの腕に手を置いた。「三十分後に」

「いいですね」

「次の人！」とサイモンが叫ぶと、上下スウェットの男子がギルを押しのけるようにして部屋に入っていった。

ギルの講義をどうしても受けたいと懇願する学生たちからのメールに対応しおわっても、まだサイモンは来なかったので、いつもなら何週間も放っておく書類の整理に手をつけた。今日の講義で、シラバスの確認と自己紹介に加えて、学生たちにはワークショップの担当を希望する日を選んでもらった。マシューの名前が初回の枠内にある。その下にスージーの名前。たいてい初回や二回目という早い段階で担当したがる学生はおらず、すでに経験のある学生をなだめすかして引き受けてもらうか、学期の終わりに急ぎ足でまとめてやることになる。**よりによって初回とは。**マシューは力を誇示したいのだ。普通は一年生は受講できない、しかもすでに満員のクラスにねじこんでもらうのも、最初に作品を提出するのも簡単だと。この大学もこの講座も課題も、すべてマシューにとってはジョークにすぎない、結局はイェールに行くべき人間なのだからと。

時間つぶしのための仕事を終えると、ノートを取り出して空白のページを開き、ある教授が新学期初めての授業に行くと、彼が憎み、恐れている甥が教室にいた、という話を書いた。少々事実とは異なる部分があるにせよ、真実を書くのは気持ちがよかった。と同時に罪悪感もあった。

ノックの音がして振り返ると、サイモンがパーカーに腕を通していた。白い髪がぴったりした毛糸の帽子からはみ出ている。

「行こうか？　今行かないと永遠に逃げられなそうだ」

急いで廊下のドアから階段に出て下におりるあいだ、サイモンはとめどなくしゃべりつづけた。まったく学期始めはカオスだよ、次年度の創作の授業はどんな内容にしようか？来週文学者の講演があるからきみのクラスの学生にも聴講するようすすめてくれ。冷たい風が吹き荒れる屋外に出ると、ふたりは口をつぐんだ。ユニバーシティ・センターの最上階に、閑散としたクラブ活動の部室と、その奥に学部の食堂がある。受付のサンディに五ドルを払い、一貫性のない食べ物の中からいくつか——湯気の立つ金属の容器からフライドチキン、レタスの芯だらけのサラダ——皿に盛り、テーブルを確保した。ふたりとも薄い紙ナプキンを膝に敷いたところでギルは切り出した。「今朝、〈創作入門〉の教室に行くと甥がいたんで驚きました」

サイモンはサラダをフォークでつつきながら、どう受け止めるべきか決めかねているようだった。ギルはただ事実を述べているだけか、それとも抗議したいのか？

ギルがそれ以上何も言わないので、サイモンはうなずいた。「ああ、そうそう、きみに話すつもりだったのに忘れていた、すまない。昨日彼が私のオフィスに来て、きみのクラスに特別に入れないかと言うものだから」そう言って小さな丸いレンズの眼鏡をかけなおす。「私がそういう優遇を嫌っているのはきみも知ってるだろうが、甥なんだから、てっきりきみと事前に話をつけてあるものと思った。余計なことをしたかな?」

「何も聞いてませんでした。甥が勝手に問題ではないと判断したんでしょう」

「問題あるのかい?」サイモンがミニトマトの半分を口に入れた。

「もちろん、そんなことは……」ギルは言葉につまった。いざサイモンに相談を持ちかけると、いったい何が問題だったのかわからなくなってしまった。

「言い訳するとね」サイモンは降参するように両手をあげて言った。「マシューは、彼を好きなクラスに入れてやれという学部長からの手紙を持ってたんだ。めったにないことだ。きみが望むなら、彼にニコールの〈詩入門〉のほうを取るように言おうか?」

「いいえ、けっこうです」おれは馬鹿だ。何かがおかしいと感じているのに、それがなんなのか説明できない。フライドチキンを眺めているだけで顔がべとつくような気がしたものの、ギルはナイフを硬い衣にぐいっと押しこんだ。

「それで甥っ子の様子はどうだ?」サイモンが難しい顔をしてそう訊くので、本気で心配しているのだとわかった。「ふた親ともだなんて。かわいそうに」

「気丈にしてますよ、あんなことがあったにしては」チキンの端が崩れた。繊維質で衣と同じようにパサパサの肉をフォークで口に運ぶ。

「きみのお姉さんでもあるんだものな……お気の毒だった。葬儀に行けたらよかったんだけど」

咀嚼（そしゃく）途中のかたまりを飲みこんで、ギルは昨日の電話を思い出した。完全に忘れていたわけではないにしろ、新学期の忙しさに追われて対応をあとまわしにしていた。ニューヨークの刑事から留守番電話にメッセージが入っていたのだ。「捜査に関していくつかお話ししたいことがあります。お電話ください」彼女は電話番号も残していた。

「彼にとってはそれがいいだろう」サイモンが言った。その前のひとこと、ふたことを聞き逃していた。**何が誰にとっていいだって？**　「そのほうが落ち着けるし、我が家のように思えるさ。ありふれた言い方だけど」

**そうだ、マシューだ。**

「きっとなんとかなりますよ。ところで現代語学文学協会の面接はどんな具合です？」

話題が変わったことにほっとしたサイモンは目をぐるりとまわして、十九世紀アメリカ文学の教授の採用面接にまつわる苦労を語りはじめた。

ギルは半分うわの空で、自問自答していた。なぜおれはサイモンと話がしたかった？　何をそんなに恐れてた？　自分の気持ちに正直になるなら、話したかったのは怖かったからだ。怖かった？　いや違う、今も怖い。

マシューはあのことを覚えていないのか。まさか、そんなはずはない、あのとき彼は十一歳だった。小さな子どもではなかったのだ。だからこそ、なお悪い。だからこそ、ギルは信じている。あれは悪意に満ちた行為だったと。

# 6　二〇一二年六月

「あれじゃない？　違うわね、あ、やっぱりあれよ」砂丘の上にのぞく屋根を指さしてモリーが言った。すっかり道に迷ってしまったとギルが思っていたときだった。モントークの中心部は背後でどんどん小さくなるし、今車で走っているのは、茂みや木のあいだにときおり現れる豪邸がなければ自然保護区域と見紛うような場所だった。このあたりはすべて私有地なのだろうか。GPSには表示されない小道に入ると、ひょろりとした松の木に打ちつけられた木製の表札を見つけた。ウェストファレン。

義理の兄の姓には、いまだに慣れない。今は姉の名前でもあるのに。お高くとまった白人特権階級そのものという感じだ。ナイルズの家系は一〇六六年のノルマン征服か、あるいはもっと前までさかのぼれそうだ。ひょっとしたらローマ人にまで。そしてそんな調査──あるいは調査のでっちあげ──ができる財力を持つ人間がいるとすれば、ナイルズだった。ナイルズ王を喜ばせるために砂の中から湧いて出たように、自然の風景に突如現れる、馬鹿でかいこの家を見ればわかる。

鋭角を多用したデザインで、ほとんどがガラス張りのモダンな邸宅だった。傾斜のある屋根にソーラーパネルが並び、邸宅を一周するテラスの下には輝かんばかりの赤いフェラーリ。それを見たあとではなんだかみすぼらしく思えるレンタカーのメルセデス・ベンツを、ギルは離れた場所に停めた。

シャロンの一家に会うのは二年ぶりだった。前回は、九歳のマシューを連れてバーモント州に行くとシャロンから連絡があったときだ。友達とストウの山に行くんだけど、ギルたちも現地で合流しない？　きっと楽しいわよ。

ストウのスキー場の一日券は、いつも行くスキー場のシーズンパスと同じくらいの値段だ。しかし父も母も亡くなった今、ギルは自分の元の家族を失いかけているような、過去が消えていくような気がしていた。娘たちもいとこや親族とのつながりを求めているはずだ。

ところがスキー場に着いてからは、そんな思いはすっかり忘れてしまった。チェックインするときから、シャロンは弟の家族にろくに目もくれず、なかよしの女子学生のように友達とひそひそ話をしていた。ぴったりとした黒いスキーパンツをはいたその友達は美人だが横柄な態度の女で、ギルたちを軽蔑をこめた目でじろじろ見るだけで、最後まで直接口をきくことはなかった。

その日の午後、ギルはイングリッドとふたりでやさしいコースにいたので、甥の蛮行についてはモリーから聞くことになった。マシューはみんなでブーツを履いているとき、おまえなんか大嫌いだ、クソ女め、殺してやると叫びながら、若いフランス人の住み込みのベビーシッターをストックで攻撃したらしい。コース上でも彼女の前に飛びだしてわざとバランスを失わせたから、彼女は転倒してスキー板が両方ともはずれてしまった。幸い怪我はなかったものの、立ちあがって、モリーが取ってきてやったスキーを装着し、どんどん小さくなるマシューを追いはじめるまでずっと泣いていた。そのあとモリーとクロエが山頂のカフェでふたりを見かけたとき、大きなマグカップでココアを飲むマシューを前に、若いベビーシッターは、すぐそばの最難関コースから身を投げようかと考えてでもいるように、絶望の表情で窓の外を眺めていたそうだ。

一日が終わってブーツを脱ぐ段になってはじめて、ギルは甥と話をした。疲れきったイングリッドは静かだった。母親の隣に腰かけたクロエはいとこを警戒の目で見ながらココアを飲んでいた。

「楽しかったかい？」ギルは娘のブーツを脱がせながらマシューに訊いた。

「**楽しかったかい？**　だって」少年はからかうような高い声で繰り返した。冷えた頬は赤らみ、こめかみあたりの金髪は濡れ、唇は歪んでいた。

「なんだって？」ギルは戸惑った。

「え、どうかした？　ギル叔父さん」少年の薄い青色の瞳は意地悪く光っていた。ギルは瞳がきらきら光ることなどありえないとそれまでは思っていたし、教え子たちにも作品に輝く瞳を登場させるなと言ってきた。だが確かに甥の瞳は嫌悪のために生き生きと輝き、今にも顔から踊り出そうだった。「耳が遠いの？　それとも馬鹿なの？」

「え？」片手にイングリッドのブーツを持ったギルは訊き返した。イングリッドは硬直したままいとこをまじまじと見ている。

「聞こえますかぁ？」マシューはギルに顔を寄せて大声で言った。頬とまぶたに唾が飛んできた。「耳が悪いのー？　叔父さーん」

まばたきをして、この生意気なクソガキの首根っこをつかんでやりたい衝動を抑える。

「うん、耳が悪いんだな。そのうえ馬鹿なんだ」そう言うとマシューは椅子から飛びおり、去っていった。

はらわたが煮えくり返ったまま、娘たちのブーツを脱がせ、シャワー室に連れていくと、ギルはシャロンを探した。メッセージも送ったが返事がない。電話をかけてみるも、留守番電話につながった。妻と娘たちがココアを飲んでいるあいだに、どすどす足を踏み鳴らして外の駐車場に出て、意味もなく車の列を見渡し、ホテルを見あげた。姉はここに泊まっているはずだが、部屋番号は知らなかった。やっと彼女を見つけたのは、ホテルのバーだった。まるで隠れるように隅っこの席で友達と白ワインを飲んでいたシャロンは、あなたたちも一緒に飲まない？　と社交辞令を言った。カーペットに膝をついて、砂糖のパッケージを次々に開け、白い山を作っている息子は無視して。ギルは、子どもたちは疲れているし、明日は学校だからもう帰ると答えた。シャロンは明らかにほっとした表情を見せたものの、心のこもらないハグくらいはしてもいいと思ったらしく、椅子から立ちあがった。いとこにさよならを言ってと母親に言われたマシューは、顔をあげもしなかった。

娘たちが眠るまで我慢しているのは身体的にきつかった。ふたりが寝てしまうやいなや、家に着くまで、ギルとモリーは小声でひたすらに毒を吐き出した。もうあいつらとは金輪際関わらない。マシューはずっと嫌な子だった、生まれたときから。マシューが小さいころ、ギルの母親がベビーベッドから彼を抱きあげて、噛みつかれたことがある。子どもが噛みつくのは珍しくないとはいえ、マシューの場合何かが違った。声を上げて笑ったのだ。母親が姉家族の話をギルにすることはほとんどなかったが、このときばかりは絆創膏をした手を胸にあて、あの子が悪魔に見えた、だってうれしそうだったのよ、と言った。ところが言いすぎたと思ったのか、すぐにこうつけ足した。今だけよ、子どもには大変な時期が何度かあって、中でも特に手に負えない時期ってあるから。

母の言ったことはある意味真実だ。隣人の娘は一夜にしてかわいらしいお嬢さんから、陰気でぶすっとした不良少女に変身し、挨拶をしても無視するようになった。あと数年もすれば、彼女はまた変わるのだろう。父親になるとすぐに、ギルは子どものころころ変化する性質に魅了され、娘たちのことを書きはじめた。子どもたちを見ていて、〝アイデンティティ〟や〝自己〟と呼ばれるものはただの薄い皮一枚でしかないのだと考えるようになった。手の中でひらひらはためく紙切れと同じだ。わっと驚かされたり、天気が変わるだけで、歩道の上に飛んでいき、側溝に落ちてどろどろになる。

スキー旅行のあと、ギルとモリーはよくマシューを話題にし——おもに悪口だ——、ついでにシャロンとナイルズについても話した。あれで子育てしてるって言える？　息子をたくさんいるベビーシッターのあいだでたらいまわしにしてさ。しかもそのシッターだって、ルックスがいいのとヨーロッパ訛りがあるってだけで選んでる。子どもの世話に慣れてるかどうかなんて二の次で。あんなに難しい（率直に言うと悪魔みたいな）子どもなのに。

そんな悪口と決めつけを繰り返すうち、ギルはだんだんと自分の姉に嫌悪感を抱き、まったく知らない誰かになってしまった彼女を蔑むようになった。結局それが何よりも問題だったのかもしれない。姉と連絡を取らなくなったことでもたらされた苦しみは大きかった。昔の自分を知る、世界でただひとりの人とのつながりを失ったのだ。ギルは高校までずっとアザラシのぬいぐるみと寝ていた。その秘密を、姉は決して誰にも話さなかった。少年時代の彼は、もう姉の記憶の中にしか存在しなかった。しかし、確かに彼女の息子はろくでもないし、彼女自身もギルが知る姉ではなくなっていた。寒さのせいかもしれないが、おそらく顔に打ったボトックスのせいで、気味悪いほど頰と目に動きがなくなっていた。あれは誰だったんだろう？　もっと深い疑問もあった。おれは一度でも姉をきちんと理解したことがあっただろうか？

ギルは、両親のように学術的で知的、それでいて控えめな人生を送ることを当然のように感じてきた。だいたいにおいて、そういう人生はいい人生だ。意味がある、もしくは意味が出てくる可能性のある人生。教授という職業は一目置かれるし、夏休みがあるし、少ないが安定した収入がある。シャロンも同じ考えだと思っていた。しかし彼女が大学院を中退してナイルズと結婚し、違う人間に生まれ変わってから、ギルがそれまでのことを振り返ってみると、姉の不満を示す兆候はそこかしこにあった。子どものころ、馬に夢中だったシャロンは、乗馬のレッスンを受けさせる余裕はないと両親に言われるたび腹を立てていた。両親がふたつめのローンを組んでようやく入れた私立の高校では、裕福な家の娘たちと友達になったはいいが、新年のディアバレーへのスキー旅行や、春休みのバハマへの小旅行に、自分だけ行かせてもらえなかったことに不平たらたらだった。シャロンは中流家庭の暮らしに嫌気がさしていたのだと、ギルは遅ればせながら気づいた。シャワーがあるバスルームがひとつきりで——地下にもうひとつのトイレと洗面台はあった——朝のシャワーが取り合いになる、アレクサンドリアの小さな家に、姉はうんざりしていたのだ。十年もののボルボについては、きっぱりと不満を口にして、どうしても必要なときしか運転しなかった。友達とつけた車のニックネームは〝ポンコツちゃん〟で、いつしか両親の前でもそう呼んではばからなくなった。そういうわけで、やはり姉は経済力の上に成り立つ心地のいい人生をずっと望んでいたのだ。姉は学問の分野では一応頑張ることにしたらしく、イェール大で哲学を専攻し、コロンビア大で修士課程を始めた。しかし最初の現実的なチャンスが訪れたとき、彼女はすべてを捨てた。ひとり暮らししていたモーニングサイドハイツを出て、トライベッカにあるナイルズのマンションに引っ越した。しばらくしてふたりはアップタウンの格式高いアパートメントに移り住んだ。シャロンはカジュアルなジーンズやブーツをはかなくなり、品のいい高級な服をとっかえひっかえするようになった。髪は整えられ、染められ、顔は引きあげられ、お直しされた。姉からの電話はめっきり来なくなり、会うこともほとんどなくなった。たまに会えば、ハイヒールを履いて早足で歩き、腕に革のバッグを引っかけた女が自分の姉だということにいちいち驚いた。これはいったい誰だっけ？　指先をひらひらさせてやってきて、キスをしようと頬に顔を寄せるその女を見てギルは思った。

しかし、姉弟ともに中年に差しかかり、互いにかけ離れた生活を送るようになった今、彼女を理解する方法はひとつしかなかった。姉の一家と関わるのを避けて批判ばかりしていては、彼女のことを知りようがない。努力しなくては、一緒の時間を過ごさなくては。たとえひどい息子がいても。

それで、このハンプトンズへの旅行と相成った。失ったものを取り戻すチャンスだった。姉との関係だけでなく、子ども時代の自分を。もしギルが恐れているように、ほんとうに姉の中身が空っぽになってしまったのなら、息子が罪悪感を持たないモンスターなら、夫が強欲で傲慢な気取り屋なら、そのときこそ関係を解消すればいい。だからもう一度だけチャンスを与えたいと思った。

モリーと子どもたちが別荘をほめそやしながら車を降りる。実際すごい別荘だった。美しくて、恐ろしくて、不条理で、馬鹿馬鹿しくて、徹底的に贅沢だった。姉たちは十年以上イーストハンプトンの別荘を借りていたが、前年の秋にこの別荘を購入した。うちのプライベートジェットで来ればいいわと電話ですすめてきたときの姉の話では、いい加減イーストハンプトンを離れたかったらしい。モントークも似たようなものだと思うのだが。同じロングアイランド島の端まで移動しただけで、億万長者の度を越えた大豪邸が海岸の砂丘に並ぶ土地であることに変わりはない。海面が上昇すればすぐ流されてしまうような豪邸。だからいいのだ。別荘はありあまった金の象徴であり、海面上昇やグリーンランドの氷河融解の原因となる常軌を逸した消費の象徴だ。千五百万から二千万ドルもの金を、一年から数年以内にハリケーンに一掃されてしまいかねない土地につぎ込むのは、大金持ちによる挑戦であり、不安定さの享受なのだ。**ほら、私たちはここだ。暴れられるだけ暴れてみるがいい。**そしてほんとうに最悪の事態が起きるとき、シャロンとその家族はベイルの山にある別荘で、高給で雇った兵士たちに守られながら、下界が灰になるのを見おろすのだ。

というような考えを口にすれば、モリーですら馬鹿馬鹿しいと一笑に付し、ただの嫉妬だと言うだろう。実際馬鹿馬鹿しいし、嫉妬していた。

「いらっしゃい！」ガラスのドアがスライドして、姉が二階のテラスに出てきた。上下白のテニスウェアに、濃い茶色の髪はうしろでまとめてある。「入って入って、ドアは開いてるわ」ギルたちが歩きだすと「靴は下で脱いでね！」と言い添えた。

階段をあがりきったところで、シャロンにキスとハグで出迎えられた。肩車していたクロエの服のファスナーの冷たさを後頭部に感じて、自分の髪の悲しい未来を初めて予感した五年前は言うまでもなく、前回会ったときと比べても禿げが進行したギルに比べ、シャロンはまだ若々しかった。目の下のたるみも目尻のしわもなく、あごの線はすっきりしていた。

家の中もまばゆいばかりだった。ひとつの巨大な空間に見えながらも、そこから各スペースというか各部屋——もっと現代的な呼び方があるのかもしれないが——が派生している。壁に見えていたものは、姉がパネルのボタンに触れるとぱっと開いた。海に面した側は全面ガラス張りで、寄せては砕ける波を一望できた。

ギルは窓の外にプールがあるのを見つけた。明るいブルーの楕円形で、片側の色が濃いほうがより深そうだ。姉はプールまでは案内しなかった。わざわざ見せるほどのものではないと思ったらしい。

「ナイルズとマシューはボートで海に出てるの」まるでふたりがちょうど通りかかったかのように、シャロンは海を指さして言った。ギルはフェイスブックでその〝ボート〟を見たことがあったが、ボートというよりクルーザーだった。「さっそく水着に着替えたほうがいいわ、日が落ちる前に」

娘たちはゲストルームに向かって走っていった。ゲストルームは複数あった。それどころか一棟まるごとゲスト用だった。

「来てくれてほんとにうれしい」シャロンはそう言ってギルの腕をぎゅっと握り、きらびやかなキッチンに案内する。黒の大理石——かどうかはわからないが希少な石には違いなさそうだ——のカウンター、滑らかなフォルムの未来的な家電類、大きな子どもでも入浴できそうなシンク。キッチンに入ったとき、ひとりの女が隅のほうからさっと出ていった。お団子に結いあげた髪と白いシャツしか見えなかったが、シャロンが紹介しなかったのでメイドかベビーシッターだろうとギルは推測した。

「招待してくれてありがとう。素晴らしいところだ」

「ええ、わたしたちも気に入ってる」シャロンはリビングの一面全体に広がる明るい窓を片手で示して、なんでもなさそうに言った。理解しがたいことだが、ナイルズにとって二千万ドルで別荘を買うのは、ギルが中古のスバルを買うようなものなのだろう。それなりに大ごとで、いろいろと調べたり書類を準備する必要があるが、確実に手が届く買い物。

「娘たちは海で遊ぶのを楽しみにしてたんだ」これではシャロンたちに会うのは二の次だというふうに聞こえる、と気づいたギルはつけ足した。「姉さんたちに会うのもね。マシューにも長いこと会ってないし」

「マシュー、そうね、ええ」シャロンは静かに言って首を振った。「もう行ったほうがいい。五時にカクテルパーティーよ。それがここでのルールなの」

別荘からビーチまで砂丘のあいだをくねくねと縫う道を、短いサーフボードとさまざまな浮き具をえっちらおっちら運ぶ娘たちのあとについて歩く。ここに来たのは正解だった。彼女がいない姉に会いたかったのだ。両親が亡くなった今、残っているのはシャロンだけだ。彼女がいなければ、ギルにはモリーと子どもたちしかいない。もちろんそれで十分だが、子どもはすぐに成長して大学生になり――ぜひそうなってほしいものだ――、いずれバーモントの家には夫婦ふたりだけになる。ギルは庭の世話をし、木を切り、森を散歩して過ごす。家の裏の森は今と変わらない。ただし木々のあいだを歩くのは中年の男ではなく、きれいに禿げた頭に黒い野球帽をかぶった老人だ。しんとした家に帰ると、モリーが料理をしているキッチンからラジオの音が小さく聞こえる。または、座って読書をしようとモリーがランプをつけるカチッという音。シャロンがいれば、ギルの世界は少し広くなる。息子がどんなに悪いやつでも――ここに着いたときいなくてどれだけほっとしたか――耐えられる。

子どものころ両親がよく海に連れていってくれた。モントークの海とはずいぶん違ったけれど。細長いアウターバンクスをオクラコーク島まで車で走り、キャンプをした。テントを張るのは砂丘の奥の入り江だ。午後になると蚊が出るので、大きめの両親のテントに逃げこみ、夜は子ども用のテントで眠った。そうやって三、四日間を過ごした。寝袋に砂が溜まっていくので、毎朝体にざらざらしたものを感じて目が覚める。母が朝陽の射しこむテントでうとうとするあいだ、父は早起きしてギルたちを連れ出してくれた。姉弟だけで海で遊ぶこともあった。シャロンに手を握られてもぐり、少し深いところで海面に出ると、跳ねまわって遊んだ。父はコーヒーを飲みながら見守っていた。砂浜にあぐらをかいた父は、早朝の陽射しをさえぎるために、汗染みのついたボルチモア・オリオールズの野球帽を目深にかぶっていたので、帽子のつばに顔が隠れてあごひげしか見えなかったのを鮮明に覚えている。

姉弟はよく海でごっこ遊びをした。それはシャロンが十二歳のときの、最後の海への旅行まで続いた。たいていはスターウォーズごっこだったが、みなしごになったり、砂丘からあとをつけてきた蚊と戦ったりもした。

午後になると陽射しがきつくなるので、島をドライブするか店に買い出しにいった。夕食は父が作った。父は料理が下手だったけれど、ガスコンロの火を維持する方法を知っていたのは父だけだった。使いにくいドイツ製のコンロは、シャロンが生まれる前に父が通信販売で買ったものだ。母は折りたたみチェアに座って本を読むか、青い炎に覆いかぶさるようにして料理する夫を眺めていた。父が作った芯が硬いままのじゃがいものホイル焼き、レアすぎるステーキ、焦げたマッシュルームとインゲンのグリルを、キャンプ用の食器を使って食べた。柄の太い先割れスプーンは口に入りきらないほど大きかったし、父が趣味で集めたナイフは切れ味がよすぎて、暗い中では膝にのせた紙皿まで切ってしまわないように気をつけなければならなかった。父が小型のガスボンベを取りはずしたり、バーナーを冷ましたりとコンロの世話を焼き、それから青い斑点模様の琺瑯（ほうろう）のカップにワインを注ぎ、家族が食べるのを見ながら数口で飲み干したあと、ようやく椅子に腰を下ろすころには、父の分の料理はすっかり冷たくなっていた。すべての雑事を終えた父はちょっぴり残念そうに見えた。

家でのシャロンはすでに思春期に差しかかっていたものの――一日に何時間も電話を占領したが、ギルは電話する相手がいないので困ることはなかった――、海辺での彼女は子どもでいることを自分に許していた。「遊びにいこ！」と姉に誘われて砂丘やテントに向かって駆けだすたび、ギルは喜びがあふれるのを感じた。まるで姉との関係が永遠ではないと知っていたかのように。

今姉弟がいるハンプトンズは、ネオリベラルの夢のビーチ生活を叶える土地だ。テントではなく豪勢な別荘、仮設トイレではなく大理石のトイレ、冷凍のラザニアではなくお抱えシェフ。シャロンの別荘を、大学教授の母とジャーナリストの父の教育方針への裏切りだとするのはあまりに短絡的かもしれないが、その見方に父なら賛成してくれただろう。

それでもシャロンはギルの一家を招待してくれた。金で手に入れた楽園を味わってほしくて。それに、やわらかく崩れる波と淡い黄色の砂浜を目にしたら、非難する気にはなれなかった。

娘たちはキャーキャー言いながら、六月の冷たい海と砂浜を行き来している。タオルを敷き、パラソルを立て、荷物を置いて一段落したところで、頭まで水につかりたいから背丈より深いところまで連れていって、と子どもたちにせがまれた。最初の波にたじろぎ、思わずイングリッドの手をぎゅっとつかむ。六歳のイングリッドはひとりで海を泳ぐにはまだ早い。けれども独立心旺盛な九歳のクロエは父親のもう一方の手を取るのを拒んだ。三人は海が深くなるところまで歩いてから、砂浜のほうを向いた。波が背中に当たって砕ける。一、二、三でいっせいにもぐる。すぐに勢いよく水をまき散らして出てくると、あたたかい砂浜まで走って戻った。

部屋に戻る途中、さっきのプールを見つけたイングリッドが泳ぎたがったが、ディナーまでにシャワーを浴びなければいけなかった。電波のアンテナが一本しか立っていない携帯電話に表示された時刻は六時前だった。プールに入るチャンスはこれからいくらでもある。一週間滞在する予定なのだから。

外のシャワー——床はコンクリートではなく、なめらかなのに滑りにくいスレートのような素材だった——で砂を洗い流すと、娘たちはタオルにくるまって二階に駆けあがった。

家には誰もいないと思っていたら、ガラスのドアの向こうに、デッキチェアに座る姉の頭が見えた。

「タオルはバスルームのかごに入れといて。それと念のため言っておくと、遅刻よ」シャロンはモヒートのグラスを持ちあげた。「今回だけ許してあげる。わたしがひとりぼっちで酔わなくていいように、早くあなたも飲み物を取ってきて」

キッチンに行くと、ヨーロッパ訛りのあるハンサムな若い男に、何にいたしましょうかと訊かれた。モリーも、壁いっぱいの大きさのテレビを見ている子どもたちを部屋に残し、すぐにテラスのギルたちに合流した。

今はどんなアート作品に注目するべき？　とシャロンが尋ねると、もう何年もニューヨークのギャラリーに行っていないの、とモリーは答えた。すぐについていけなくなっちゃうのよ、アートの世界って常に変化してるから……。彼女は恥じているようだった。もしシャロンがギルに、今は誰の本を読むべき？　と訊いていたら、恥じいるのは彼のほうだっただろう。この邸宅が、土地が、贅沢さのすべてが、取り残されたような気分を増幅させるのだろうか？　たとえ金融の世界がまやかしだとしても——ギルはそうだと思っている――ナイルズがその世界の覇者であることに疑問の余地はなく、同様の尺度で考えたら、有名でも、特別な評価をされているわけでもないモリーとギルは落伍者だった。作品を作り、いくつか売れもしたが、自分たちのために建てた記念碑はない。

「わたしたちも望むほどは行けないのよ。最近見て素晴らしかったのはニューヨーク近代美術館のマリーナ・アブラモヴィッチね」シャロンが言った。

「わあ、さぞすごかったでしょうね」モリーは座りなおした。「行きたかったなあ」

ギルはモリーがそのパフォーマンスにすっかり夢中になり、美術館のウェブサイトで生中継を何時間も見ていたことを思い出した。向かいの椅子に入れかわり立ちかわり座る他人と見つめあいつづける女性を見て、モリーは涙ぐんでいた。妻がいったい何にそれほど深淵な意味を見出しているのかわからなかった。あわれにも、そして愚かにも、ギルはパフォーマンスアートに対して前時代的な抵抗を感じるのだ。

「ええ、すごかった。じつは初日に招待されて、あの椅子に座ったのよ」

「ほんと?」モリーは興奮が抑えきれないのかサングラスをはずした。「どうやってそんな機会を?」

「ナイルズが役員なの。誘われたときは二つ返事で行くって答えたわ。わたしたちが行ったときは始まったばかりだった。パフォーマンスのテーマのひとつが忍耐でしょ、いろんな顔を何日も何日も見るわけだから。そういうことを考えあわせても強烈だった。かなりきつかった。彼女の正面に座ってたのはたった七分なのに。彼女、深いところまで〝見つめる〟の。容赦なく。でもなんとなくやさしくもあって、それがまた恐ろしいの。慣れてないからだと思う」

「ほんとうの意味で認識されるのね」

「そのとおり。全部を見透かされてるっていう感覚。家族とか友達とかをそんなふうに見ることも、見られることもないじゃない？　だからわたしたちの日常には何かが欠けてるような気がしてくる。気がするだけじゃなく、ほんとにそうかも。わからないけど。わたしたち、お互いに見える部分だけをその人の人生だと思っているのよね。とにかくマリーナの前にああして座ってるのはやりきれなかった。あまりにも人間くさいって誰かが言ってたけど、わたしは人間の域を超えてたと思う。宗教的な瞬間って言ってる人もいた。宗教的な恐怖と神秘が混在するって」

ギルは数年ぶりに、かすかだが昔のシャロンの声を聞いたように感じた。修士課程を始めてすぐにナイルズに出会っていなければ、彼女がなっていたかもしれない人物の声を。

シャロンは笑って首を振った。「もちろんナイルズは一時間以上座ってたわ。あの時点では誰より長かった。そのあと何事もなかったみたいに夫婦でディナーにいったのよ」彼女はそれがいかにもおもしろい話であるかのように、そして周知の事実——ナイルズは誰より優れている——の証拠であるかのように言った。ひょっとすると姉の意図を読み違えたのだろうか。姉はナイルズをそれとなく揶揄して、笑いのネタにしているのかもしれない。ギルなら喜んでもっとはっきり言ってやれる。シャロンの夫は人間同士のつながりがテーマの芸術作品を自分の支配欲を誇示する場に変えてしまおうとする、心ないナルシシストだ、と。

こんなシャロンは見たくなかった。主婦のシャロン、金持ちのシャロン、傲慢な夫の機嫌を取るシャロン。姉が結婚してアッパーイーストサイドに家を買ったとき、同じような愚痴を母親にこぼしたことがある。母は言った。あの子はあなたがこれまで知っていたのと同じ、賢くて、楽しい姉さんのままよ。ただ、彼女のそういう面が別のかたちで見えてるだけ。それから大学教授らしい口調になってギルに尋ねた。常に競争しつづけなければいけないのに低賃金で、根強い性差別がなくならない学問の世界をあきらめるのがそんなにおかしい？　シャロンが癒しと楽しみを求めるのが、なんでもできてどこにでも行ける自由を欲しがるのが、そんなにショック？　あの子はずっと旅行が好きだったでしょ？大学三年のときオックスフォードに留学して、そのままあっちに編入することも考えてたじゃない。ナイルズがいれば、少なくともあの子がいつも心のどこかで望んでいた生活に、かぎりなく近い生活を送れる。それって誰もが人生において成し遂げようとしてることじゃないの？　そうだな、とギルは認めた。母さんの言いたいことはわかる。だけどほんとうに**これ**が姉さんの望んでたものなのか？　調子のいいことばかり言う、自慢好きのやつらに囲まれた生活が？　もしかしたら、と母親は穏やかに指摘した。あなたは単純に、シャロンが手にした富と快適な暮らしがうらやましいだけなんじゃないかしら。**そんなんじゃない**とギルは怒ったが、図星を指されたように聞こえるのは避けられなかった。当時の彼は非常勤講師の給料でどうにか生活をやりくりしていた。来る日も来る日も世の中で起こる出来事を報道しつづけることとの残酷さによって、すっかり頑固になったジャーナリストの父親は、顔をしかめてこの会話を聞いていた。そして、たとえ理解できない選択だったとしても姉さんの幸せは喜んでやるべきだ、と言った。誰が見てもシャロンは幸せそうじゃないか。おれたちはシャロンの家族だろう。おまえに求められているのは姉さんに許可を与えることじゃない、受け入れて、一緒に喜んでやることだ。妬みはいったん忘れろ、そのほうがおまえも幸せなはずだ。ギルが知るかぎり、この父の幸せに関する主張が正解だったとまだ証明されていない。ギルが両親のアドバイスを正しく実行できなかったからかもしれない。

若い男――ローマ出身のジョヴァンニよ、とシャロンが紹介した――がドリンクのおかわりを持ってきた。それぞれトレイから受け取っていると、ナイルズとマシューが帰ってきた気配がした。

下から大きな声が聞こえた。

「嫌だ、パパのクソ野郎！」たぶん車で戻ってきたのだろう――精巧に造られた車の音は人間の耳に届かないらしい――とギルは思った。ネグローニ一杯と波の音ですっかり気持ちよくなっていたが、無理やり体を起こす。

「マシュー！」ナイルズが怒鳴る声とドアが乱暴に閉まる音。

「帰ったみたいね」シャロンはサングラスを持ちあげて、テラスの端の旗竿にとまった鳥を見つめた。

「僕にかまうな！」マシューが叫ぶ。家の中にいる。さっきより近い。外からテラスにいるギルたちが見えなかったのだろうか？　車があるのに気づかなかったのか？

ギルは振り返りたいのをこらえた。おそらくガラスの向こうにあのろくでもない少年がいるが、あまりじろじろ見たらシャロンに失礼だろう。

テラスのドアが開いて、息を荒くしたマシューが現れた。端整な顔を怒りで歪めている。その怒り以上にギルを狼狽させたのは、十一歳の彼が思春期前の子どもらしい子どもではなく、細部まで作りこまれた小型の大人のように見えることだった。

「ママ！」母親がほんの一メートル先にいるのに気づいていないかのようにマシューが金切り声で叫ぶ。「ねえママ！」

「何、マシュー？」シャロンは息子に目をやったものの立ちあがらなかった。

「パパにこれ以上クソみたいなこと言うなって言ってよ」マシューはドアの枠に両手をかけて身を乗り出した。両腕の筋肉に力が入っている。

「ハニー、ちょっと落ち着いたらどうかしら」シャロンがたしなめた。

「嫌だね！」少年は叫び、目をぎゅっとつむってのけぞったかと思うと、ギルのほうを向いて狂犬のように歯をむき出した。

「叔父さんに挨拶して」このガキに礼儀ある振るまいなんて可能なのか？

「しない。こっちに来てよママ。いいかげんにしろ、このゲス野郎ってパパに言ってくれなくちゃ」マシューは惨めったらしく言い、おしっこを我慢しているようにぴょんぴょん跳ねた。シャロンは意味ありげなため息をついて上体を起こし、サングラスを下げると目を細めて海の波を眺めた。「また戻ってくるから」彼女がそう言ったとたん、場の雰囲気が変わったのをギルは感じた。これから一週間は、到着してからののんびりした数時間とはまったく別物になりそうだ。

シャロンは息子の横をすり抜けた。彼はまだドアのところで唾でも吐いてやろうかという目つきでギルをにらんでいたが、首をひと振りするとくるりと向きを変え、母親のあとについていった。ぐずぐず文句を言う声はすぐにまた叫び声に変わった。

「子どもたちを見てくる」ギルは立ちあがった。アルコールを飲んでいたのとアドレナリンがずっと引いていく不快感でめまいがし、ラウンジチェアの背に手をついた。

「ひとりにしないでよ」モリーが小声で言い、前にかがんでギルの手を握った。「あの子が戻ってきたらどうするの？」

「隠れてたほうがよさそうだな」だんだん大きくなる金切り声のなかで誰に聞かれるわけでもないのにギルも小声で言った。

ふたりはリビングの、キッチンからもっとも離れた壁に沿って歩いた。キッチンではマシューが怒鳴っていた。「ひどいよ！　嘘つきどもめ！　よくも僕にそんな嘘ついたな！」

ギルはその声をさえぎるようにゲストルームのドアを閉めた。鍵もかけたほうがいいかもしれない。やはり甥は正気ではないようだから。両親を殺したあと、血まみれのナイフを持ってここにやってくるかも。

映画『ファミリー・ゲーム』を見ていた娘たちは心配そうな顔をしていた。騒動が聞こえていたのだろう。

もう帰ったほうがいい。酒を飲んでしまったから、タクシーを呼んでニューヨーク行きの電車に乗るのだ。マシューが情緒不安定なのは明らかだ。ギルたちがいたところで、事態は悪化する一方だろう。

もしこのとき直感にしたがって動いていれば、すべてが違っていたかもしれない。

翌日、ギルは居眠りしないように必死だった。最後にビーチで眠ったのは二十四歳のとき、グアテマラの黒い砂浜でのことだった。小説の執筆を名目にした旅行だったが、実際はほとんどの時間を、外国人向けバーで酒を飲みマリファナを吸って過ごした。ビーチで昼寝から目覚めると、友達の姿はどこにもなく、蚊の大群にたかられていた。今はあのときとは違う。守るべき人がいる。娘たちが波に飲まれないよう見張っていなければならない。

パラソルの影で胸の上に本を広げたまま寝ているモリーの隣で、ギルはしっかり座っていようと頑張った。打ち寄せる波の音とちぐはぐな、鈍く乾いたリズムで頭がずきずきと脈打つ。

昨夜、もうやめたほうがいいとわかっていたのに、ナイルズがボトルを開けるたびについ「いただくよ、ありがとう」と答えてしまった。でなければ、いつあんなワインを飲む機会がある？　自慢ばかりのナイルズだが、ワインを選ぶセンスは本物なのだ。それともワインセラーを管理するソムリエのセンスがいいのだろうか。どちらにしても賞賛されるのはナイルズだ。まあ、そんなことはどうでもいい。二〇〇〇年のヴァレンティーニ・モンテプルチアーノや、同じく二〇〇〇年のラトゥール、それからナイルズが「そうそう手に入らない特別なもの」と言うほどのラ・ターシュが目の前にあるのだから。

娘たちとマシューは、シアタールームのなめらかな革張りの座席に座って大画面で『カールじいさんの空飛ぶ家』を見ていた。映画はシャロンがイングリッドに選ばせてやったものだった。三十分後、大人たちがまだ前菜を食べているとき、マシューがぶつぶつ言いながら大股で通り過ぎていった。くだらないガキ向けの映画なんて僕は見ない、赤ん坊じゃあるまいし。ああいうのは大嫌いだ。遠くでドアが乱暴に閉められる音がした。ディナーが終わるころ、ギルはシアタールームの様子を見にいった。娘たちは巨大なポップコーンの容器を挟んで身を寄せ合っていた。いくらか年のいったアジア系女性のベビーシッターが後方の席から、問題ありませんよというふうに微笑んでうなずいた。マシューの姿はない。ギルは安堵して、しばらくのあいだスクリーンを眺めた。大量の風船をつけたかわいらしい家が空を飛んでいる。映画館でこの映画を見たことがあるよな、と娘たちに話しかけようと足を踏み出したとたん、酔いがまわっているのを感じた。息がワインくさく、ふわふわと心地よいめまいがして、座席に手をついた。ベビーシッターには立派な酔っぱらいに見えていることだろう。ギルは大人たちがいる明るいダイニングルームに戻ることにした。

ワインからバーボンに切り替えたころには、味覚がほとんど働かなくなっていた。それでも鼻の下でグラスをかかげ、くるくるまわしながらナイルズが話すのを聞いていた。ヴィンテージもののあれやこれやがどれほど貴重か、敷地内でオオカミの群れを放し飼いにしている変わり者の日本人収集家からワインを買ったときの話、などなど。気づけばギルは、じつに興味深い話だね、などと相づちを打っていて、モリーが子どもたちを寝かせに部屋に戻ったときも、すぐあとにシャロンが引きあげたときも、その場に残った。

たった数口のアルコールに吐き気をもよおすほどの金が支払われたという事実のせいで滑稽に聞こえるものの、興味深いのはほんとうだった。ナイルズは普通の人間ではない。彼の残酷なまでに率直な人柄は、出会った瞬間、そのことを相手に気づかせる。尋常でないほどバランスの取れた体に、この日は品のいいジーンズに白いシャツを合わせていた。革の靴はいかにもやわらかそうで、ひざまずいて触りたくなるほどだった。ハリウッド俳優にいそうな、クリスチャン・ベールやヴィゴ・モーテンセンと同系統のハンサムだが、もし俳優だったとしても、やるのは美男の悪役ばかりだっただろう。妻を虐待する夫、魅力的な連続殺人鬼、社会から金を吸いあげる銀行家。このうちのひとつは——ひとつだけであることを願う——ナイルズの現実での役割なわけだが。おかげでこの家と、このワインがある。

夜が更け、ますます酔いがまわってきて、ギルは気がついた。こんなに長い会話をナイルズとかわしたのは初めてだ。このまま話を聞いていれば、この十五年間どんなふうにして姉が変わったか理解できるかもしれない。ナイルズはロシアのマフィア同士の抗争について長々と語った。それぞれが所有するギリシャの島に関する争いで、最後は誰かがモーターボートにはねられて終わった。ナイルズはその事故に危うく巻きこまれかけたらしいが、バーボンを飲みながら聞いていたので曖昧だ。明らかなのは、ギルが感心し、畏怖の念すら抱くのを、ナイルズが期待していたということ。この男のカリスマ性にはわずかではあるが人を萎縮させる要素があった。それは感じとるもので、表面的な態度だけを見るとわからない。実際ナイルズはギルの家族に対して、冷淡で距離を置いていたともいえるものの、いつも親切で礼儀正しかった。

シャロンとの結婚式——費用のほとんどをもつとナイルズが言い張り、ギルの両親は驚愕すると同時に安堵した——での彼は慎み深く、乾杯の際に涙も見せた。それにシャロンは夫を愛している。というふりをしている。いや、ほんとうに愛してるんだ。そうだといい。金持ちへの偏見があるから、根拠もないのに嫌な想像をしてしまうのかもしれない。だがマシューがあんな恐ろしい人間に育ったのには原因があるはずだ。父親の罪は十倍になって息子に返ってくるんじゃなかったか？　聖書にそう書いてあったような？　おれは酔っぱらって、何を大げさに考えてるんだ。人の家で数百ドル――数千ドルか？――分もの酒を飲んでおきながら、その家の主人を批判するなんて。

ようやくギルはすすめられた酒を断って、よたよたと部屋に戻った。モリーはまだ起きて本を読んでいた。「あらあら」隣に倒れこんだギルに彼女は言った。「明日は楽しい一日になりそうね」

翌朝、モリーはギルを起こさないでおいてくれた。十時に目覚めたものの、叩きのめされたように頭が痛く、喉は干あがり、鉛のような眠気に押しつぶされそうだった。少しでも楽になろうとコーヒーを四杯半続けて飲み干したものの、肩のあたりが余計に重くなっただけだった。

海の波が二日酔いを洗い流してくれるかもしれない。そう思って、砂浜まで歩いていき、カニを探して砂を掘っていた娘たちに、海に入らないかと訊いてみた。ふたりは歓声をあげて、浮き具を取りに走った。冷たい水がギルの足首をつかんで引っ張り、足元の砂が彼を裏切るようにサラサラと消えていく。最初の大きな波に打たれたとき吐きそうになった。

立っていようとするのに水に両脚をとられる。体にぶつかって砕けた波を越えると、すぐにまた次の波が殴りかかってくる。これ以上は無理だ。こんなの不自然だ。また波が来て彼を押し戻そうとしたとき、イングリッドの手を離してしまいそうになった。イングリッドが「パパ！」と甲高い声をあげた瞬間、ギルはパニックに襲われた。今すぐ海から出ないと。

波に驚いて目を見開き、髪が顔に貼りついていても、イングリッドはまだ海にいたいと言い張り、潮が引きつつある海岸に向かって急ぐ父親を振りほどこうとした。息を切らしたギルは、クロエに向かって叫んだ。戻れ！　今すぐ海から離れるんだ、今すぐに。

ギルはふらふらとタオルの上に倒れこんだ。心臓が激しく打ち、頭がくらくらする。このまま寝てしまおうかと思ったが、今度は日焼けが気になりはじめた。首のうしろ、髪の薄い部分、陽にあたっているほうの顔半分が熱い。仕方なくパラソルの日陰にある折りたたみチェアに移動する。椅子の背が低いので背もたれには寄りかからず、首の力を抜いて頭をがっくりと前に落とした。

「大丈夫？」モリーがギルの腕をつつく。

モリーのほうは昨夜のワインが残っていないようだ。サングラスは額の上に押しあげられ、髪の束がはらりと顔にかかっている。黒い水着を着た彼女の豊かな胸が目に入り、欲望がギルの中を駆け抜けた。次の瞬間、妙なことに絶望感に襲われ目に涙があふれた。

「海には入るな」まるで波に裏切られたかのように、憎々しげに海を指さした。その声は波の大きな音にかき消されそうだった。

「パパ！」波打ち際でふくれっ面をしたイングリッドが呼ぶ。「いつになったら海に入っていいの？」

「もう入らない。終わりだ。ママが一緒に行ってくれるんじゃなければな」

「ママは絶対に嫌。それはパパの仕事でしょ、ねえ？」

「だよね、ママ」クロエが腕を組んでにらむ。「でもパパちゃんと仕事をしないんだけど」

「この海はだめだ」ギルにはもう腕を持ち上げて海を指さす力も残っていなかった。「二度と入らない」

「パパってば！」イングリッドがタオルを鞭のように振った。「お願い、パパ！」

「あとで別荘のプールで泳ごう」ギルが子どものころはひとりで何時間でも砂浜で遊んだ。イングリッドと同じ年ごろだったはずだ。それともクロエの年ごろ、九歳くらいだったか？　きっとそうだ。しかし考えてみると、今のクロエをひとりで海に行かせるのは心許ない。この三十年間で海の危険が増したわけでも、ギルの両親が無関心だったわけでも、あの時代の子どもが変わり者ばかりだったわけでもないのに。

「約束だよ」イングリッドはそう言ってひとつかみの砂を海に向かってばら撒いた。

「ああ、約束する。別荘に戻って、ランチをしたあとだ」

「みんな聞いたわよ」モリーが言う。「取引成立ね」

しばらくのあいだそれぞれが本を読んだり海を眺めたりして静かな時間が流れたあと、クロエとイングリッドが散歩したいと言いだし、モリーがついていくことになった。隣の家までの距離がどのくらいか知りたいらしい。砂丘の向こうに白い塔が見える。ギルはひとりになって、ひと眠りしようとしたが寝つけなかった。ビーチ、別荘、プライバシー——ビーチにはほかにも家族がいたが、あまりにも遠くて小さな点ほどにしか見えなかった——、この場所のすべてが過剰だから。それでも彼はまだここにいる。ここは美しい。ほかに選択肢があるとでも？　招待を断ればよかった？　姉に会わなければよかった？　夫の金融の仕事がいかに邪悪か、姉に説いて聞かせる？　ついでに息子に集中的な治療が必要だという話もしておく？　ショック療法、あるいは手術も有効かもしれない、と。

娘たちが散歩から帰ってきた。ふたりでチェアを波打ち際まで引っ張っていって波に足を洗わせ、水中で足がふわりと浮くたびに歓声をあげた。ギルはシャロンがビーチまで降りてくるかと思っていたが、昼食どきになっても来ることはなかった。一家はそろそろ陽射しから逃れようと、別荘に戻った。

シャロンたちは別荘にいなかった。キッチンにいたコックがランチを用意してくれると言うので、テラスに出てパラソルのついたテーブルで〈ウノ〉を始めた。サンドイッチ、チップスのボウル、サラダのボウル、レモネードのピッチャーと冷えたグラスが運ばれてきた。イングリッドが連続で何度も負けて、もうやめると言うまでゲームは続いた。モリーが、こうなったらお昼寝しなくちゃねと言った。

「パパ、プールは？」ゲームに負けてまだ拗ねているイングリッドが、ギルの腕を引っ張る。

「お昼寝の時間だ」ギルはうめいた。

「約束したでしょ、パパ」イングリッドがだだをこねる。

「したわね」とモリーが立ちあがって伸びをした。「ふたりで楽しんできて」

仕方がない、昼寝ならあとでできる。たぶん。レモネードを飲んで二日酔いも多少はすっきりしたことだし。

プールの半分は日陰になっていたが、水はあたたかかった。ふたりは浅いほうの端にあるバスケットゴールにボールを投げて遊んだ。深いところに行ってしまうたびにイングリッドがパニックになって暴れるので、ギルは急いで抱きあげて落ち着かせてやらねばならなかった。なぜこの子は泳ぎを覚えるのにこんなに苦労するのだろう。クロエは六歳のときにはプールを何往復もしていた。八歳だったかもしれない。しかしそれを言うとイングリッドを責めているように聞こえるとわかっていたので、暴れずにリラックスして、ただ浮くんだ、などと説教するのはやめておいた。

一時間ほど遊んでから、もう休ませてくれと懇願すると、意外にもイングリッドはそれを許してくれた。ギルは背もたれのあるチェアを日の当たらない場所に移動させ、プールに近寄らないように娘に言い聞かせた。イングリッドは近くのガラステーブルに着き、お利口さんらしく、持ってきた塗り絵を始めた。

それからいつの間にか眠ってしまったらしい。そんなつもりはなかったのに。失敗だった。プールのそばに子どもがいるのに寝てしまうとは。なぜ家に入ろうと言わなかったのだろう。なぜエアコンのきいた部屋で昼寝しようと言わなかったのだろう。

聞いた記憶はないものの、水しぶきの音で目が覚めたのかもしれない。ギルは勢いよく起きあがり、目をしばたたいた。心臓がどきどきしていた。マシューがいる。グレーのTシャツと黒いショートパンツ姿で、プールサイドから水の中を見おろしている。ギルは夢うつつで少年を眺めた。

「マシュー?」と声をかけたが彼は反応しない。そのときはっとした。イングリッドはどこだ？　姿が見えなかった。視界に入らないところで遊んでいるのかもしれない。このラウンジチェアのうしろか、中庭の隅の低木の向こうかもしれない。立ちあがると、水の表面が揺れているのが見えた。激しくかきまわしたあとにだんだんと落ち着いていくような揺れ。そして目に入った。水中にいるイングリッドが。

泳いでいるのではない。プールの底に沈んでいる。ギルは娘の名前を大声で呼ぶと、マシューの横を走り抜け、深いところに飛びこんだ。マシューは叔父が野蛮な動物であるかのようにさっと飛び退いた。ギルに少年の顔が見えたのはほんの一瞬だったものの、その表情は冷たかった。あとで思い返すとほくそ笑んでいたような気もした。

水が跳ねあがり、泡立つ。このまま溺れてしまうのだろうか。だめだ、イングリッドを助けないと。頭を下げて底までもぐる。イングリッドの目がギルを見ている。ギルは娘の胸のあたりを抱きかかえると両足で底を蹴って水面に出た。ばしゃばしゃと水をかいてプールの端まで行き、つかまれ、縁を持って、いい子だからそこにつかまるんだと言うと、青い顔をしたイングリッドは弱々しく片手を縁にかけた。ギルは娘を押しあげ自分もプールサイドにあがった。横向きにしてお腹を抱えてぐっと押してやると、イングリッドは濡れた灰色の石の上に水を吐いた。

「イングリッド！　大丈夫か？　返事をしてくれ」仰向けにして顔をのぞきこんで、ギルは叫んだ。彼女は顔を歪めて何か言うと、泣きだした。
　イングリッドがギルの胸で泣いているところにモリーがやってきた。「どうしたの？　何があった？　怪我したの？　ギル、ねえ、いったい何が起きたの？」ギルは何も考えられず、ただ呆然と妻を見つめて言った。大丈夫、大丈夫だ、もう助けたから。怪我はない、怯えてるだけだ。しかし、とギルはあとになって思った。モリーはあのときおれより事態をよく理解していた。おそらくイングリッドの名前を大声で呼ぶのを聞いたときにだいたい想像がついただろうし、プールサイドにいるおれたちを見て確信したはずだ。ほんの少しでも状況が違っていたらおれたちの人生は終わっていたと。モリーは膝をついてイングリッドをギルの腕から抱えあげ、ラウンジチェアに座らせた。水から遠ざけるように。まだ波打っている水は彼らに向かって、特に手に入れ損なったひとりに向かって、手を伸ばそうとしているようだった。

　イングリッドは混乱していて、何が起きたか説明ができなかった。目に見える怪我はないものの、沈んでいるあいだに脳にダメージが生じてしまったのかもしれない。ベッドでしゃくりあげる彼女をなだめるモリーの隣で、ギルは必死にインターネットを検索したが、どれくらい水中にいたのかわからないので、役に立つ情報は得られなかった。

「やだ、やだ、やだ」ギルが話をさせようとするたびイングリッドがそう言うので、とうとうモリーが手でギルを制して、『フィニアスとファーブ』をつけたタブレットをイングリッドに渡した。イングリッドは敷きつめたクッションにもたれた。濡れた髪が肩にかかり、泣いたあとの目は腫れて、唇は青ざめている。スクリーンの光のせいでそう見えたのかもしれない。そばに寄り添うクロエの脚に手をのせる姿は、幼いころと同じだ。

　モリーはギルを部屋の隅に連れていって訊いた。「ギル、何があったの？」

「気づいたら寝てたんだ」隠し立てをする意味はないとわかっていたのですぐに白状した。恐れていたとおり、妻の顔に嫌悪の色が浮かんだ。今、彼女は夫を憎んでいる。それだけのことをしたのだから当然だ。

「おれが寝てるあいだ、イングリッドはひとりで遊んでた。プールからは離れてたはずだ、近寄るなと言っておいたから。だけど目が覚めたらあの子はプールの中にいて、おれは慌てて飛びこんで助け出した、もう平気だと思う。平気だよな？」

「どうして平気だと思うの？　溺れ死ぬところだったのよ！」モリーの声が大きくなった。

クロエがさっと妹にくっついて抱きしめると、イングリッドはクロエの肩に頭をのせた。

「マシューがいたんだ。プールサイドに。目が覚めたとき」

「なんですって？」

「目が覚めたらあいつがプールのそばに突っ立ってた。イングリッドを見おろしてたんだ。何もせずに」

「つまりどういうこと？　マシューが何か関係してるっていうわけ？」

「わからない。何も訊かなかったし、あの子を引きあげたときにはもういなくなってた」と答えたもののモリーの言うとおりだった。あのときパニックになりながらも彼の頭にはある考えがよぎった。マシューがプールサイドにいて、イングリッドはプールの中。あいつが何かやった。何をしたかはわからないが、間違いなくあいつのしわざだ。

モリーはじっと夫を見てから、クロエに動画を止めるよう言った。

イングリッドが怒る。「やだ！　なんで？　まだ終わってないのに」

「わかってるわ、でもその前に何があったか教えてくれる？」モリーはイングリッドの隣に腰かけた。ギルは罪悪感にさいなまれながら少し離れて立った。

「アニメが見たいんだけど」イングリッドがクッションを叩く。

「何があったか話して、ね。どうやって落ちたの？」

「落ちたんじゃないってば」わざと愚かなふりをしている両親の相手をしてやっているというように彼女は言った。

「どういうこと？　じゃあ何があった？」

イングリッドはため息をついて、呆れたように目をまわした。「パパが寝てるとき、遊んでたらマシューが出てきて、落とされた」

まるでたいしたことではないような言い方だった。なんでわかんないの？　馬鹿な大人たち！

そのとき感じたものを、ギルはまだ誰にも話していない。――ぞくぞくする感じ。おれは正しかった。やっぱりマシューのせいだった。おれじゃない。確かに寝落ちはしたが、娘が溺れかけたのはおれが油断したからじゃない。あの悪魔みたいないとこのせいだ。安堵が怒りに変わるにつれ、耳が激しく脈打ったので、モリーの次の質問を聞き逃した。イングリッドの答えはよく聞こうと集中する。

「遊んでたらマシューが一緒に遊ぼって言ってきて、わたしの石を投げたの」イングリッドは怒りとくやしさで顔を赤くしながらも話を続けた。「水の中に。それで、一緒に石を探してたら落とされた」

それから両親の顔色をうかがって言った。「もうアニメ見ていい？」

「待って、まだだめ、もうちょっと詳しく。わざとだったの？　あなたが自分でつまずいて落ちちゃったってことはない？」モリーの声は震えていた。

ギルは割りこみたくなる衝動を抑えた。イングリッドの思い違いなわけないだろ、あいつがイングリッドを突き飛ばしたんだ。おそらく泳げないのを知っていながら。仮に知らなかったとしても、あいつは沈んでいくイングリッドをただ眺め、プールの底にいるあの子を助けようともしなかった。溺れ死ぬさまを観察したかったから。

**卑劣で汚いやつ。人殺しのクソガキめ。**

自分で落ちたんじゃないよ、とイングリッド。マシューがわたしのわきの下に腕を入れてプールに放りこんだの。

押されたんじゃないの？　とモリーの声が怒りに震える。押したんじゃなく、放りこんだだって？　娘をプールに放りこんだ？

クロエが妹の肩に腕をまわした。ずっと黙っていたクロエは、このとき初めて口を開いた。「ママ、イングリッドはほんとのこと言ってるよ」

イングリッドの目に涙があふれる。「わかってる、ママはあなたのこと信じてる。ごめんね、もうアニメを見てていいから」

ギルがモリーについてバスルームに行くと、彼女はドアを閉めてギルの顔を見た。「帰りましょう、今すぐ」そう言う妻は恐ろしかった。怒りで顔がひきつり、目のまわりは紅潮している。獰猛な野獣のようだ。

「わかった。荷造りしよう」

「いいえ、あなたはお姉さんと話をするの」

ギルが固まってしまったのはほんの一瞬だったにもかかわらず、モリーは彼の臆病さゆえのためらいに気がついた。「シャロンに言わなくちゃ。彼女の息子がイングリッドをプールに投げ入れたんだって。イングリッドは泳げないのよ。これって……」モリーはそこで言葉を切って、両手で眼球を押さえると震えるため息をついた。

「言うよ。シャロンに言う」

「ええ」モリーはまばたきをして涙を拭い、ギルのうしろのドアを開けようと手を伸ばした。ギルは彼女が通れるようタオル類が入った棚にぎゅっと身を寄せた。

ドアの正面の鏡にはギルの滑稽な姿が映っていた。頭にぺたりと貼りついた薄い髪、濡れてちょろりと垂れたあごひげ、濃い色の毛が汚らしく広がる胸元、冷えた水着が貼りついた股間、青白く貧相な脛、大きく不格好な足。着替えないと。シャロンに会いにいく前に。つまり、関係を断ち切りにいく前に。そうならざるをえないだろう。十年以上の時をかけて消耗し脆くなった姉弟間のつながりが、こんな大きな衝撃に耐えられるとはとても思えない。ほんとうのことを話すとすれば、だ。だけどもしモリーとイングリッドを裏切って姉に嘘を言ったら？　もし彼の臆病さが家族の安全を守るより平穏を選んだら？　ギルは震える手で、べったり貼りついた水着を脱いで、ボクサーパンツとジーンズをはいた。

シャツのボタンを掛け違えた。やりなおして、また掛け違えた。その間ずっと見守っていたモリーのイライラが目に見えるようだった。

シャロンはソファで雑誌を読んでいた。ギルはしどろもどろに、さっき目が覚めてから起こったこととイングリッドから聞いたことを、自分が理解しているとおりに話した。シャロンの顔は徐々に不快そうに歪んでいった。

ギルが話し終えるとシャロンは言った。「ギル、大変だったわね。だけどありえないわ。イングリッドは怖い思いをしただろうけど、まだ子どもだから勘違いすることがあるでしょ。誓って言うけど、マシューがやったんじゃない」

シャロンは息子をリビングに呼んだ。その声のトーンに何かを感じ取ったのか、ナイルズもやってきた。胸の前で組んだ腕の筋肉がTシャツの袖の中で盛りあがっている。

「何?」手に持ったiPhoneから目を離さずマシューが言った。

「ねえ、さっきプールのところにいた?」シャロンが高圧的に尋ねた。ギルの突飛な思いこみが、今ここで正されようとしている。

「いた」マシューは顔もあげない。

ギルには姉がぎくりとするのがわかった。彼女の反論は出だしからつまずいてしまった。

「何してたの?」シャロンは怯えていた。このクソ野郎に何ができるか知っているからだ。

現実を受け入れられなくて、ベビーシッター、私立の学校、家庭教師、サマーキャンプなどを盾に、真実が目に入らないようにしているが、心の奥深くでは知っているのだ。

「しゃべってただけ、イングリッドっていう子と」ギルのほうをひらひらと手で示す。

「それで何があったの？」

ナイルズが口を挟みたそうに一歩踏み出した。マシューはその動きに気づいて、父親をにらみつけた。

「知らない。あの子は何かつまんない遊びをしてたみたいだけど」

「それでどうなったの？」

「はあ？」マシューは携帯電話を太ももに叩きつけた。

「おい、シャロン」ナイルズが言った。

父親の介入に刺激されたのか、マシューは鋭い目つきでこちらを見ると、嘲笑うように言った。「そういえば手に何か持ってたな、わかんないけど、石みたいな？　それをプールに落として、足を滑らせたんじゃないかな。そう、きっと足を滑らせて、プールに落ちたんだ」

「自分で落ちたのね？」これ以上うれしいニュースはないというように、シャロンの声が明るくなった。

「うんまあ、たぶん。滑った、みたいな感じ」

「みたいな感じ？」ギルは意図したより大きな声をあげてしまった。

マシューは叔父の顔を見た。「そうだよ、ギル叔父さん。滑った、**みたいな感じ**」

「きみが落としたんじゃないんだな？」ギルは少年に一歩近づいた。視界の端でナイルズが背筋を伸ばすのが見えた。

「僕が落とした？」

「ギル」シャロンが片手をあげて止めようとする。「お願い、ギル、わたしに話を――」

「シャロン」ギルはいったん落ち着こうと目を閉じた。うまくいかなかった。「イングリッドに全部聞いたんだ。あの子はマシューに落とされたと言ってる」

「まあまあ」ナイルズが何も問題など起こっていないかのように言って近づいてきた。まるでこれがウェストファァレン家の日常であるかのように。「何か誤解があったようだね。イングリッドはなんともないんだろう？」

ギルは義兄の顔を見ることができなかった。また人を見下したようなあの笑みを浮かべているに決まっている。ギル、きみも一応は大人だろ？　子どものおふざけに本気で怒るのか？　イングリッドは無事だったんだ。こんなふうに話題にすることさえ馬鹿げてる。

「イングリッドが嘘をつく必要がどこにある？」ギルは言った。「マシューにプールに落とされた、なんて言う理由は？　ほんとうにそう確信してるからだ」

シャロンが返事をする前にマシューが盛大に噴き出した。

「ねえ！　勘弁してよ、叔父さん、僕があの子を落としたと思ってんの？　本気で？」ギルを見てにやりと笑うマシューのあごの細い顔はオオカミのようだ。

「おれ――おれはただきみに――」ギルはなんとか先を続けようとしたものの、少年にさえぎられた。

「いいよ、教えるよ、僕が落としたんだ」マシューはたった今マッチポイントを取ったみたいに腕を組んで胸を張った。「僕がやった。石だかなんだかを取りたがったから、落としてやった」

「マシュー、やめなさい」ナイルズが言う。「冗談はやめて、ほんとうにあったことを話すんだ」

「冗談じゃないって、**パパ**、ほんとにあったことだって。僕があの子を落としたんだ」少年の声は怒気を帯びていた。

シャロンがマシューの腕に手を置いたが、彼はさっと身を引いて叫んだ。「触るな！」

「マシュー、いい加減にしなさい」険しい表情のナイルズは威圧感に満ちている。しかし少年はまるで気にならない様子で父親を無視した。

「ほんとのことを話せって言ったのはそっちじゃないか。叔父さんもほんとのことが知りたいんだよね。じゃ、教えてあげる。僕があの子をプールに放りこんだ。で、あの子は底に沈んだ。はい、めでたしめでたし」

ナイルズがマシューの腕をつかんでリビングから引きずり出した。離せ、このクソ野郎と少年のわめく声が遠ざかっていく。

「ギル、なんてこと、わたし……マシューは本気でああ言ったわけじゃないの、それだけは理解してね」シャロンは震える両手を合わせようとした。「学校で問題があって、去年はほんとにストレスが多かったの、それで、だから、あんなこと言うつもりじゃなかったって、あなたにはわかってほしい。何もかも本気じゃなかったって」

「どのへんが本気じゃなかったって？」なんとか声を荒らげずに言うことができた。

「何もかもよ」くだらないというようにシャロンは片手を上に向けた。「あの子はただ怒ってるだけ。キレたときはいつもこうなの。責められるのが嫌いなのよ」

「シャロン、あいつはたった今自白したじゃないか。聞いてただろ」

「やめてよ、ギル、まさかあの子がほんとうにイングリッドをプールに落としたなんて思ってないでしょ？　あの子がイングリッドを、その、**殺そうとした**だなんて信じてないわよね？」まるでギルがふざけているかのような言い方だ。少しのあいだ真面目に話し合うことすらできないのか？

「つまり聞かなかったことにしろと？　たった今、目の前で聞いたのに？」

「違う、そうじゃなくて、納得いく理由があるはずよ。あなたもよく知ってるでしょ、子どもってどんなものか」

「シャロン、イングリッドは子どもだけど嘘つきじゃない。**マシューのほうが**嘘をついているとは思わないのか？」

シャロンはたじろいだ。何か言おうとするものの言葉が出てこないようだ。ギルが背を向けたとき、ようやくとつとつと語りだした。マシューは学校で苦労してるの……あの子はセラピストと……全部誤解だったのに……それでわたしは……。わたし、あの子、わたしたち……そんな話ばかりだった。ギルは返事をしなかった。姉の顔を見ることもできない。彼女は話しつづける。ほんとにごめん、めちゃくちゃになっちゃって。もう帰っちゃうのよね？　もちろんそうよね、いいわ、ええ、いいの、気持ちはわかるから。帰りの飛行機を手配しましょうか？　そう訊かれてギルは、いや結構、車で帰ると答えた。

スーツケースを持って廊下でシャロンとすれ違ったとき、彼女はギルの腕を握った。その瞬間ギルはすべてが壊れてしまったのを感じた。そのときだけ怒りは不思議と収まった。車の中で子どもたちが寝てしまうと、怒りが再びこみあげ、モリーと一緒に、マシューへの嫌悪感、そしてモンスターの生みの親であるシャロンとナイルズへの嫌悪感をぶちまけた。ふたりを責めないではいられなかった。実際に彼らがイングリッドを水に放りこんだわけではないものの、それを可能にしたのは彼らだ。それから数カ月、事件の傷は癒えなかった。悪夢を見て叫びながら目覚める夜を何度も経るうち、ギルの中からシャロンはいなくなった。それから何年も姉に会うことはなく、かつてふたりのあいだにあった愛も絆も二度と感じることはなかった。全部死んでしまったのだ。

姉も死んでしまった。そしてあとに残された彼女の息子、ギルの娘を殺そうとしたモンスターは今、ギルたちとひとつ屋根の下で暮らしている。

# 7　二〇一八年一月

初日の講義が終わったら英文学科のオフィスで会う予定だったが、マシューは現れなかった。メッセージにも返信はない。一時間後、ギルが書類と格闘しながら数分おきに携帯電話をチェックしていると、ようやく返信が来た。

**ひとりで帰るから先に帰っててください。**

説明も謝罪もない。

**ほんとに？　遠いぞ。**

もう返事はこなかった。

少々自由にさせすぎたかもしれない。その結果、彼はまだ高校生のくせに、新入生のような顔をして堂々と大学にいる。もちろん彼とほかの学生にそれほど違いはない。まったくないといってもいい。違うとすれば、ほとんどがニューイングランド地方の田舎町出身である彼らより、マシューのほうが多くの面で洗練され、自立しているということくらいだ。とはいえ彼は親を亡くしているうえに、まだバーモントに来て一週間だ。初めから勝手な行動をさせないほうがいい。

数通のメールに返信し、バッグの中の本を整理して、時間稼ぎをした。七分経った。携帯電話をチェックしてから部屋を出る。うしろでバタンと音を立ててドアが閉まった。雪がひらひらと舞い落ちるキャンパスを歩いていく。マシューを置いていくのは間違いだとわかっているものの、ほかにどうしようもない。彼がひとりになりたいというなら、ギルにできることはない。

わざわざチャーチ通りを通って帰ることにした。マシューがいたら、偶然を装って乗って帰るように言うつもりだったが、そうはならなそうだ。寒すぎて外を歩いている者はほぼいない。

モリーとイングリッドは乗馬のレッスンで、クロエはミュージカルのオーディションを受けると言っていた。誰もいない家に帰ってきたギルは、質問攻めにあうのが先のばしになったことにほっとした。バーリントンにマシューを置いてきたの？　誰かと一緒なの？

いつ帰るって？

　エルロイが小走りで庭に出て、氷が張った雪の上を慎重に歩いていき、茂みのにおいを嗅ぎはじめたのを眺めていると携帯電話が鳴った。さっきの二一二で始まる番号。ニューヨークの刑事だ。手袋を取って画面をタップする。

「もしもし」

「ミスター・ギルバート・ダガン？」

聞き覚えのある声。留守番電話の女刑事の声だ。

「そうです」

「はじめまして、ミスター・ダガン。刑事のシンプソンです。今お時間よろしいですか？

何度かお電話差しあげてたんですけど」

「はい、大丈夫です」エルロイは森を抜けるトレイルの入り口で、鼻を上げてくんくんしている。

「マシュー・ウェストファレンのことで電話しました。あなたが保護者ですよね？」

「はい、それと妻も」

「彼はバーモントであなた方と暮らしてるんですね？」

「そうです」

「わかりました」女刑事はそう言うと黙った。ほかにも聞きたいことがあるようだ。

「何かご用件があったのでは?」今のはきつく聞こえただろうか?

「マシューがあなた方の家にいることを確かめたかったんです。まだ捜査は続いていますから」

「もちろん、はい、いますよ。秋に大学に進学するまではうちにいます」

「もし警察がマシューと話をしたければこちらの番号にかければいいですか? それともニューヨークの番号がいいですか?」

マシューと話? なんの話だ? 捜査? 捜査がどうしたんだ? 事情聴取か? 取り調べか? 未成年を? 弁護士が必要なんじゃないのか? さまざまな考えが頭をめぐり、返事をするまでに間があいた。「ええ、この番号で結構です」

「二、三週間以内に海外旅行のご予定はありませんよね?」

「ありません、新学期が始まったばかりですし、私は大学で教えているので——」ギルははっとした。海外旅行? 警察はマシューに国外に出てほしくないのか?

「もし何か計画されるなら、わたしに連絡してもらえますか? いまお電話しているこの番号か——」刑事に伝えられたもうひとつの電話番号をギルはメモしなかった。

た男が？」

「見つかったんですか？」ギルは電話の意味にうすうす気がついて尋ねた。「運転をしていた男が？」

「申し訳ないですが、捜査中の事件について情報を開示することはできないんです。今後起訴されることがあれば必ずご連絡しますので」

「ああ、そうですか。でも――わかりました」

「我々に連絡する方法はおわかりですね？」

「ええ、もちろん」と言ってからギルはつけ足した。「ありがとうございます」

「ミスター・ダガン、こちらこそお時間いただきありがとうございました。では」

散歩から戻っても、まだ誰も帰宅していなかった。五時半。講義が終わってからマシューを見ていないから、二時半からだ。もう帰ってこないのかもしれない。数時間前の最後のメッセージは、北に向かう車を運転しながら送ったものだったのかも。

国外に逃亡するつもりなのだ。四十五分も走ればカナダだし、もっと遠いところかもしれない。ギルはその可能性が広がるのを、もうひとつの現実が展開していくのを感じた。数年おきにやってくる、短篇小説のアイデアが降りてくるときの感覚だった。完全なかたちで降りてきて、すぐにでもページ上の文字にしなければならないという衝動に駆られるのだ。ハンドルを握るマシューが見える。解けた雪が跳ね返ってフロントガラスを汚すので、彼は一分おきにワイパーを作動させねばならない。誰かが少し前に吸った煙草のにおい。かすかに残るその金属のような独特のにおいのせいで鼻が痛くなってくる。マシューの車ではない。ラジオはついていない。少年はひとつのことだけに集中しているからだ。北の安全などこかに向かうことだけに。

馬鹿馬鹿しい。マシューはまだ十代だ。どうやって車を手に入れる？　彼の年齢では借りることすらできない。つい実際のマシューを概念と置き換え、現実にフィクションを重ねてしまった。

モリーと娘たちが帰ってくると、予想していたとおりの尋問が始まった。ギルは冷静に答えた。問題ないよ、マシューは大丈夫だ、心配いらない。夕食のあいだも努めて気にしていないふうを装った。食事の前後に一通ずつメッセージを送ったが返信はない。何も言わずに外出する。大人を無視する。ニューヨークにいたころもこういう行動が許されていたのだろう。ナイルズは投資銀行で昼夜を問わず仕事、シャロンのカレンダーは社交イベントで埋めつくされ、政府の高官より忙しくしていたに違いない。おそらくマシューはほとんどの時間をひとりで過ごしていた。ここでの基本的なルールを定めたほうがよさそうだ。たとえば、火曜日になんの説明もなく突然ふらっといなくなってはいけない、とか。

初日はどうだった？　とモリーに訊かれて、ギルはマシューが〈創作入門〉のクラスにいることを話した。

「そうなの、よかったわね」モリーはパン粉をまぶしたチキンを切り分けながら言った。

「よかった？」ギルは戸惑った。なんでよかったんだ？

「あなたの授業を受けたいって思ってくれてるんでしょ、いいことじゃない」簡潔で人間らしい説明だ。

「ああ。サイモンもそう言ってた。まあ様子を見るしかない」

モリーは、なぜ夫が懐疑的なのかわからないという顔だ。ニューヨークからの電話やマシューの不在、すべてがギルの不安を抑えられなくしていた。刑事から電話があったと妻に話さなければ。でもクロエがまだリビングにいる。友達とメッセージをしながら、大人の会話に耳を澄ましているらしい。モリーに話すのはあとでもいい。

ヘッドライトが家の前を照らしたとき、ギルはちょうど皿洗いを終えたところだった。シンクの上の窓から、融雪剤で汚れたホンダのシビックが、スバルのうしろに停まるのが見えた。ドアが開いて室内灯がつくと、運転席に座るスージーの顔が照らされた。マシューの片足はすでに助手席側のドアから出てきていた。笑っている。こういうこともあるだろう、同じ授業をとっているのだから。けれどもギルは腹の中に重たいものを感じた。この気持ちを人に説明するなら嫉妬という言葉は絶対に使わないが、それ以外の何ものでもなかった。すぐにでも外に出ていって、甥に近づいちゃだめだと彼女に忠告してやりたかった。

やがてマシューは車のドアを閉め、玄関に向かった。リュックサックを背負い、手には紙袋をいくつか提げている。

玄関のドアが閉まる音を聞いたとき、ギルは何も知らないふりをして「おかえり」とだけ言った。

「ただいま」まだ冷たい空気をまとったマシューは、ブーツを履いたままキッチンに入ってきた。解けた雪が床のタイルに落ちた。「ごめん。夕飯に間に合わなくて」そう言ってマフラーを取り、首を傾けて髪をかきあげる。着ているのはフードにファーがついた〈ウールリッチ〉のマウンテンパーカー。以前ギルはそれをバーリントンのショーウィンドウで見かけ、ぜひ欲しいと思ったのだった。千二百ドルもしなければ。マシューにとっては、ふだん着ているものと比べて買い得だったのだろう。

「気にするな。もし食べたければ冷蔵庫にまだ残ってる」

「大丈夫です、食べてきたから」マシューはかがんでブーツの紐をほどいた。ブーツも新品だ。買い物をしていたのか。さすが億万長者だ。もしくは近い未来の億万長者。マシューは専用の口座を持っている。後見に関する書類へのサインに立ち会った弁護士が、マシューが自由に使える金額が支給される個人口座や、そのほか数々の信託口座や銀行口座について説明してくれた。

「大学はどうだった？」ブーツを脱いでいる甥にギルは尋ねた。

「問題なしです。ひとりだけおかしな教授がいたけど。創作を教えてる」マシューがにこにこしながら顔をあげた。両方の手に片足ずつブーツを持っている。

「ああ、あの男は変人だという噂だ」

「それほどじゃなかったけど」マシューは頭の横をさした指で何度か円を描いた。「ちょっと変かもね」

ギルはジョークの行きつく先が読めなかったので、それ以上はつきあわなかった。

二階から降りてきたモリーが、今日あったことを聞かせて、とマシューに言ってリビングのソファに座った。意外にも彼は素直に従った。

「ええ、いいと思う」ギルがワイングラスをふたつ持っていったとき、モリーはそう言ったところだった。

「何がいいって？」グラスのひとつを妻に渡し、彼女の隣に腰かける。革張りの椅子にはマシューが座っている。

「マシューにも車があったら便利かもって話をしてたの。今日見てきたんだって。でも買うとなればわたしたちどちらかのサインが必要みたい」

「そうか」ほんとうは反対したかった。マシューは運転免許証を持っているのか？　ニューヨークでの運転はどうやって練習した？　免許証はバーモントでも有効なのか？

「自分のお金で買いますよ、当然。ニューヨークの免許証を使えるし」

　なるほど筋が通っている。目くじらを立てる必要はどこにもない。**だめだ、すまないがやめておけ、**などとは言えない。無造作で美しい髪、しわのないシャツ、おそらく日本製のジーンズ。これらすべてをマシューは自慢したいわけではない。ただ彼という人間がこうなのだ。その彼が車を欲しがっている。金もある。ふと思いついたからといってすぐに車を買うことができる十七歳。車があったら便利かな？　便利だよな、よし、買おう。

　イングリッドがリビングに来た。シャワーを浴びた髪は濡れ、シェルバーン牧場と書かれたTシャツを着て、雪だるま柄のパジャマのズボンをはいている。かわいい娘。この子を殺しかけたやつの車を買うかどうかを、おれたちはのん気に話し合っているのだ。

「ママ、算数を教えてくれる？」ドア枠にもたれたままイングリッドは訊いた。ためらいがちなのは会話の邪魔をするのを気にしているのか、マシューがいるから照れくさいのか。

「ええ、いいわよ」

さっきの話はどうやら終わりらしい。マシューは車を買う。ギルは許可の言葉を口にしなかった。許可しない理由はない。それでも彼の頼みを保留にしておくのは気持ちがよかった。しばらくマシューは欲しいものを得られるかどうかはっきりしない宙ぶらりんの時間を過ごすのだ。我ながら器が小さいと思うが、いい気味だ。

ベッドに横になったギルは、疲れてぼんやりしていた。娘たちが寝るまで起きていたのだが、マシューはまだ下のリビングで携帯電話をいじっていた。車の販売代理店を調べているか、ニューヨークの友達にメッセージでも送っているのだろう。

マシューはニューヨークでの生活についてほとんど話さない。学校や友達や街そのものを恋しく思ってはいるのだろうが、だとしてもギルの前でそんな様子は見せなかった。というよりおそらくギルに見せている部分などほとんどない。

「講義はうまくいった？」モリーはそう尋ね、携帯電話をベッドサイドテーブルに置いて本を手に取る。ギルは目を開けているのもやっとだった。

「シラバスの説明しかしてないけど」ギルは答えた。「大ウケだった」

「そう。わたしのクラスは来週からだわ」

そうだった。忘れていた。今学期モリーはバーモント大学で絵画のクラスを受け持つのだ。忘れていたことは、きっとばれている。

モリーはすでに老眼鏡をかけて本を開いていた。

ギルは自分の側のライトを消して、まだライトがついている妻のほうに背を向けた。そうだ、警察からの電話のことを話しそびれた。明日こそ話そう。

# 8

マシューの車——未成年のマシューは名義人になることができないので正確にはギルの車——を買うのは当惑の連続だった。ギルは財産を管理する弁護士に電話し、購入が認められるのを確認した。最初の養育費の支給時に車の購入費も振り込まれると弁護士に言われて、その二日後に入金された。五万二千ドル。弁護士からのメールに詳細が記されていた。四万二千ドルが車の分、一万ドルが養育費。車を購入して余った金額で、保険や登録料などマシューに関連する支出を補っていいとのことだった。ギルは人生で一度も、こんな大金が自分の口座にあるのを見たことがなかった。すぐに大部分を使ってしまうだろうが、いくらかはクレジットカードの支払いにまわせるだろう。借金を抱えたまま死ぬのだろうと思ってきたが、マシューのおこぼれに預かって、それは免れそうだ。

アウディがいいとマシューが言うので、サウスバーリントンのディーラーに連れていった。数時間後、家を除けばギルがこれまで所有した何よりも高価な車とともに店を出た。

マシューがいちばん高額な車種を選び、あらゆるオプションをつけることに同意するのを見ながら、ギルはなんとか顔をしかめまいとした。結局この少年の金なのだ。車の代金に限らず全部が。なのに自分の口座に入っているものだから、すべて自分の金のような気がしてくる。ひとり占めしたくなる。マシューが来て暴かれたもうひとつの悲しい真実――ギルが金に執着したことがないのは、金を持ったことがなかったから。たった一ヵ月口座が潤っただけで、欲と意地汚さが露わになってしまった。

車を手に入れたマシューはほとんど毎日外出するようになった。どこに行くのか訊いても、曖昧な答え方しかしないのでさっぱりわからなかった――**ちょっとね**。ちょっとってどこ？　バーリントンですけど。何しに？　特に何も。これまでに二度、外で彼を見かけたことがある。一度目はチャーチ通りのショッピングエリア近くを何人かの学生と、まるで旧知の仲みたいに笑いながら歩いているところ。二度目はキャンパス内のジムのランニングマシンで走っているところを、窓の外から。膨張した筋肉がくっきりと浮き出た脚にショートパンツがずりあがり、腕は素早く前後に動き、顔は汗に濡れていた。表情には固い決意が現れていた。ただの決意ではない、陰のある何か。今にも誰かに殴りかかりそうな様子で、口元は歪み、拳は握りしめられていた。かなり速度をあげてあるのか、マシンは左右にがたがた揺れ、そのまま崩壊してしまいそうだった。ギルは甥の本性を垣間見た気がした。いつもは慎重に隠されたほんとうの姿を。

しばらくしてギルは、彼にどこで何をしていたか訊くのをやめた。モリーに言われたとおりの考え方をしてみることにしたのだ。マシューの自由はギルの自由でもある、と。彼がいないあいだは家族も解き放たれる。何かと気をつかわせるマシューと、彼がいるどうも様子がおかしいギルから。それぞれがふだんどおりに生活できる。午後は娘たちと過ごし、宿題を見てやり、習い事の送り迎えをすればいい。それにマシューがたった数週間ではなく何年も一緒にいる家族の一員に見えるときもある。ある夜、ディベート部の練習を終えたクロエを迎えにいって帰ると、彼が玉ねぎを切っていた。涙がにじむ目をしばたたいて笑うマシューに、コンロの前にいるモリーが指示を出している。

「もうそれでいいわ、十分よ。まな板ごと持ってきてここに入れて」

マシューが片手でまな板を持ち、もう一方の手に包丁を持ってコンロに近づくのを、ギルは玄関から見ていた。フライパンに入った玉ねぎがジューッと音を立てる。

「スプーンで混ぜて」モリーが言う。

あたたかな家庭の一場面と見るべきだろうし、知らない人の目にはそう映るだろう。夕食の準備をする母親と息子。娘たちはふたりともキッチンでの仕事に興味がなく、クロエが気が向いたときに簡単なクッキーを作るくらいだ。

数日後、ギルが帰宅すると、明かりはついているのに誰もいなかった。エルロイがひとしきり跳ねまわったあとようやく落ち着くと、モリーのアトリエのほうから声がした。はじめはマシューの何か言う声、次に甲高いフルートのような妻の笑い声。最後に妻がこんなふうに笑うのを聞いたのはいつだ？　数週間、いや数カ月前？　それより前だろうか？　急いで玄関の収納スペースに戻って、ドアをノックし細く開けてみた。

「いるのか？　モリー？」エルロイがギルの足元をくぐりぬけ、ドアを大きく開けて入っていった。

モリーのアトリエはもともとガレージだった。この家に引っ越してきてから唯一加えた改装だ。改装にかかる費用を出すのもやっとだったが、ギルが強く望んだ。バーモントに来るときモリーが多くのものをあきらめてくれたことに、どうしても感謝を示したかったのだ。ニューヨークだったら、こんなアトリエは持てなかっただろう。大きな窓はたっぷり光を取りこみ、そこから望む庭と森の木々は、雪に反射する西陽を受け輝いている。薄い色の木製テーブルに背の高い木製スツール、といったシンプルな家具。ペンや鉛筆や筆がいっぱいに入ったガラス瓶がいくつも並ぶ。

天板が傾斜した作業用テーブルの前にマシューとモリーがいて、そのテーブルには白い大きな紙がのっていた。紙の真ん中から伸びて網目のような模様を作る黒い線が見える。

エルロイはさっそくマシューの脚にもたれ、楽しげな顔で、ふわふわのしっぽを左右にパタパタ振っていた。

「ギル」モリーは笑顔だ。夫に向かって笑いかけたのではなく、マシューが言った何かに笑っていた。

「声がしたからさ。娘たちは帰ってるのか?」帰っていないのは知っていたが、のぞきに来た言い訳が必要な気がした。

「ふたりとも出かけてる」モリーは言った。「マシューがわたしの作品を見たいんだって」興味を持ってもらえてうれしそうだ。ギルも興味がないわけではないが、長時間誰にも邪魔されず、ひとりで没頭する時間が彼女には必要だということも知っていた。でも、もしかすると考え違いをしていたのかもしれない。必要なのはひとりで没頭する時間ではなく、**これ**だったのかもしれない。興味を示して、作品を見せてくれとせがむ誰か。

「すごくきれいな絵だね」マシューが、額に入れた絵画が並ぶ窓際の長テーブルを指さした。最後に聞いたとき、ほとんど作業は終わっていて、もうすぐニューヨークのギャラリーに送ると妻は言っていた。

ギルは絵に近づいた。見たことはあったが、全体を一度にまとめて見るのは初めてだった。ここ二年ほどモリーは青と黒のボールペンを使った作品に取り組んでいる。数本セットで販売されているような安物のペンで、精密でリアルな森の風景を描くのだ。濃く茂った低木、折れた枝が絡まった木の幹、土とその上に積もった落ち葉の層が、自然主義的な正確さで描かれている。さらに、影の濃さと光のパターンが織りなす森の密度が、インクの金属的な質感で表現されていた。まるですべての光がさえぎられた森に迷いこんで、二度と出られないような感覚を呼び起こす美しさがあった。

「ギル、すごいのよ、聞いて。マシューはキャロラインと知り合いなの」モリーが何を言っているのか理解するのに時間を要した。キャロライン。モリーの作品を置いてくれているギャラリーのオーナーだ。

「ていうか母の知り合いだったんだけど、二回ほど会ったことがあって。母がキャロラインはセンスがいいって言ってたのを覚えてます」マシューはギルの前の絵画を指した。

「母の言ったとおりだ」

「キャロラインが気に入ってくれるといいんだけど」モリーが言う。

「気に入りますよ」マシューがすかさず言った。ギルは自分の領域を侵害されたような気がした。そのセリフはおれが言うべきだったのに。甥がモリーに向ける笑顔はやさしかったが、気を引こうとしているようにも見えた。次に言う言葉を思いつけず、沈黙が訪れたところで気がついた。ふたりはギルが出ていくのを待っている。

「さて、メールのチェックでもするかな。邪魔してすまなかった」

エルロイを庭に出してやるとき、またモリーの笑う声が聞こえた。そしてまた嫉妬がギルの胸をちくりと刺した。

寝る支度をしているときにもモリーは、キャロラインとマシューの話題を持ち出した。信じられなくない？　マンハッタンにはものすごくたくさんギャラリーがあるのに。シャロンは何年もアート作品を集めてたんだって、知ってた？　シャロン、あなたに言わなかった？

「姉さんとはそんなに話さなかったから」ギルは思い出させるように言った。

「そうね」モリーは本を読むとき用のクッションを腰にあてて座っていた。レイチェル・カスクの新作のタイトルを指でゆっくりとなぞって言う。「ただわたしは、悲しいなって思うの。長いあいだ、ずっと共通の知り合いっていうつながりがあったわけでしょ？　わたしたちとシャロンに。マシューにも。それを今日まで知らなかったんだから」

「姉さんのほうは知ってたかも。キャロラインのウェブサイトで、きみの絵を見たかもしれない。だろ？」

「ええ。わざわざ探してたならね」

「うん、やっぱりきみの言うとおり、ただの偶然だな」ギルは妻が感じている悲しみを自分も感じてみようとした。ギャラリーにいるシャロン。その倉庫にはモリーの絵。つながりそうでつながらなかった。でももしシャロンが知っていたとして、何か変わっただろうか？　どちらにしても共通の知人がいるという連絡はなかったのだから。メールすらなかった。シャロンが黙っていた理由はマシューだ。彼がイングリッドを殺そうとしたとギルが非難したから。そしてそれは事実だから。その当のマシューがギルたちと同じ家で暮らし、叔母の作品をほめたり、ニューヨークのギャラリーの話をしたりしている。

**未成年である**ものの、マシューは見た目にはちっとも未成年ではなかったし、あらゆる点で成人といってよかった。ハリエットとフランクの家に夕食に招かれたときも、娘たちは連れていったが、マシューは置いていっても問題はなかった。マシューも誘ったものの——ギルではなくモリーが——、彼は大学の課題がたくさんあるから、よければ遠慮したいと言った。ギルはうれしそうに聞こえないよう気をつけて、もちろんと答えた。

引っ越してすぐのころ、バーリントンであったアーティストの展示会で、モリーはハリエットと出会った。子どもたちが同じ年齢で、クロエがハリエットの娘とすぐになかよくなったことで母娘それぞれ同士の絆が深まった。それでギルもハリエットの夫フランクと友達づきあいをせざるをえなくなった。契約社員のフランクは生まれも育ちもバーモントで、ほとんどの地元民と同じく病的にバーモントを愛していた。ギルは彼と真の友情を築こうと一応は試みたものの失敗に終わった。フランクは嫌なやつではないが、つまらない男だった。ついていないことに、夕食の席ではすぐに男女別の会話になってしまった。男同士の会話がしたい男なんて果たしているのだろうか？　女性たちのほうは短時間でも巨大な男のエゴから逃れてワインを楽しみたいのだろう。ギルは地ビールのヘディ・トッパーを飲みながらフランクの話を聞いていた。隣人がうちとの境にある木を三本切り倒したんだ。おかげで冬のあいだは互いの家ん中が丸見えになっちまった。

「こんなことで文句を言っちゃいけないよな、きみたち家族の試練を考えたら」フランクは太い眉をあげて言った。

「ああ」なんのことかわからなかった。

「で、彼はどんな具合だ？」

「彼？」ギルは訊き返した。

「甥っ子だよ。今きみんちにいるんだろ？」

「え、うん、そうなんだ。元気だよ、というよりたぶん元気だ。よくわからない」

「あの甥っ子だろ？　プールの件の。イングリッドの様子は？」

「ああ、その甥だ」モントークでの一件は友達みんなに話してきた。友人たちがギルの姉に会ったことがない理由、ギルと姉が疎遠になった理由として。

「いやあ、つらいだろうな」フランクが言う。「その子がってこと。気の毒に。もちろんきみたちも」

「そうだな、ほんとに悲惨だ」

「それでクロエとイングリッドは?」目を見開いてフランクが尋ねる。ビールを飲むと、ひと筋の泡が垂れ、濃いひげに吸いこまれた。ギルは意味のないことをごにょごにょと言った。大丈夫、問題ない。子どもたちはよくやってる、元気だし、マシューも大丈夫だし。

「大変だな」フランクはテーブルを叩くとビールを取りにいった。ギルとの話が盛りあがらないので飲むしかないのだろう。


こちらの会話が聞こえたのかモリーもハリエットに同じ話をしていた。マシューとの生活は思っていたより大変ではないこと、いかに悲劇的で痛ましい事故だったか。くりくりとカールした髪にふちどられたハリエットの上品な顔が同情を示した。マシューがすごく頑張ってるのがわかるの、とモリーが言った。ちょっとお行儀がよすぎるように思うんだけど、それもうちに馴染みたいからだと思う。健気(けなげ)よね。いっそのこと泣き崩れてほんとの気持ちを見せてくれたらいいんだけど、見せないようにしてるみたい。ハリエットが相づちを打つ。**なんてかわいそうなの。**

つまり、負担を感じているのはおれだけなのか。甥を重荷で、ストレスだと感じているのは。モリーが言ったことは事実ではあるものの、ギルは負担がいや増すのを感じた。妻やまだ年若い娘たちがしているように、自分も慣れて、この状況での最善を目指さなければ。でもそれができない。ギルは自分が犠牲者だと感じて苦しんでいた。孤児になった甥の存在によって犠牲になっていると。みっともなくて、非道ともいえる考えだ。そうわかっているから誰にも言うつもりはない、絶対に。

アウディを購入して得られた自由は、マシューが遅くまで寝ていられることを意味した。ギルはひとりでキャンパスに出勤した。大学に行く日は授業が始まるまでマシューに会わなかった。教室に行くといつも彼はすでに席について、スージーと話していた。

創作入門で扱うのは、ジョイス、マンスフィールド、ポーター、オコナーといったいわゆる〝古典〟だ。バーモントの小さな町から来た学生たちはたいていこういう作品に馴染みがないが、マシューは違った。ハーバート校で習ったのだろう。あるいはマシューも習うのは初めてだが、驚くほど深く正確に読解する力を持っているのかもしれない。課題の短篇だけではなく一冊丸ごと予習してくることもしばしばで、キャサリン・アン・ポーターのメキシコを舞台とした初期の短篇に関連して「花咲くユダの木」に言及し、『ダブリナーズ』に関連して「アラビー」に言及した。またキャサリン・マンスフィールドの「幸福」と「入江にて」における自由間接話法の用法の違いについて述べた。マシューの考察はほかの学生の理解を越えていたので、ギルは彼とこれらの高レベルの――少なくともエセックス・カレッジでは――議論を交わしてみたい気持ちを抑えなければならなかった。ほかの全員を置いてけぼりにしてしまうし、マシューへの、ひいてはギルへの反感を買うことになるだろうからだ。ギルはうなずいて「いいところに気がついた」と述べるにとどめ、別の学生の意見を求めた。

マシューの賢さについてギルと同意見の者はほかにもいた。マシューが履修する〈アメリカ文学I〉を教えるアリスが、ある午後、授業に向かうギルを廊下で引き止めた。今学期の授業や休暇について話したあと彼女は、お姉さんのことほんとうにご愁傷さま、と言った。

「それと前から言おうと思ってたんだけど、甥ごさんがわたしのクラスにいるの」ギルは身構えた。マシューが何か無礼を働いたのかもしれない。ところがアリスはこう続けた。

「ほんとに素晴らしい子ね」

「そうかい、それを聞いてうれしいよ」なんとか返事を絞り出した。

「何がすごいって、彼、ちゃんと〝読める〟のよ」アリスは空いたほうの手――もう一方は一冊のアンソロジーと印刷物の束を抱えている――をギルの腕に置いた。「わくわくするわ、あれほど深く読みこんで、本に真剣に向き合う学生を教えるのは」

「わかるよ。甥はおれの創作のクラスにもいるんだ。うちの娘も彼と同じマンハッタンの学校に入れるべきかも」冗談だったが皮肉っぽく聞こえた。実際皮肉だった。

「学費が高そう」アリスは首を振ってから訊いた。「あの子はこれからもこの大学にいる?」

「え?」

「来年度もいてくれたらそんなにうれしいことはないわ」

「うん」という気のない返事をしたギルをアリスは不思議そうに見つめた。ふたりとも次に予定があったので助かった。授業時間が迫っている。マシューは細長いテーブルの端の席でギルを待っているはずだ。

最後の学生たちがぎりぎりで駆けこんでくると、来週が最初のワークショップだぞ、とギルは言った。マシューとスージーが自分の作品のプリントアウトを持ってきて、みんなの前で朗読する予定だ。本人に朗読させるのはギルの手間を省くためでもあるが、そうすることで作品がまだ伸びしろのある未完成のものだと生徒が自覚できる、というのがギルの言い分だった。どちらにしても学生はクラスからの注目を浴びたがるものだ。このやり方で、彼らに自分の作品をアピールする機会を与え、さらにはギルの授業の準備に費やす時間を大幅に減らすことができる。ウィン・ウィンだ。

この日のディスカッションの最初のテーマはデニス・ジョンソンの短篇だった。学生のほとんどが理解できなかったという。「だって、なんであんなラストになるの？　それまでの話から全然想像できないじゃない」ある女子学生が言った。名前はなんだっけ？　名簿を見てもそれらしい名前を見つけられない。そこでスージーがジョンソンの手法を擁護する発言を始め、事なきを得た。マシューも手をあげて、とにかく文章の巧みさに感心した、特に車線に合流する車を陸に乗りあげる船にたとえたところが「完璧だ」と言った。

残りの時間は、何か文章を書いてみるよう学生には指示して、ギルは自分の作品の執筆に集中しようとした。黒いノート――教え子たちにもノートを一冊買って使ってみるようすすめているが、今はパソコンを使う者が大半だ――を取り出したものの、どうしてもマシューに目がいってしまう。カタカタとタイプしつづける彼は、ときおり手を止めて画面をじっと見つめる。そうしたあとは決まって、言葉が爆発的にあふれ出るかのように激しくキーボードを叩くのだった。一方、ギルはノートにたった三行書きつけただけ。読みかえしてみる。完全にゴミだ。学生にだったら、これもひとつの過程だ、ゴミでも最後まで書きとおしてみろ、とでも言うところだ。つまらない作業に聞こえるだろう。実際にやってみると、これがまたほんとうにつまらない。

「忘れないように」休み時間の七分前、せかせかとバッグに荷物をまとめだした学生たちに言った。「次回はワークショップだ」

スージーとマシューは一緒に教室を出ていった。肩が触れ合うほど寄り添って歩くふたりのうしろを、ギルは歩いた。あとをつけているわけではない、たまたま同じ方向に向かっているだけだ。彼らの手がゆっくりと絡み合い、マシューはスージーを引き寄せた。甥の幸せを喜んでやらねば。スージーはマシューにはもったいないほどいい子だ。駐車場に向かうふたりをしばらく眺める。スージーは声をあげて笑い、わざとらしく見あげると、つま先立ちをして、マシューの頬にキスをした。彼の顔はほとんど見えないものの、微笑んでいるとわかった。オフィスに戻る道でギルは気づいた。甥の満足、甥の幸せがおれを不快にする。あれでは何ひとつ問題ないみたいじゃないか。両親が死んでなどいないみたいじゃないか。彼らはもう戻らないのに。マシューは何事もなかったかのように、悩みなどひとつもないかのように次に進んでいる。おれが嫉妬しているのはそこだ。スージーと、若くてかわいい子とつきあっているからじゃない。どういうわけかマシューは悲しみとは無縁で、この世界の何ものも彼に触れることができないかのように、堂々としているからだ。

# 9

ギルがいくら注意深く観察しても、マシューが両親の死を悼む孤児らしい振るまいをすることはなかった。家の中を自由に歩きまわり、私道をすごいスピードで運転し――エルロイがよく庭をうろついているのに――、携帯電話を夢中でいじった。

マシューが夢中になっているのはSNSで、猛烈にタイプしているのは友達へのメッセージだろうとギルは思っていた。そろそろ友達にも会いたいだろう。ところがギルが、もしよければ数日マンハッタンに行くこともできるぞ――シャロンとナイルズのアパートメントに滞在すればいい。ローンはないし管理費は信託財産から支払われている――と提案すると、いや、別にいいです、行かなくて、と彼は答えた。

一度か二度、ギルは真実らしいものを彼の顔に見た。ふだんはていねいに隠された悪意が、誰にも見られていなそうなときに漏らす冷ややかな笑みに表れることがあった。たとえばイングリッドが夕食の席で〝おもしろい話〟を長々としてオチもなく終わったときや、子どもたちがモリーと一緒にくだらないコメディを見て大笑いしているときに。しかし、ほかの誰もそういう瞬間に気づいていないようだ。すべておれの想像なんだろうか。小さなものでもいいから、自分の疑いを確かなものにするサインが欲しくて、現実を歪めてしまったのだろうか。なんて意地悪で愚かなんだ。

教室の前に立って緊張することなどもうとっくになくなっていたのに、マシューの発表の日は時が二十年くらい巻き戻ったようだった。初めて教壇に立った、気まずさと不安でいっぱいの新人教師の気分だ。予定どおりワークショップ開始前に、課題にしてあったドナルド・バーセルミの短篇について議論した。ギルはその傑作を学生たちがこきおろすと予想して身構えたが、例年と違い、今年はみんなおおむね作品を楽しんだようだった。

いつものように先陣を切って、議論の方向性を定めたのはスージーだった。

「子犬を拾ったあたりでは先が読めて、心の準備もできるんですけど、韓国の孤児ときて、親やおじいちゃんおばあちゃんまでたくさん死んじゃったでしょ。それからマスクをした侵入者と取っ組み合ったって一文で笑いが止まらなくなったところで、いきなり哲学的な議論が始まって。もうそのころには、ストーリーが現実的かどうかなんて気にならなくなってるんですよね」彼女は席で身を乗り出して、濃い茶色の髪を耳のうしろで撫でつけながら、ひと息に言った。

「でも」と言ったのは、初日の自己紹介で読書よりゲームが好きだと言った男子学生だ。「子どもはあんな話し方しないよな。えっと、『基本的な前提』とか……」と言葉を切ってページの中を探しはじめた。ほんの数人が自分の短篇集に目を落としたが、ほとんどは雪がそっと舞う窓の外を眺めていた。ようやく男子学生が、探していた一節を見つけた。「あ、ここだ、『日常を当然とみなして消費することから脱却する手段では――』なんて、子どもは言わなくない？　それでなんか冷めたんだ」

「冷めるのは、そういうふうに意図されてるからだよ」マシューが今日初めて発言した。珍しく静かなのは――いつもはスージーを除いて誰よりもよくしゃべるくせに――緊張のせいだとギルは思っていたが、彼の声に緊張は微塵も感じられなかった。ふだんどおり、傲慢ともいえるほど落ち着いている。「つまり、子どもがあんなこと言うわけないけど、それが狙いなんじゃないかな？　おもしろいじゃん。さっききみが読みあげたところで、子どもたちは何か悟りのような、深いことを言おうとしてるんだけど、教師がさえぎって『そうかもね』って終わらせちゃうのが秀逸だよ」

スージーがうんうんとうなずく。彼女がマシューを好きなのは明らかだ。そうじゃない人間がどこにいる？　賢くて、ハンサムで、自信に満ちていて、ドナルド・バーセルミのよさを理解している彼を好きではない人間が？

教室が静かになった。ここで教授として意見を述べておこうか、それともほかに感想が出てくるのを待とうか。教鞭をとって十年以上になるが、思考に沈んでいるためか無関心のためかわからない沈黙を耐える時間は、いまだに居心地が悪かった。とりあえず待つことにした。忍耐が大事だ。ところが手をあげる者がなかったので、ギルはどの観点も平等に尊重するものの、最終的にはスージーとマシューの意見に賛成だと、はっきり言わなくても伝わるように慎重に話した。結局、えこひいきを非難される心配は杞憂に終わった。ほとんどの学生は今や降りしきる雪に心を奪われていたからだ。ちょうど休み時間だった。後半はワークショップだからな、とギルは念押しした。

数分間、廊下で携帯電話をタップ——健康への害はギルが大学生のころに吸っていた煙草よりいくらか少ないだろう——したあと、学生たちは細長いセミナーテーブルに戻ってきた。

スージーの短篇は、学生としてはよくできていた、彼女の以前の作品には及ばなかった。しかしギルは長年教えてきた経験から、ほんのわずかひらめく才能が、驚くべき、そして長く続く才能に成長しうることを知っている。特別な才能を持った作家が、若くして成功したにもかかわらず燃え尽きたり、自ら筆を折ったりすることがあるのも知っている。作家の人生はどれだけ辛抱できるかで決まる。強い使命感を持って、いいときがたまに訪れ、悪いときが繰り返し何度も訪れる最初の数年間を乗り越えたら、いつしかそれが自分の人生になっている。ほかの道を選んでいればよかったと悔やんだこともある。たとえばもっと報酬が得られる仕事につく人生、評価されつづけ、そのたび何か足りないと結論づけられることのない人生。だけど今はこれがギルの人生だ。長篇小説を二作、短篇を十ほど世に送り出した。ここ八年たいした作品は書いていないものの、執筆を軸に生活してきた。スージーもこの程度にならなれるかもしれない。あるいは、大学卒業後か芸術学修士号（MFA）取得後に書くのをやめ、別の道を切り開くかもしれない。未来はわからない。だからこそワークショップはゆるくやりたかった。作品をよくするための指導はするが、厳しい批判はしない。書きつづけていれば否定されることはざらにあるのだから、わざわざギルが嫌な役目を引き受ける必要はない。

　スージーは一語一語にやりすぎなくらい感情をこめて、物語を朗読した。しかし発表のやり方に文句をつけても仕方ない。舞台はノースイーストキングダムにある彼女の祖父母の農場だった。彼女はそこでヒッピーの両親に育てられた。両親はスージーを残して数カ月単位で家を空けることがよくあった。はるか北のまぶしく強烈な夏、鶏をしめた秋、凍てつく静寂の冬が生き生きと描かれた。それでも、これまでの彼女の秀作には劣る。鶏をしめたことについて書くのは二度目だが、前回のほうが臨場感とスピード感あふれる描写ができていた。その作品は去年、学内の文学誌に掲載された。だが、不完全な新しいアイデアを追うのではなく、最高のものを生み出した題材に戻ってさらに掘り下げ、光るものを見つけようとするのは、いい傾向だ。

ギルは何がうまくいっていて、どこに改善の余地があるか——切られた首の断面から血を噴き出しながら歩きまわり、木の切り株に突っ込んでいく鶏たちの不気味な描写はよくできているけれど、人物造形にどんな問題があると思う？——、学生それぞれが考えられるよう導いた。スージーはうなずきながら恐るべき勢いでメモを取っていた。数週間後、ギルの学内郵便箱に修正された原稿が届くことになるだろう。

マシューはディスカッションのあいだ、気に入った文章をひとつふたつ挙げた以外は静かにしていた。批評の時間は、何か思案するように顔をしかめてただ見守っていた。

スージーに質問はあるかと訊くと、ないと言うのでギルは言った。「マシュー、きみの番だ」マシューが立ちあがってコピーを配りはじめる。ギルの鼓動が速くなり、指先はじんじんし、頭がくらくらした。何度か目をしばたたく。緊張のせいかタイトルを理解するまで数秒かかった。「彼女はどう死にかけたか、そしてどう死んだか」。

マシューの朗読は上手だった。少なくとも大げさな朗読調ではなかった。それなのにギルは、彼の声を聞きながら同時に先を読もうとするので、かえって気が散った。都会に住む三歳の女の子の話だった。女の子と父親は公園に向かっていた。父親が急いでと声をかける。信号が点滅しはじめた横断歩道にふたりは足を踏み入れる。その日は朝から雨が降っていた。父親の手に引きずられるようにして歩く女の子は、雨粒が水たまりに模様を描くのに目を奪われ歩みをゆるめる。女の子は〝オイルの細いリボンがかかり、隅っこで新聞がどろどろに溶けた、暗い水たまりの表面をばしゃばしゃ踏んで〟みたかった。この一文の横にギルは〝よく書けている〟とコメントを書きこんだ。修正すべき点があるにしても、悪くない。〝細い〟の上に線を引いて消したが、それで文章がよくなったかどうかわからなかった。学生が書いてきたものを読むとき、彼はいつもその場で感じたことを書きこむ。ワークショップで学んでほしいのは、こうやって素早く手直しして自然なリズムの文章を作る方法だと、彼らにも話している。

次の段落には、女の子が知らない父親についての事実が書かれていた。投資銀行での仕事、娘が生まれたころの三年前にした浮気、仕事でバミューダに行ったとき、レンタルしたスクーターで茂みを突っ切ってそのまま崖から飛び降りようかと考えたこと。物語はどんどん男の過去をさかのぼる。ビジネススクール時代、女の子の母親との出会い。大学時代、寮のパーティーで出会った女性と一夜をともにしたあと、あれはレイプだったと女性に非難されたこと。彼女の主張は彼の記憶とは異なったものの、訴えられはしないかと怯えるはめになった。高校のとき、膝の内側(ないそく)側副靭帯と外側(がいそく)側副靭帯が断裂する事故にあうまでは、サッカーをしていたこと。腱が弾け飛ぶ音。空を背景に視界を覆う、タックルを食らわせた相手チームの選手の顔。審判に押しやられる前、その男子の口の端には薄ら笑いが浮かんでいた。幼いころ、近所の男の子たちが捕まえた鳥をバケツに入れ、モーターオイルをかけているのを見たこと。男は今もその光景を思い出すことができる。くちばしが開くたび見えるやわらかなピンクの口内が、羽根を濡らすオイルのつややかな黒に映えていた。くちばしが空気を求めてパクパクと開いたり閉じたりするのに、鳴き声はしなかった。

　視点は原動機付自転車で急いでレストランに戻る途中の配達員に移る。携帯電話の画面にはさらに三件の注文が入ったとの文字。二十七分以内に注文の品を取りに戻って、配達しなければならない。今、評価を下げるわけにはいかないのだ。ひとつでもシフトを減らされたら、シェアしている原付自転車の金を払えなくなる。そうなればあの年代物の十段変速機付きの自転車を使うしかない。すると、ますます悪循環で、家賃を払う金もなくなる。つまり、スタンにまた借金を頼まなければならないということだ。でも、やつはもう貸してはくれないだろうし、それどころか一度も返済していないこれまでの借金を返せと催促してくるだろう。これが、ひとつめの赤信号を突っ切るとき配達員が考えていたことだった。彼は次の赤信号も突破しようと身を乗り出した。次は女の子と父親が渡ろうとしている交差点だが、配達員が雨の日にいつもつける安物の実験ゴーグルは水滴だらけで視界が悪い。

ニューヨーク。事故。信号無視をする配達員。シャロンとナイルズを描いているわけではないが、ギルの頭にパニックの渦を起こさせるには十分だった。

ところが女の子と父親は無事だった。配達員がエンジンをうならせ、水しぶきをあげて走り過ぎると、〝跳ねあがった汚水がレース模様を描き、父親のズボンと靴を濡らした。父親が振り向いて怒鳴ったときには、バイクは走り去ったあとだった〟。

数行空いて、ひとつの長い段落からなる一節があった。八歳の女の子が乗馬のレッスンを受けている。馬の大きさに対して少女はとても小さい。サドルに腰かけた彼女の〝ヘルメットからカールした赤毛がはみ出し、両手はあごの下で手綱をぎゅっと握っている。少女の指示で馬が歩くと、人形の硬い脚のように飛び出た少女の脚は、小さな翼が羽ばたくようにパタパタ動いた〟。ギルは〝比喩が二重？〟とコメントしたものの、それほどひどい書きぶりではない。数年前に乗馬を始めたばかりのころのイングリッドを思い出す。実際に乗馬クラブに行って見たのでなければ、マシューがここに描かれているような詳細を知るはずがなかった。シャロンが乗馬をしていたのかもしれない。ハンプトンズで馬を買って、子どものころの夢を叶えたのかもしれない。

円形の屋内練習場をゆっくり駆ける馬の複雑な描写があり、ギルはページの端に〝不自然〟と書いた。別の馬が練習場に入ってきて、早足で少女と馬のほうに向かってくる。と、その馬は首をひと振りし、少女の馬に突進するかのようにスピードをあげた。怯んだ少女の馬スマッジは、ひとついななないてうしろ足で立った。思わず手綱を離した少女は、馬の尻を滑り、固い土の上に背中から落ちた。

**スマッジ。**イングリッドが乗っている馬の名前だ。マシューは彼女が馬の話をするのを聞いたのだろう。ということは、物語の少女はイングリッドだということだ。赤毛とあるからクロエとイングリッドを合わせたイメージか。赤毛——では最初の話の小さな女の子も同一人物ということだ。やつは、ギルの娘たちがどうやって死ぬ可能性があるかを書いたのだ。人殺しの空想。それをクラスで発表した。みんなで議論するために。

しばらくこの段落は続き、馬たちの混乱、騒音、大声、そして仰向けに倒れたまま動かず、ドーム型の白い天井を呆然と見つめる少女が描かれる。インストラクターが少女のそばにしゃがみこみ、肩にそっと触れて訊いた。「大丈夫？　立てる？」少女は動けない、うなずくことすらできないと思ったものの、その感覚はすぐに消えた。指先をぴくりと動かす。膝を曲げて地面に両手をついて起きあがった。

ギルは教室の向こうのマシューをにらみつけた。クソ野郎。死の妄想におれの娘を使うなんて、人間のくずめ。許せるものではない。マシューは顔もあげずページをめくり、読みつづける。

最後の節では若い女性――〝なぜ名前がない？〟と書き込む――が池でスケートをしている。起伏する大地と雪をかぶった松の木に囲まれた、楕円の氷。ギルの森の池に似ている。読み進めるほどに、その少女はクロエだとしか思えなくなってくる。髪は赤みを帯びたくせっ毛。帽子はクロエが愛用しているのとまったく同じだ。〝濃い眉のすぐ上まで引き下げた、白いアディダスのロゴがついた鮮やかなピンクの帽子〟。

イヤホンをしているので彼女には聞こえない。老人が起きあがるときのうなり声のような低く長い音、鋭い破裂音、轟くひび割れの音が。太陽をさえぎるものはなく、少女は日光のぬくもりを顔に感じている。暑くなってきたので帽子を脱ぎたいが、置いておく場所がないのであきらめる。〈イマジン・ドラゴンズ〉を聞きながら滑走し、回転する彼女の下で、氷が解け亀裂が広がっていく。ついに彼女は割れ目にぶつかる。全体重がかかった、スケート靴の細い金属のブレードが氷を砕く。

バキッと鋭い音を立てて新たに亀裂が入り、音楽でふさがれた彼女の耳にもその音が届く。そのとき、期待感に満ちて息をひそめるように、世界がストップした。悠々と滑っていた彼女はよろめき、ふらついて、倒れる。ついさっきまで安全に氷の下に閉じこめられていた水が、真っ黒な口を大きく開けて彼女を飲みこむ。少女が手足をばたつかせるうち、帽子がずれる。もがけばもがくほどまわりの氷は砕ける。黒い水が顔にかかる。靴紐をしっかり閉めていたのに水でいっぱいになったスケート靴に引きずられて、少女は沈んでいく。そして、いなくなった。あっという間の出来事だった。氷のあいだに浮かんでいたピンクの帽子もやがて沈んだ。あとに残るのは白と黒と静寂と平穏だけ。

マシューは拍手を期待するように顔をあげた。ギルは怒りで言葉をなくしていた。溺死だと？　明らかにクロエと思われる少女が？　それにあのピンクの帽子。何度も帽子に言及するそのやり方。

沈黙が恐ろしくゆっくり広がった。ギルはページを見つめることしかできなかった。怒りのせいで脈打つごとに焦点が合わなくなっていく。

「じゃ、わたしからいきますね」スージーが口を開いた。「まず文章がとっても上手だと思います」

「そうだな」と、隣の席のゲームは好きだがバーセルミは嫌いなさっきの男子が言う。

「なんだか気味が悪いけど、どんどん先を読みたくなるっていうか。もっと長くてもいいのにとさえ思ったけど、ページ制限とかがあるから、まあこれでいいんじゃない」

学生たちが賞賛を繰り返すなか、ギルの不快感は強まった。言いたいことはひとつだけだった。**よくもこんなものが書けたな?** ただし、激昂してはいても、決定的な証拠がないのはわかっていた。イングリッドのプールでの事件とまったく同じとはいえないし、どちらにしても事件のことを知らないクラスの学生たちはマシューの肩を持つだろう。特に乗馬のシーンが好き、細かいところまで真に迫ってるから、とアリスが言うのを聞いて、ずる賢いあいつは何も言わずうなずいている。

「そろそろ改善案を出していってもいいでしょうか?」スージーが尋ねた。

彼女は返事を待っている。が、口を開いたらマシューに向かって怒鳴ってしまいそうで何も言えない。おそらくそれが狙いなのだろう。そもそもこの授業を受けることにしたのも、ギルを挑発し、嘲り、問題を起こさせるためだったのだ。やつの思いどおりになりたくなければ無視するしかない。スージーが、三つのパートのつながりをよくするためにはどうすればいいかというような話をしている。明示されていないところがおもしろいんだけど、それにしてもつながりが希薄すぎるかも?

スマッジ。ピンクの帽子。最初のパートに出てくる父親はたぶんギルだ。もう一度、一ページ目にざっと目を通すが、ブルックリンが舞台だと示す証拠はない。それどころかニューヨーク市内とも書かれていなかった。小説は、ギル自身の恐怖で埋めることができる穴と隙だらけだった。おれがそうやって読むと、なぜあいつにわかったんだ？

なんとか顔をあげて教室を見渡す。学生たちは待っている。いや、そうでもないか。少なくとも半数は窓の外に舞う雪を眺めている。「マシュー」と言って、咳ばらいをした。「訊きたいんだが、本気なのか？」声が割れたものの、少なくとも言葉にはなった。

マシューは困ったようにふっと笑って首をかしげた。いったい教授は何を言ってるんだろう？

「なあ、マシュー、とぼけるな。スマッジにピンクの帽子？　何か言うことはないのか？」

「何かって？　細かい描写についてですか？」

「使ったことだよ、この話にあの子たちを使ったこと。こんなこと――意図的だってことはわかってるんだ――まさか――」怒りのあまり顔が熱くなり、めまいがした。顔をあげると、学生たちは当惑し、眉をひそめていた。彼らにはギルの言葉は支離滅裂だった。

「使ったって？」マシューが身を乗り出して目を細める。「そう感じました？」そう言うとまるで自分のほうが意地悪をされた被害者であるかのように、お手あげのポーズをして椅子の背にもたれた。「だったら、すみません。僕としてはただアドバイスに従っただけのつもりでした。知ってることを書けってやつ。いつも言ってるでしょ。**知ってることを書け**」最後のセリフは低い声で、ギルを真似ているようだった。そんなこと言ったこともなければ、信条にしてもいない。だが、問題はそこではない。

ギルは震える息を吸いこんで、机を見おろした。「きみにとってはゲームにすぎないんだな？」

マシューは乾いた笑い声をあげた。「ゲーム？　ああ、そうだね、そうだと思います。だって**創作**でしょ？」

「あのー、えっと、別の視点から考えてみたんですが」今までのやり取りを聞いていなかったかのように、まるでなんにも気づいていないかのように、アリスが明るく言った。「登場人物に名前があったほうがいいかなって。女の子の名前」

動揺したギルは、アリスのにきびが散った頬が真っ赤になるまでにらむことしかできなかった。タイミングは失われた。これ以上はマシューの罪を追及できない。今またその話に戻ったら、学生たちはギルがおかしくなったと思うだろう。もともとそう思っているのでなければ。今回はうまくごまかしたつもりだろうが、マシューは完全に逃げおおせたわけではない。逃がしはしない。だが今は行かせるしかないようだ。授業時間は終わりだった。

「じゃ、また来週」ギルは言った。

学生たちはひそひそ話をしながらそそくさと出ていった。ギルはどうしてもマシューの動きが気になってしまう。彼は席を立ってグレーのウールコートを羽織っていた。スージーが彼の腕に手を置いて笑っている。彼が勝ったから。

教室を出る前にマシューが近づいてきた。「すみません、えー、教授、これ――」と言ってほとんどコメントのついていない原稿を指でトントンと叩く。

「え？　ああ――」ギルは原稿を持っておいて、証拠としてモリーに見せたかったのだが、マシューは彼の手の下からさっと紙束をひったくると教科書のあいだに挟み、去っていった。

# 10

　ギルが家に着いたとき、アウディはなかった。モリーにメッセージを送ったが返事はない。帰りの運転中ずっと、考えすぎだとわかっていても嫌な想像を止められなかった。悩むべきことなんてひとつもない。まあ、ひとつもなくはない。だけど目に見えて深刻な問題は今のところない。たぶん。十中八九、マシューは危険人物ではない。自分がやったことを理解していない可能性がある。いや、やはりそれはない。事故について書いていたし、何より溺死について書いていたじゃないか。マシューは馬鹿じゃない。うちに住んで、うちで食事をして、同じテーブルに着いて、何も問題ないという顔をしているが、じつのところ問題だらけだ。なぜならマシューは普通の人間じゃないから。やつは頭がおかしいから。おれたちを池に沈めて、六年前に始めたことを終わらせようとしているから。

　ギルが家に入るとイングリッドがキッチンカウンターで宿題を広げていた。iPadが若者向けの音楽を流している。

二階で何かがきしむ音がして耳を澄ました。もしかするとマシューはもう帰っているのだろうか。「ママはどこだ?」

「知らない」とイングリッドは答えた。

「でも家にはいるんだろ?」そうでないとおかしい。モリーの車はあった。

「うん」イングリッドは話を終わらせたがっていた。

それもそうだ。宿題中だから。この子が知るかぎり心配事はないのだ。

イングリッドは消しゴムでノートをごしごしこすってから言った。「そういえばエルロイの散歩に行ったんだった、トレイルに」

ギルは出窓から外を見た。庭は暗い森に縁取られている。モリーが現れて手を振るような気がして、トレイルの入り口をじっと見つめた。マシューが一緒に散歩に行っていたらどうする? 池にモリーを誘い出していたら? 彼は以前、やけにあの池に興味を示していた。今まさに池の上にいて、氷を割る方法を見つけて、モリーをその穴に落としてしまったら? 叫ぶ彼女の口に、波打つ水が押し寄せる。ずれた帽子が片目を隠し、もう片方の目は恐怖に見開かれる。ブーツに水が溜まり、両肩が黒い水面に吸いこまれていく。もしそうだったら?

ぽつぽつと現れた斑点に視界をふさがれ、息が苦しくなった。息を吸おうとするのに空気が入ってこない。パニックだ。ブルックリンにいたころによく起こしたパニック発作。胸の苦しさが肋骨、腰へと広がり、あっという間に背中から肩にあがってきて、首を絞める。バーモントに来てから発作はなくなったと思っていたのに。葬られ、いなくなったはずのニューヨークのギルが、復讐のために墓場から這いあがろうとしているみたいだ。

「ちょっと行ってくる」それ以上は声が震えそうで言わなかった。

「わかった」イングリッドはタブレットの音量を二段階ほどあげた。

「何かあったら携帯電話にかけてくれ」イングリッドは返事をしない。面倒くさくて、おかしなパパ。

急いで家の裏にまわる。マウンテンパーカーのファスナーをあげながら庭に出ると、速度を落とした。窓からイングリッドが見ているかもしれない。むやみに怖がらせないほうがいいだろう。何も知らなければ用心もできないけれど。窓枠の中、テーブルで音楽に合わせて頭を揺らし、ときどき前かがみになって答えを書く娘は、小さくて儚げだ。

森に向かって歩きだす。雪から飛び出た草がブーツに絡む。大声でモリーの名を呼びたい衝動をこらえる。トレイルはループ状になっているから、出てくる彼らと入れ違いになる可能性があった。

木々の中はすでに濃い闇だ。懐中電灯を持ってくればよかった。おそらくモリーは持っているだろう。

丘をのぼる。周辺はほぼ松の木で、ときどきオークやカエデが生えている。数年前、子どもたちのためにこのあたりに秘密基地を作ってやった。重なる枝のあいだに、二本の木に渡した板が見える。

ここで道が二手に分かれる。真っ暗だが不自然な直線なので見分けがついた。足音やエルロイが走る音、モリーがエルロイを呼ぶ口笛はしないかと、立ち止まって耳を澄ます。ポキッという小さな音がして、ずっと上にある枝から一羽の鳥がやわらかい羽音とともに飛び立った。反動で揺れる枝は、淡い色の空を叱りつける指のようだった。

「モリー？」ギルは呼びかけた。「モリー、そこにいるのか？」

不安に喉元をぎゅっと締めつけられながら、ギルはそろそろと歩きだした。松の葉に覆われた道のところどころに張った氷で足が滑る。

暗い中を急いでいたので、なかなかそれに気づけなかった。視界の片隅で動いたそれは、次の瞬間まっすぐ立ちあがった。ギルは口をぽかんと開けて一歩近づいた。荒い鼻息、丸まった肩、巨大な体軀の上にすっと伸びた頭、かすかに光る小さな目。

夏のあいだブラックベリーを食べにくるクマがいたが、今ごろは冬眠しているはずだ。しかし少なくとも今ここに、鼻息を荒くしているのが一頭いる。ギルはゆっくり両腕をあげ、大きく見せるためにフードをかぶりながら後退した。茂みにぶつかりはしないか背後を確認する余裕もなかった。クマは動かずに彼をにらんでいたが、やがて前足を地面についた。大声で追いはらおうとするものの、喉がふさがってしまったように声が出せない。それに、もうその必要はなかった。暗い影は小道を出て、急な斜面を小川のほうに降りていった。

すぐさまギルは踵を返し、来た道を戻った。思い切って振り返ると、クマの姿はもう見えなくなっていた。ループの終わりまで来るころには、携帯電話の懐中電灯をつけなければいけないくらいあたりは真っ暗だった。携帯にはモリーからメッセージが入っていた。

**エルロイを連れて、演劇の練習をしてたクロエを迎えにきた。イングリッドからあなたが散歩に出たって聞いたけど。**

携帯電話をかかげてトレイルを照らしながら、庭まで走った。呼吸をしろ、落ち着くんだ。とにかく落ち着け。

家の窓に、マシューがイングリッドの正面に座っているのが見える。イングリッドは笑って茶色の髪を耳にかけた。マシューがうしろに体重をかけ、椅子の前足が浮いた。椅子った。

を前にうしろに傾けたり、手で何かを指す仕草をしたりする彼から、ギルは目を離さなかった。

マシューが椅子を前に傾けたまま立ちあがった。ギルは息をのんだ。やつはイングリッドに近づいて、上から殴りつけるつもりだ。だが彼はそのまま彼女の横を通り過ぎてキッチンに行くと、キャビネットからコップを取り出し、水道水を入れ、ぐいと飲み干した。その姿はごく普通の、喉がからからの十七歳だ。ごく普通の、両親を亡くした子どもだ。ギルが思うマシューとは別人だった。ギルには今も彼が、襲いかかる機会を辛抱強く待っている、恐ろしく狂暴なモンスターに見えた。

# 11

家に入ると、イングリッドはすでにランプの下の椅子に移動して本を読んでおり、マシューは二階にあがるところだった。彼は手すりの隙間からちらっとギルを見て、階段を駆けあがっていった。

ギルは震える手でにんにくを刻んだ。ウイスキーを煽りたくなったのは数カ月ぶりだ。イングリッドのいるリビングをのぞいてから、ボトルを隠し場所から取り出してマグカップに中身を注ぐと、一気に飲み干し、渋い顔をした。涙があふれてくる。またボトルを酢のうしろに隠してからマグカップをゆすぐ。気分がましになった。ほんの少しではあるが。

帰宅したモリーとクロエをキスとハグで迎える。彼女たちがバッグを壁にかけてしばらくしてから、全員で夕食の席についた。イングリッドが乗馬教室の新しいインストラクターがいかにひどいか話した。

ギルが別の話題を振った。「今夜散歩に行ったんだ、トレイルに。そこで何に遭遇したと思う？」誰もクイズをする気分ではないようだ——聞こえなかったかのように黙りこくっている。ギルは続けた。「クマだよ」

「なんですって」モリーがワイングラスをおろして言う。「ほんと？」

「ブラックベリーの茂みの近くで」みんなが信じていないのがギルにはわかった。「数秒間にらみあったあと丘をおりてった」

「今二月だよ、パパ。クマは冬眠中のはずだよ？」馬鹿なのがバレたね、というようにクロエが言った。

「ああ、そのはずなんだけど」地球温暖化のせいで今年は一月の頭から暖かかったし、季節の境目は曖昧になってきている、とでも言えば信じてもらえたかもしれない。が、実際は一月が暖かかったのは今年ではなく、去年のことだ。

「ほんとにクマだった？　別の何かじゃなくて？」モリーが訊いた。

「何かってたとえば何？」痛いほど顔がかっと熱くなる。いったいどういう理由でこいつらはおれを疑ってるんだ？　**パパほんとに？　すごいね！**　がどうして言えない？

「わかんないけど、ハンターとかアナグマとか？」

「百五十センチ以上あるアナグマがいるなら、おれが見たのはそいつだったかもな。あるいはバーモントでいちばん毛深くて、うなり声と鼻息でしかコミュニケーションを取れないハンターに偶然出会ったのかも。そうじゃないなら、別の何かはありえない」

「そうね、ハニー」イラっとした表情でモリーが言う。「最近の気候からすると毛むくじゃらのハンターもクマも同じくらいありえないけど」

「わかった。じゃ、毛むくじゃらのハンターってことにしておこう」ギルは片手をあげた。「それか、クマってことに」もう一方の手もあげた。「一生答えは出ないだろうな」

最後は怒鳴っていた。吐き捨てて取り返しがつかなくなるまで自分が怒鳴っていることに気がつかなかった。クロエが突然キレた父親に呆れたように目をまわし、涙もろいイングリッドが泣くのをこらえ、モリーがテーブル越しに失望の目で夫を見つめる静かな数秒が流れたあと、マシューが口を開いた。

「アッパーイーストサイドにはそれほどクマは多くなかったけど、もし出会ってたらギル叔父さんほど冷静でいられなかったかも。僕だったら今ごろまだ森にいて、木の上で泣いてるよ」

「えー、木には絶対のぼっちゃだめだよ」クロエが言う。「クマって木のぼりできるから。クマが出るのは春と夏だけだけどね。それにこのへんで見かけるのはほぼ一頭だけなの。イングリッドはその子をテディベアって呼んでる。ていうか、呼んでた。テディはトレイルのブラックベリーを食べにきてたんだ」

「へえ。じゃ春が来たら散歩しないほうがいいね」冗談めかしていたが、マシューの声には嘲るような響きがあった。ギルが面目を失ったのがおもしろいのだ。

モリーが話題を変えて今週の残りの予定を訊いた。マシューはまだ授業があるの？

「ひとつだけ、明日の午後に。でも高校からやれって言われてることがあって、それもやらなきゃ。卒業のためのレポートとか。午前中にやるつもりです」

「いいな」とクロエが言った。「早めに大学生になったようなものだもん」

「まあじつのところ、高校よりずっと、ずーっといいよ」

「だろうね」クロエが真っ赤になって皿に目を落とした。いとこが発する魅力に触れたらやけどするみたいに。

「あと二年の辛抱よ、クロエ。そしたらどこにでも行ける。あなたがいなくなったらパパとママは泣いて暮らすわ」モリーが言う。

いつもどおりの家族に戻った。イカれた父親を除いて。

夕食のあとモリーが片づけを始め、ギルは子どもたちにテレビでも見たらどうだと提案した。三人はマシューを真ん中にしてソファに座った。マシューが、これめっちゃおもしろいんだ、こいつがどうなるかまあ見てててと言って、携帯電話でユーチューブの動画を見せはじめた。ギルがすすめたのはそういう動画ではなかったが、三人とももうアニメを見る年齢ではなかった。ギルは食器を食器洗浄機に入れるのを手伝いにいった。

「わたしがやる。あなたは料理をしてくれたし」

「いいんだ」とギルは言った。さっきの罰だ。

「今日の授業はどうだった？」モリーが水道の蛇口をひねり、皿の上に泡が広がっていく。

「マシューの作品の発表があった」ギルは小声で言った。そうそう、この話をしなければいけないんだった。モリーならどう考えたらいいかわかるだろうし、ギルは肩の荷を少しはおろせる。

「どんなだった？」モリーは軽くこすった皿とフォークを、ギルが食洗機に入れられるようシンクの端に置いていく。

「それがじつは——ちょっと待って」ギルはドア枠からリビングをのぞいた。三人はもうばらばらに座って、クロエとマシューは携帯電話、イングリッドはまだ携帯を持っていないので母親のタブレットを手にしていた。三人ともヘッドフォンをして没入している。

「最悪だったんだ、かなり最悪」

モリーが怪訝な顔で彼を見た。「なんの話だったの？」

「三つの章からなってて、ぜんぶある少女についてなんだ、それで——」ギルは言葉を切ると眼鏡をはずして目をこすった。なぜこんなに説明しにくいのだろう。「信じてくれ、とにかくひどかった。ひとつめの章では小さな女の子と父親が車に轢かれかける。次の章では女の子が乗馬のレッスンを受けてて、馬の名前はスマッジなんだ。その子は落馬して馬に踏まれそうになる。最後は溺死だ。さっきの女の子が池でスケートしてる。そこの森の、ジムんちの池みたいなところで。で、滑ってるうちに氷が割れるんだ」

モリーがシンクの上で手をパッパッと振る。水滴が泡の中に消える。「スマッジ？」眉をひそめてギルを見るが、ぞっとしているというより訳がわからないという表情だ。

「しかもその溺死する女の子は、ピンクのアディダスの帽子をかぶってる。わかるだろ、クロエの帽子だよ」

「どういうこと？」モリーがギルに向き直る。やっと彼女の顔に恐怖らしきものが表れた。

「それ持ってる？　読んでもいい？」

「授業のあと、やつに回収された。でも一部くらい自分で持ってるだろうから読む方法はあるはずだ」そのときモリーが自分の背後を見ていることに気がついた。振り向くとマシューがドア枠にもたれていた。しばらく――少なくとも数秒間は――そこにいたようだ。

「エルロイを散歩に連れてっていい？」マシューは訊いた。

「外は寒いわよ。クマも出たし」モリーがギルに微笑みかける。からかっているのだ。まあいい。悪だくみでもするみたいに、マシューの短篇についてひそひそ話していたことをごまかせるなら。「でもエルロイは喜ぶと思うわ。懐中電灯は玄関よ」

マシューがジャケットを羽織り、フックからリードを取り、口笛を吹いてエルロイを呼ぶのを、ギルとモリーは黙って見ていた。犬は興奮して飛び跳ねながらやってきた。なんでもない話をしていたように取り繕わなければと思うものの、言うべきことを思いつかない。ギルは、マシューがブーツに足を押しこみ、靴紐を結び、マフラーと帽子、懐中電灯を手に取り、ドアを開け――冷たい風が吹きこんだ――出ていくのをただぼんやり眺めた。

「それでほかの学生はどんな反応だった？　あなたはなんて言ったの？」モリーが尋ねる。

「なんて言えばよかったと思う？　その場で殴りかかるわけにもいかないし」

「話をしたほうがいい」モリーはシンクに戻って鍋をスポンジでこすりはじめた。「読んでないからなんとも言えないけど、誤解があるんじゃない？　たとえば、細部まで作りこめって、あなたクラスでいつも言ってるでしょ？　マシューはその細部を現実からいくつか取ってきたから、それで……」彼女は鍋を洗いつつ首を振った。なんとか説明をつけようとしているのだ。マシューを正当化するために。この期に及んで。

「かもしれないけど、モリー、わからないよ。ただの誤解だとは考えにくい」ギルは言った。「とにかく話してみる」

大学にいるあいだに部屋に来るよう言おうか。疑わしきは罰せず、とするべきだろうか。

モリーはそのほうがいいと思っているようだし。むしろ、そうしたがっているようだし。マシューは甥だから。うちに住んでいるから。彼女の絵をほめておべっかを使い、人脈をひけらかすから。キャロラインと知り合いなら、口添えをしたり、してもらったりできるのだろう。また余計なことを考えてしまった。いずれにしても、甥とやりあう意味はない。何を言ってもマシューはしらを切るだろう。そうなればギルが学生の作品を検閲しようとする抑圧的な教授に見えるのがオチだ。

「そうして」モリーは背を丸めて鍋をこすった。

寝室に行って電灯のスイッチに手を伸ばしたとき、庭でマシューの懐中電灯が動くのが見えた。電灯はつけずに窓際に行き、廊下の明かりでシルエットが見えてしまうかもしれないので、窓枠の外に身を隠した。懐中電灯の丸い光の中にエルロイが入ってきて、また出ていった。そのまま夜の森に散歩に行くように見えたが、マシューは立ち止まって懐中電灯を消した。すぐに彼の顔を別のかすかな光が照らした。電話をしているのだ。青白い光はやがて消え、彼は黒い木々と見分けがつかなくなった。

机の前に座り研究テーマの提案書を採点しようとするものの、集中できない。バーリントンで買った新しい携帯電話でかけたのだろうか？　少年が電話をしているのを見かけるたびに——その機会は多かった——気をつけて見てみるのだが、決まって輝く黒の iPhone

だった。ケースをつけていないのは、壊れても痛くもかゆくもないからだろう。わざわざ庭に出て暗闇の中で話しているということは、聞かれたくないのだ。彼の友人たちはここの人間の暮らしを信じないだろう。森の中で身を寄せ合っているのが暮らしと呼べるのなら。

だがマシューはおれたち家族のことをほとんど何も知らない。ニューヨーク仕込みの皮肉のきいた視点で叔父の家族を見ているつもりかもしれないが、やつが何を知っていると いうんだ？　マシューがおれたちをどう思っているかは、というより、なんとも思ってい ないことは、やつの書いた小説の言葉の端々から、行間のすべてから伝わってきた。友達にはぜんぶ話すか、メッセージを送るかしたのだろう。田舎くさい姉妹、ちっぽけな家とその惨めなキッチンについて。せまいアトリエで売れもしない絵を描く母親について。落ちこぼれ作家で、なんと同時に最悪の教授でもある父親、つまり叔父についても。娘たちはまあ、ましかな、少なくとも姉のほうはイカれてはいない。あのだるそうな、冗談めかした口調でそんなふうに仲間に言ったんだろう。あの家族がニューヨークから逃げ出したのも無理はないよ。耐えられなかったんだ。逃げ出して、あえて冬の闇にのまれたのだって不思議じゃない。哀れなもんだ。はっきり言って負け犬だよ。

しかしギルはここでの生活を愛している。この家がなければ、バーモントに来なければ、娘たちがいなければ、モリーがいなければ、とっくに道を見失っていただろうから。

# 12　一九九四年－二〇〇五年

記憶のかぎりでは、書くのが嫌になったことはこれまで一度もない。ほかの何かをしたいとか、ほかの何かになりたいと思ったこともない。高校のときから、物書きになりたければニューヨークへ行くべきだとわかっていた。出版社、著作権エージェント、読書会、書店、すべてがある場所。バージニア大学を卒業後、ほとんどの友達はワシントンDCに引っ越すことになっていた。アダムズモーガン地区の薄汚れたアパートメントでの生活はかなり魅力的に思えた。シャーロッツヴィルでの大学生活をそのまま続けていられるからだ。安いビールを飲み、〈アーチャーズ・オブ・ローフ〉の音楽をがんがんかけ、椅子の上で立ちあがって朝の三時まで騒ぐ毎日。皮肉で惨めな青春の延長。しかしギルは、ワシントンDCや仲間たち、そして何より安い酒を飲んで夜を明かす日々が、彼が望む人生——甘受できそうな唯一の人生——の前に立ちはだかる障害になっていると知っていた。作家としての人生の。それがどんなものかはまだ知らなくても。

決め手となったのは、ギルの慕っていた教授のひとことだった。彼女は一作の長篇を発表し、それきり何も書いていなかった。ギルのワークショップ——最高の出来とはいえないのはわかっていた。気もそぞろだったから——のあと話し合っていると、教授は言った。「作家になりたいならニューヨークへ行きなさい。そうしたら、ほんとになりたいかどうかがわかるから」

ニューヨークで唯一の知人は上級ワークショップで一緒だった女性で、彼女は前年にニューヨークに引っ越してから著作権エージェントとして働いていた。著作権エージェントのアシスタントだったかもしれない。だったらアシスタントエージェントというべきか？とにかく彼女はグラマシーパークの近くで、出版業界で働く女性五人とアパートメントをシェアして暮らしていた。ギルは彼女に電話して、近々ニューヨークに引っ越すのでお茶でもどうかと誘い、ルームメイトを募集している人を知らないか訊いてみた。彼女は部屋を貸す相手を探している知人を紹介してくれた。アパートメント自体はそれほどよさそうでもなかったがなにしろ安かった。教えてもらった知人の男ジェイクの電話番号にかけると、酔った声が応答した。ああ、わかった、なんでもいい、ジェシカの友達だろ？それならどんなやつでも歓迎だ。月四百ドル。個室もある。それと、電気代やら何やらだ。いいや、着いてから払ってくれればいい。男は住所を告げると、さよならも言わずに切った。

こうしてギルのニューヨーク行きが決まったのだった。

ポール・サイモンの曲に出てくる人物のように希望に満ち、浮かれた気分で、ワシントンＤＣからグレイハウンドのバスに乗り――さらば、酒浸りのおれ――、巨大な有料道路を通り、地獄の風景のようなリンカーントンネルを過ぎると、さらに地獄のようなポートオーソリティのバスターミナルに到着した。ニューヨークに着いてからの数時間は、地下鉄で混乱した記憶しかない。子どものころからワシントンＤＣの地下鉄に乗っていたギルにしても、ここはまるで別世界だった。カオスと恐怖の上に成り立つ世界。間違った電車に乗り、反対方向に戻る線に乗り、マンハッタンを横切ってようやくたどりついたのは、なんの変哲もない赤レンガの建物だった。ジェイクが何度も「どちらさま？」と訊くので、ドアを開けてもらえるまでインターホンに向かって自分の名前を五、六回叫ばなければならなかった。廊下は土とほこりだらけ、壁には血痕のような茶色いシミがあった。彼の部屋がある最上階の五階までは階段で行くしかない。木製の手すりは長年擦られたためにてかてかしていた。階段をのぼるギルの耳にあちこちから騒音が聞こえてくる。轟くテレビコマーシャルの音、「おまえが黙れ、ちくしょうめ！」と怒鳴る男の声。そしてついに部屋と対面を果たした。取ってつけたような小汚い壁が、せまい部屋をキッチンのこちらと向こうにさらに小さく区切っている。ジェイクの叔父が八〇年代から借りている、家賃統制で賃料が割安に据えおかれている物件だった。通りに面したジェイクの個室は日当たりがよく明るかった。一方、通気孔があるギルの個室は常に薄暗く、ときどき窓の外を鳩がバタバタとやかましく飛んでいった。やけに高い天井の電球は弱々しく影を投げかけていた。マットレスがあることだけが救いだった。

「前に住んでたやつが置いてった。おれひとりでそのクソマットレスを下まで引きずってくのはクソ無理だったんだ。あんたが使っていいぜ。虫はついてない」これがジェイクの話し方らしい。〝クソ〟と言わずにはしゃべれないのだ。おれは弁護士だ。正確には弁護士志望だ。今はパラリーガルだが、これからロースクールに行って弁護士になる。クソイケてる計画だろ。

「好きなようにくつろいでくれ」手をひらひら振ると彼は自分の部屋に戻っていった。歓迎会は終わりというわけだ。

ギルは荷物をベッドに置き、ショルダーバッグを肩からおろし、買うものをメモした。シーツ、枕、ランプ、ランプを置くテーブル？　結局テーブルは買わないことにして、ランプは床に置いた。マットレスも床にあるからそれでよかった。本もいくつかの山に分けて床に積みあげた。

ニューヨークに来て数日後、ジェシカとカフェで会った。大学時代、平凡だった——浅はかで自己中心的なギルの目にはそう見えた——彼女は、ギルが想像もしなかったほど美しく大人っぽくなっていた。出版関連の仕事に募集があれば教えてくれと頼むと、快くいいわよと言ってくれた。しかしそれから進展はなく、ギルが最初の仕事を得るきっかけをくれたのはジェイクだった。彼が働く法律事務所で臨時職員として、書類をひたすらコピーするだけの仕事だった。毎日八時間、オフィスとコピー機のあいだを何往復もした。コピー機のそばに長時間立っていると機械が放出する熱で太ももが熱くなり、インクのにおいが鼻にこびりついた。わずか三週間しか続かなかったものの、家賃分は稼ぐことができた。日々の食費を賄うにはギリギリだった。

ギルはよく一番街のベーグルショップで食べ物を調達した。カウンターの向こうの男性店員たちはいつも常連客と談笑していたが、ギルはどれだけ通っても認識されなかった。彼らが気にかける客は主に女性だった。中でもアティという男は——白い帽子に名前が書いてあった——複数の客に恋をしており、特にエミーという若い女性がお気に入りだった。彼女はギルと同じくらいの年ごろで、背が高く、髪はブロンドで、とびきり美人だった。ニューヨークによくいるタイプの美人ではあったが、シャイでやさしいところがあり、アティが大きなハートを描いた白い紙袋を渡して「愛してるよ、エミー！　愛してる！」と大声で言うと頬を赤らめた。ギルもその言葉に同感だった。彼もエミーが好きだった。とはいえ一度か二度目を合わせたことがあるくらいで、食べたり歩いたり列に並んだりしている彼女の、つんとあがったお尻、タイトスカートのスリットからのぞく美しい太もも、両腕をあげてアティからトレイを受け取るときちらりと見える格好のいいお腹を、じろじろ見ないように気をつけていた。自室に戻ると彼女を想像してマスターベーションをした――彼女がギルを救い出して、明るくて広くて清潔なアパートメントに連れ帰り、会社勤めをして彼を養い、毎日愛を交わし、彼が感じたことのない、想像もできないほどの幸せを与えてくれるという想像をして。

ベーグルショップでしか会ったことのない彼女を、一度だけスタイブサントスクエア公園のベンチで見かけたことがある。ミッドタウンかダウンタウンで働いているのだろうと思っていたが、十月上旬の火曜日の昼間に見かけた彼女は休日の服装をしていた。くるぶしが見えるジーンズにバレエシューズのようなぺたんこの靴を履いていた。彼女はギルに気づいていないし、これからも気づかない。気づくわけがない。彼のことを知らないのだから。でもギルは近くに行ってみようと思った。隣に座って愛を告白しようか。あるいは名前を尋ねようか。もちろん名前はもう知っているし、気味が悪いと思いながらも最大限に感じよく聞こえるようにつぶやいてみたこともある。彼女の金髪はいつものポニーテールではなく肩におろしてあり、陽の光を受けて輝いていた。ギルは立ち止まることなく、ゆっくりと通り過ぎた。自分の臆病さが嫌になる。この美しい女性が自分とどうにかなることはありえないとわかっているのに、幸せになるチャンスをみすみす逃しているという気がした。でもこれでいいのかもしれない。喪失を感じて苦しむことが、かえってギルにとってはいいことかもしれない。ちゃんと出会ったこともなければ話をしたこともないし、ベンチの前を通っても本から顔をあげない彼女を見て、これからもそうはならないと確信したとしても。確信は当たっていた。数カ月後、彼女はもうベーグルショップに現れなくなった。別の地域に引っ越したのだろうか。彼女は街に飲みこまれ、永遠に失われてしまった。

ギルはニューヨークを愛したかった。誰もがこの街を愛していると自信をもって言うけれど、彼は自信がなかった。騒音がひどすぎる。アパートメントの部屋にいるあいだだけは喧噪から逃れられたものの、部屋の利点はそれだけであとは最悪だった。ニューヨークを離れてワシントンDCに帰ったほうがいいかもしれない。気づけば金もないのに、何度も地元に帰省していた。帰省すると繁華街の友達のアパートメントと両親が住む家を行き来した。実家をこれほど安らげる場所だと感じるのは高校以来だった。まるで、安心できる隠れ家だった。惨めだとわかっていた。大人になって、自分の力で新たな一歩を踏み出すべきなのに。実家にいるあいだは、父親と、黒い牧羊犬の雑種で父の好きな詩人にちなんで名づけられたヒーニーという犬と、夜の散歩に出かけた。

ギルがニューヨークに住みはじめた年の感謝祭に、父がギルの作品を読んでみたいと言った。ギルは、書き終えたばかりの短篇をどきどきしながら渡した。アラスカでカヌー旅行をするも、とんでもなく悲惨な結果に終わるという話で、今まで書いた中で最高傑作だという自信があった。後日、ふたりはあたたかい明かりのついた住宅が並ぶ郊外の通りを散歩していた。ジャケットがいらないくらいの陽気だったが、何軒かの家の煙突からは煙が細く立ちのぼっていた。「おまえの小説読んだよ。素晴らしかった、ギル、ほんとによかったよ」と父が言った。

ギルは誇らしい気持ちで首筋がくすぐったくなった。「ありがとう、あれで完成としていいかどうかまだわからないんだ」

「完璧なラストだった。いかだもデンマーク人も最高だ。とにかくすべてよく書けてた」大通りから小道に入ってきた車を見て、父はヒーニーのリードをたぐり寄せた。「あの終わり方は、ホーソーンとかフラナリー・オコナーを彷彿(ほうふつ)とさせるな」父は手を伸ばしてギルの腕を軽く握った。

じつはラストはチェーホフの作品を真似たんだ、とは言わなかった。こんなふうに作家の名に言及するのは父の最大の賛辞を表していたからだ。アイルランド系移民の子である彼は、週に六十時間働きながら大学を卒業し、そのあとはジャーナリストとして険しい道のりを歩んできた人物だ。誰かが書いたものに、心にもないお世辞を並べたりしない。

「ありがとう、父さん」舌をだらりと垂らしたヒーニーがうれしそうにリードをぐいぐい引っ張る。ギルの心の中もまさにそんな感じだった。もしかすると作家としてやっていけるんじゃないか。父さんの見る目は正しいかも。父親が物書きで、大学に属する母さんもある意味物書きだ。その両親の血が流れているんだ。書くことが天職なのかもしれない。

ニューヨークでは、短期間の仕事をいくつかしながら空き時間に書店を巡ったりカフェで執筆を試みたりし、夜は読書会に参加するという生活だった。そしてその冬、まだやめておけ、数年は待って〝現実の世界〟に身を置けなどとまわりからさんざん言われたにもかかわらず、MFAに出願した。ビジネスの世界に価値――当然、金には価値があるがそれ以上の価値――を見出せず、また学生生活に戻りたかったのだ。ギルにニューヨーク行きをすすめた教授さえも生活費が安い中西部や南部でMFAを取るようにアドバイスをしてきたが、ギルは出願先のほとんどをニューヨークの大学にした。アイオワ大学、ブラウン大学、ジョンズ・ホプキンズ大学など名門校にも出願した。出願だけなら誰にでもできる。それから続々と届く不合格通知。きっとどこにも入れないだろうってことくらい自分でもわかってる。それでもおれは特別なんだ、そうだよな？　結局、合格できたのはニュースクール大学だけだったものの、学費の一部については奨学金が出た。残りの学費のために連邦政府学生支援制度に借入れの申請をしながら、これも一種の投資だと自分に言い聞かせた。これから三年間、学期が始まるたびに制度を利用することになるが、少なくともニューヨークには残れる。都会で文学のカルチャーを肌で感じながら、修士課程を修められるのだ。

緊張した様子の若い作家たちと肩を並べてオリエンテーションを受けながら、ギルはようやく自分の理解できる――ジョージメイソン大学で宗教学を教える母を持つくらいだから――、そして自分の属する世界に戻ってこられたと感じた。ワークショップで、学部のときと同じようにぐるりと並んだセミナーテーブルについて、正しい選択をしたと確信した。

裕福な家の出身者を除いたほかの学生と同じように、ギルも働かなければならなかったが、今度はよりまともな仕事をすることができた。父親にほめられた短篇をいくつかの文芸雑誌に送り、軒並み断られたあとに、知らない番号から電話がかかってきた。〈ジ・アンティオークレビュー〉の編集者からで、短篇を冬季号に載せたいとのことだった。いざその雑誌が発売されると両親は十部以上購入し、クリスマスに帰省したときにはコーヒーテーブルに山と積まれていた。

二学期になると学内の文学イベントでアルバイトをした。その中のあるイベントでワークショップを教えていた教授が、〈コロシアム・ブックス〉書店のマネージャーを紹介してくれ、そこでもアルバイトをすることになった。

同時期にシャロンもコロンビア大学で哲学の修士課程を始めるため、ニューヨークに引っ越してきていた。勉強と人づきあいで忙しくて、たまにしか会えなくても、家族が近くにいるというのはいいものだった。一年目を終え、シャロンがナイルズとつきあいはじめたとき、ギルには姉が間違った相手を選んだように思えた。ナイルズはブルックリンの裕福な家の出の、生粋のニューヨーカーだった。ふたりはコロンビア大学の倫理と人工知能に関するシンポジウムで出会った。シャロンが発表したトマス・ネーゲルのコウモリのたとえから発展させた人工意識についての論文をギルも読んだものの、よく理解できなかった。ナイルズがそのシンポジウムで発表したのは、投資銀行によって実現された人工知能の革命についてだった。

次の週、ギルと酒を飲みながらシャロンは嬉々としてナイルズの話をした。彼、ウォートンスクールのMBAと、マサチューセッツ工科大学のコンピュータサイエンスの修士号まで持ってるの。博士課程にまで進んだけど途中でウォール街に行くことにしたんだって。最前線の仕事のほとんどがおこなわれてるのは銀行なのよ、と彼女は主張したが、ギルには信じがたかった。ほんとうの最前線はMITのようなところじゃないのか？　学問の世界で何百万ドルも稼ぐことは普通はないにしろ。たぶんギルは、せっかくまたつながりを持てた姉を奪っていくナイルズに腹を立てていたのだ。姉はシャロンただひとりなのだから親しくしないと。それなのに、昔のような関係にもう一度なれるチャンスが訪れたと思ったら、ナイルズが富という爪を食いこませるやいなや、シャロンをギルから、そして学問から引き離し、彼女がずっと望んでいた——この点は認めざるをえない——人生へと連れていってしまった。

シャロンのことではやきもきしながらも、しばらくのあいだギルはそこそこ満足のいく生活を送れていると感じていた。週に三十時間かそこら本棚を整理したり接客をしたりして、夕方は大学院に行き、夜はダウンタウンのバーで最新のハーパーズに掲載されたエッセイがどうだとか、ミニマリズムはまだ流行っているのか、もう終わったのか、だとしたら次は何が流行るのかなどと議論した。

しかし、いいと思っていた時期でも通常の範囲を超えて不安が蓄積していたことに、あとから気がついた。ギルはそれを弱さと優柔不断さのせいだと思った。彼が書くすべての作品にもこの弱さが潜んでいる。作家とはいずれかの段階でこのような思考に陥るものだ。ヴァージニア・ウルフの日記には自信の喪失、チーヴァーの日誌には失敗と的はずれな発言への恐怖が垣間見えたし、F・スコット・フィッツジェラルドの手紙では高揚が失望に追いやられて消えるのを見た。よくあることだ。それでもギルは少しずつ消耗していった。

彼は毎日数時間執筆を続けていた。作品の掲載を却下する手紙はすでにぱんぱんの茶封筒へ、まれにある激励の言葉を含む手紙は壁に貼りつけた。何度も見るうちに意味が失われ、むしろ残酷で情けないものに見えてくると壁から剝がす。壁に残ったテープの断片が嘲笑うように光った。

ナイルズと婚約したとシャロンから聞いたとき、それからまもなく大学院をやめると聞いたとき、やはりおれはニューヨークに向かないのだとギルは思った。ニューヨークは作家やアーティストがいられる場所ではない。もっと言えば、裕福でもなく、裕福な配偶者もいない者がいられる場所ではない。彼は姉のために喜んでみせ、トライベッカのルーフトップの会場でおこなわれた贅を尽くした結婚式でも、嫌な顔をしないように努めた。ギルの会ったことのない新しい友人たちに囲まれて姉は幸せそうだった。結婚式が終わると、シャロンは彼女の新しい世界、裕福な銀行家の妻たちの世界に引っ込んでしまった。

モリーがいなかったら、もがき苦しんで疲弊しきって、書くことをやめてしまっていたかもしれない。彼女に出会ったのはダウンタウンで催された朗読会でのことだった。初めて見た彼女を今もよく覚えている。人々がおしゃべりに興じるなか、集中して熱心に本を朗読していた。髪は無造作で、身につけているものはすべて黒だった。やたらとファスナーのついたレザージャケット、ジーンズ、ごついミリタリースタイルのブーツ。朗読会は、アートと文学を融合させたイベントの一環で、展示された絵画に関連する詩や短い散文を紹介していた。会場のギャラリーは通りから奥まった場所にあった。ビニール製の重いカーテンをくぐり、壊れた輸送用パレットや中国語の文字が書かれた木箱が散乱する部屋を通り過ぎた先にあるその会場は、工場を思わせるコンクリート打ちっぱなしの、広々とした空間だった。

打ち上げの場でようやく彼女に話しかけることができた。音楽が大音量で流れていたので声を張りあげなければならなかった。あまりにクールであまりに美しい彼女は、意外なことに積極的に距離をつめてきた。トイレから戻ったギルにキスをしてきたのは彼女だった。それからブルックリンにある彼女のアパートメントに行き、最初はキッチンの床で、次にベッドで情熱的にセックスした。子どもに話して聞かせられるような清らかな交際とはいえない。初めてのデートでセックスなんて。**いい子はそんなことしちゃいけないよ。**しかしギルにとっては素晴らしい体験だった。モリーは自信に満ちあふれ、ギルは彼女の率直さと穏やかさの盾に守られて幸せだった。翌日の午後、モリーから電話があった。ギルは家に帰ってからベッドに寝転がって、天井でかすかに揺れる電球を眺めているところだった。ジェイクがコードレス電話機を持ってきて「あんたに」と不思議そうに言ったので、引っ越してきて以来、両親以外から電話がきたのは初めてだと気づいた。

「今何してる？」モリーが訊いた。

「ベッドに座ってる」

「裸で？」

「いいや」とギルは答えた。

「そっか。うちに来ない？　こっちで裸になろうよ、一緒に」

「遠いからなあ」

「じゃあ、こうしましょ。いいから黙ってうちに来て」

それからというもの、ニューヨークをまたいでモリーと離ればなれになってしまう書店でのアルバイトも億劫になった。出会って四カ月後、モリーは自分のアパートメントで一緒に住むことを提案した。「どうせいつもここにいるんだし、一緒に住んだら家賃も折半できる。ジェイクもいつかは寂しさを乗り越えられるでしょ」

次の春、ギルがＭＦＡを終え、モリーが学生ローンをもう一学期分利用するため彼女のＭＦＡの延長手続きをしていたころ、ふたりは数本先の通りのワンベッドルームのアパートメントに引っ越した。ギルが作家になったのを実感したのはこのころ、モリーと出会って最初の数年間だった。作家になれたのは彼女に勇気づけられたからだ。友達にエージェントを紹介してくれるよう頼むのを躊躇していたら、モリーはこう言った。「馬鹿ね、ギル。みんなやってることよ」

かくしてそのエージェントは、数篇の短篇が雑誌に掲載されるよう取り計らってくれ、サンフランシスコの小さな出版社に長篇小説を売りこんでくれた。さらにそのおかげでニューヨーク周辺でいくつか非常勤講師の仕事を得ることもできた。高給とはいかないものの、これまで尽きなかった金銭的な不安が多少やわらいだ。ふたりがフォートグリーンに引っ越したのも、負担を少しでも軽くするためだ。のちに映画やフォルクスワーゲンのコマーシャルの撮影に使われる美しい地域だが、当時は歩けば足元でコカインの瓶の残骸がパリパリ音を立てるようなところだった。

モリーがアパートメントの周辺にも、ニューヨークにも、ふたりの生活にも満足していたから、ギルは自分の苦しみを隠そうとした。しかしどれだけうまく隠したつもりでも本音が漏れていることに気づいてもいた。この街は何もかもが高いし、住む地域は危険すぎる。すぐ近くの公園で頻繁に路上強盗が起きるので、足を踏み入れないようにしていた。非常勤講師の給料はすずめの涙ほどで、このままでは負債が大きくなるばかり。未来を担保にしているようなものだ。でもいったいなんのために？　ラッシュアワーに人混みをかき分け、嘔吐物の飛び散った地下鉄Q番線に乗って橋を渡るため？　ゴキブリが出て、かすかにガス漏れのする乾燥機のある部屋に住むため？　これでも彼らはまだましなほうなのだ。なぜならモリーが言っていた。乾燥機の位置が！　完璧だわ！

ところがニューヨークが嫌いだなどと、とても言い出せなかった。同時多発テロが起きたあととなっては。最初の飛行機が突っ込んだとき、ギルは部屋で〝書斎〟と呼んでいた机に向かっていた。執筆中はダイヤルアップ接続のインターネットにつながないようにしていたし、携帯電話は別の部屋に置いていたからモリーからの電話に気がつかなかった。病院が近くにあるので、サイレンの音がするのもいつものことだった。すると、近所のアパートメントから叫び声が聞こえた。窓から外を見ると、ブラウンストーンのアパートメントの屋上に集まった人々が、マンハッタンのほうを見ながら口に手をあてたり、指さしたり、しゃがみこんだり、すすり泣いたりしていた。

モリーに電話しようとすると不通になっていた。物置に行ってははしごを引っ張り出し、ギギギーという音とともに開いたハッチから、暖かくタールの染みだらけの屋上に出た。高校の建物と公園の丘が邪魔をして、タワーもマンハッタンの街もよく見えなかったものの、ヘリコプターと黒い煙は見えた。ひとつめのタワーが崩壊したのはそのときだった。轟音が響きわたり、ビル群の上に広がった淡い黄色の煙がブルックリンにまで押し寄せた。

非常勤講師の仕事をしていたモリーはマンハッタンから徒歩で帰ってきた。彼女が家に着く前に、ギルはダウンタウンからの帰宅者の第一陣を見ていた。ほこりにまみれて真っ白だった。ひとりの男が向かいのアパートメントのドアをノックすると、悲しみに打ちひしがれた表情の女性がドアを開けて彼に手を伸ばした。男は彼女を押しのけ、力なく中に入っていった。玄関の踊り場まで出てきたその女性はまるで誰かを探すように通りをきょろきょろ見まわした。

誰もギルを責めていないとわかってはいたが、ギルはみんなが経験したことを自分だけ経験していないような、トラウマによってひとつになった街全体からのけ者にされたような気分だった。彼も経験したはずなのに。ひとつめのタワーが崩れたときアパートメントの屋上にいたのだから。だったらなぜ悲嘆にくれていないのか。もちろんビルにいた人たちのことを思って、そして自分にも降りかかりかねない災難に恐怖して、涙を流しはした。しかし、まわりの人間が見せるニューヨークへの愛や深い嘆きが欠けていた。ニューヨークを好きではなかったから。彼は裏切り者あるいは臆病者だった。モリーは悪夢に苦しみ、ワインを飲みすぎるようになり、どうしても必要でないかぎり地下鉄に乗らなくなった。また同じことが起こるのではないかと不安だったのだ。彼女自身に、というだけでなく、彼女の街に。彼女の居場所に。ギルの居場所でもあるわけだが、ほんとうはもうわかっていた。ここは自分のいるべき場所ではないし、これからもそうなることはないと。

一年後に父親が亡くなって、ついに彼は街への嫌悪感を抑えるのをやめた。

三十一歳だったギルは父親を亡くすには若すぎた。父は五十七歳だった。母とプラハに旅行に行き、父は病気になった。たちの悪い感染症の症状が出はじめたのは帰りの飛行機の中だった。母からの電話は「お父さんの具合がよくないの」から「お医者さんも心配してる」になり「入院しないといけなくなった」へと驚くべきスピードで変化した。体調がましなとき電話で話したが、本来の父親とはまるで別人で、ユーモアも機知も消え失せ、息苦しそうにささやく声は、まるで恥ずべき秘密でも隠しているみたいだった。

病院には父が亡くなる直前に着いた。血圧が急降下した父は、何種類もの薬——一週間以上投与すれば逆に危険な量——によって命がつながれ、ぎりぎり生きているという状態だった。病室に入って父の姿を見るなり、まもなく死ぬのだとわかった。血色を失って土色になりところどころ青い斑点のある顔、鼻につながれた細いチューブ、喉に突っ込まれた太いチューブ、手と腕に刺さった針。細く、冷たく、乾燥した指は長くなったように見えた。ただ一箇所、手のひらの真ん中だけにぬくもりが残っていた。ギルはそこに自分の指をあて、弱々しい心臓の鼓動を感じようとした。

数時間後シャロンも到着した。両目からこぼれ落ちる涙は、ここに来るまでもずっと流れつづけていたようだった。ギルは泣き崩れた。姉の顔を見て初めて、すべてが現実だという実感が湧いたのだ。シャロンはベッドの脇から身を乗り出して父親を抱きしめ、顔を父の首元に埋め、語りかけた。父親は何も言わない。呼吸するたびに死の間際の喘鳴（ぜいめい）が早まるだけだった。ギルはベッドに近寄って父の手を持ちあげ、冷たい指にキスをした。

父の意識は戻らなかった。ひとりで死なせないために子どもたちが近くにいてくれたと知ることもなかった。ただし、それまでも父がひとりになったことはない。子どものころをのぞいて、彼の一生にわたって世話をしてきたギルの母親がそばにいたからだ。機械を止める直前、母はふたりきりで最期のお別れをしたいと言った。父親の血圧は四十／六十二まで下がっていて、その数字の意味はわからなかったものの、ギルはじわじわ進む溺死を連想した。廊下に出たギルはカーテンの隙間から、すがりつくように父の胸に頭をのせる母を眺めた。いかないで、と言うのが聞こえた。しかし部屋から出てきた母は涙を拭うと言った。「覚悟はできたわ」

その日の夜、モリーが電車でDCにやってきた。到着するとすぐに彼女はギルの手をとってゲストルームに連れていき、彼が自分を取り戻すまで並んでベッドに寝転んだ。ふたりがギルの実家に滞在しはじめて二週間が経ったころ、ついにモリーが言った。もう帰りましょう。お母さんの邪魔になってる。わたしたちがいたらちゃんとお父さんを悼むこともできない。

六カ月後、シャロンが母親を説きふせてニューヨークに呼び寄せた。娘も息子も住んでるんだし、きっと母さんもニューヨークを気に入るわ、部屋も買ってあげる。アレクサンドリアの家を売っちゃって、そのお金は貯金か投資にまわせばいい。ナイルズがもう不動産業者に頼んでくれたの。アッパーイーストサイドの、ドアマンがいてエレベーターがある建物のワンベッドルームの部屋を探すようにって。母さん、三十年以上も教えてきたじゃない、もう十分でしょ？　そろそろ自分の人生を楽しんだら？　一歳になったばかりのマシューのそばにいてあげて。

ギルは姉の寛大さに舌を巻きもしたが、ときどき嫉妬心も顔を出した。彼らの莫大な財産からすれば母のために使う金などちっぽけなものなのだ。モリーは、信じられない、どれだけ親切なの、お母さんが近くに来てくれるんだから喜ばなくちゃ、と言った。そのとおり、ギルにとっても喜ばしいことだった。しかしじつのところ、この親切な行為は、シャロンの新しい生活を正当化するものでもあった。確かに、キャリアを築くことはすっぱりあきらめたし、ナイルズと出会ってすぐに大学院もやめちゃったけど、長期的な目で見れば正しい選択だったでしょ？　大学の給料じゃ**こんなこと**できないわよ。つまり、姉が暗に主張したのはこういうことだ。大学教員の人生——両親が生きた人生、ギルが苦しみながら歩んでいる人生、シャロンがかつて目指していたかに見えた人生——では家族を満足に養えない。賢いシャロンは妥協してでも正しい選択をした。だからこそ、ギルが決してできないやり方で母親を支えることができる。

その次の夏、ギルとモリーは初めてバーモントを訪れた。シャンプレーン湖のほとりのコテージを、モリーが絵を三枚売った金で借りた。水辺の玄関ポーチに立つと安心感が押しよせ、ギルは泣いてしまった。モリーにも誰にも、ほんとうの気持ちを打ち明けたことはなかった。週末になりニューヨークに戻る車中、彼はずっと不機嫌で嫌味ったらしかった。八つ当たりしたい気分だったのだ。母が引っ越してきたときも、シャロンが開いた祝いのディナーに顔を出すのがやっとだった。生涯働いてきた母が夫を亡くしたあと、好きな街で快適に暮らせるのは素晴らしいことだ。ところがギルはといえば日々生きていくのに精いっぱいだった。出版で得た金は底をつき、始めたときはあれほどうれしかった大学の非常勤講師の仕事は、あまりに薄給で怒りを増幅させるだけだった。

口を開けばニューヨークを離れたいとばかり言うようになった。ギルが騒ぎ立てるたびにモリーは悩み、彼に対して警戒心を抱いた。このままではふたりの関係が壊れかねないというとき、モリーの妊娠がわかった。子どもを持つつもりではなかった。金銭的にそんな余裕はない。アパートメントは狭すぎるし、ベビーシッター代はどうする？　しかし妊娠が現実となった今、ギルの望みは子どもを持つことだけだった。シャロンは知らせを聞いて喜び、マシューのおさがりを大量にくれた。その中には家賃一カ月分の高級ベビーカーもあり、モリーは遠慮しようとした。もうひとり子どもを持ちたくなったらどうするの？　シャロンは答えた。いいのよ、うちは子どもはひとりだけって決めてるから。ひとり息子を思う存分甘やかすわ。ギルはベビーカーを売りたかったが、モリーに馬鹿言わないでと止められた。

いつもベビーシッターの集団に取り囲まれていたマシューは、すでに彼自身やまわりの人間にとって危険な存在だった。ギルとモリーが生まれたばかりのクロエを初めて連れていった日、床に敷いたブランケットに寝かされ拳をしゃぶるクロエを、幼いマシューが見おろして言った。「赤ちゃんって何もできないよね？　意地悪されても」ギルはクロエを今すぐ抱きあげようかと思った。シャロンがマシューの横に膝をついて訊いた。「赤ちゃんに意地悪なんて、そんなことしたくないでしょ？」質問に答えず、目の前の無力な赤ん坊をじっと見つめるマシューは、明らかにクロエを傷つけるところを想像していた。いつでも息子を止められるよう、シャロンが背中に置いた手を離さないのにギルは気づいていた。マシューの三歳の誕生日が来たとき、シャロンは美しいバーニーズマウンテンドッグをプレゼントした。ところが数週間後、子犬はいなくなった。「マシューは嫉妬したのね」シャロンは言った。「予想すべきだったわ」ギルは子犬が噛んだりうなったりしたのかと尋ねたが、姉がそれ以上話したがらなかったので、何かもっとひどいことがあったのだろうと思った。マシューが子犬を虐待したとか。ドアにしっぽを挟んだり——マシューはドアを乱暴に閉めるのが大好きだった——、そういう暴力をふるったのかも。きっとあの子のせいねとモリーも同意したが、どのみちギルたちには関係のないことだった。マシューに会うことはめったになかったからだ。同じ街に住んで、二歳差の子がいるのだから姉たちともっと頻繁に会ってもおかしくなかったのだが。

クロエが生まれてしばらくは、この子がいればニューヨークで暮らしていけるという気がした。クロエはフォートグリーンパークで歩き方を覚え、らくだの遊び場で遊具によじのぼり、土曜日はベビーカーに乗ってファーマーズマーケットに出かけた。おばあちゃんに会いにアッパーイーストサイドにも行った。ギルの母は、少なくとも孫のひとりは嚙んだり殴ったりしないことに喜び、惜しみなく愛情を注いだ。

その年、ギルは市内で一年間の客員助教授の仕事を得た。モリーはプラットインスティチュートでいくつかのクラスを受け持っていた。非常勤だったが、仕事がないよりはよかった。子育ての教訓はこうだ——何もないよりは何かあったほうがいい。なぜなら、今や〝何もない〟の意味がよくわかるからだ。子どもを持つ前にイメージしていたよりももっと悪い状況がいくらでもありうると今では知っていた。幸せのうちに無知を脱し、恐れを知ったのだ。夏になり、以前訪れたバーモントのコテージに再び滞在した。草の上で遊んだり、湖に浮かべたペンギンの浮き具に乗って黄色い声をあげるクロエを見て、彼女が生まれる前ほど切羽つまった気持ちではないにしろ、ギルはまた都会を離れて暮らす夢を持ちはじめた。

ところがクロエが二歳のとき、ギルの母親が病気になった。正確には、ずっと病気だったのに誰も知らなかったのだ。がんだった。ふだんから母が〝最高の医者〟にかかれるようシャロンが取り計らっていたにもかかわらず、見つかる前に転移してしまっていた。金で病気を止めることはできない。母は小さくなり、髪が抜け、顔色は悪くなっていった。

ほんとうはそんなことはなかったのだが、死の数カ月前から母親が何も話さなくなったようにギルは感じていた。母のベッドの脇に腰かけて過ごした午後、何を話したんだっけ？　母はおれになんと言った？　チャンネルを変えて。テレビを消してくれない？　もっと痛み止めがいるの、看護師を呼んでちょうだい。お願い、早く！　看護師を呼んで！　彼女どこにいるの？　まったく、看護師はどこなの！　ああ、お願いよ。

そんな言葉ばかりじゃなかったはずだ。もっと教えのようなものがあったはず、母は賢かったのだから。だがあったとしても、ギルは聞き逃してしまったようだ。テレビの音量が大きすぎたから。眠ってしまっていたから。たんに注意を払っていなかったからかも。

そして母は死んだ。父親が亡くなったとき、ギルは自分が真っ暗な穴に落ちてしまったような気がしたが、今度はただの穴ではなく奈落の底だった。

このとき悟った。この街を離れなければならない。地下鉄に乗るたび魂が黒く汚れていった。魂の存在を信じたことはなかったにしろ。両親が亡くなる瞬間を同じ部屋で見ていたが、何かが体から出ていったりはしなかった。機械がピーピー鳴る音、喘鳴、徐々に間隔が伸びる呼吸と機械音。なのに、キャナルストリート駅で地下鉄を降りようとするスーツ姿の若い男に押しのけられたとき、怒りが湧きあがった。まるでそのクソ野郎が自分の一部を引き裂いてそのまま持っていってしまったように感じて。

ギルのセラピストとモリーが〝自殺未遂〟と呼ぶ出来事が起こったのは、いつもと変わらない夜だった。その日特に嫌なことがあったわけでもない。ギルはそれを意図的にやったのではない。少なくともギルはそう彼らに説明したし、自分にも言い聞かせた。セラピストはそんなはずない、わかっていてやったのだと説得しようとした。モリーとクロエが寝室に行ったあと、ギルはもう二十回は見た、トム・クルーズが出ているエイリアンものの映画を見ていた。ビールを二杯飲み、六杯飲み、九杯飲んだ。酔っぱらって震える手で、睡眠薬を二錠飲んだ。クロエも一緒に寝ているベッドで寝ると、知らないうちに押しつぶしてしまうかもしれないので、ソファで寝るつもりだった。ところがなかなか眠れなかった。さらに二錠飲んだ。このとき最初に二錠飲んだのを忘れてしまっていたのだろうか？　あとのことは何ひとつ覚えていない。睡眠薬の残りを全部飲んでしまったことも。どれくらい入っていただろう？　わからない。瓶は開けたばかりではなかったから半分くらい？　ということは十五錠ほど？　致死量ではなかったものの、夜中の三時に目が覚めて、テレビが大音量でついているのを不思議に思って見にきた妻に、泡を吹いて倒れているのを発見されるくらいの量ではあった。救急車が呼ばれ、胃が洗浄され、点滴が打たれた。クロエを抱きかかえてベッドの足元に立つモリーの表情には、恐怖と裏切られたショックが浮かんでいた。あんな顔は見たくなかった。いたたまれなかった。もう二度と妻に同じ思いをさせないと誓った。それでセラピーを受けることになったのだが、あんなものを受けるくらいなら、望みを口にするほうがましだった。

よし。ここから出よう。街を離れるんだ。わかっている、ニューヨークが自分を殺そうとしたわけではないと。自分で自分を殺そうとした。でも街がなんの助けにもならなかったことは事実だ。もうここには住めないと確信した。やっと素直になれる。家族でここを出よう。

ニューヨークが夫の心をむしばんでもなおモリーはこの街を愛していた。ほかの場所に住みたいと考えたこともなかった。運転は苦手だし、ここには友達——大学院の友達、アート業界の友達、ママ友——もたくさんいるし、仕事もあるし、今年やっと作品を置いてもらえるようになったギャラリーもある。ニューヨークを出て、今のような生活をどうやって維持できる? もちろん維持している人がいるのは知っているけど、自分にも同じことができるか、自信がなかった。

だけど彼女は夫を愛しているだけではなく、夫に忠実だった。モリーは自分を必要とする夫を見捨てたりしないと、深い絶望の中にいてもギルは知っていた。思ったとおり、結局モリーは賛成してくれた。いいわ、ニューヨークを離れて、やってみましょ。

街を出るための資金をどう調達するか悩んでいたところにシャロンから電話があり、遅れていた母の遺言の執行が完了したと知った。母親は姉と弟に財産——父の保険金、自分の退職金、アレクサンドリアの家を売って得た利益——を半分ずつ残してくれていた。相続金のおかげでギルとモリーはバーモントに家を買い、二年ほどかけて新しい生活の基盤を築くことができた。モリーは都会を離れたくなかったはずなのに、彼のために一緒に来ると決めてくれた。彼のために彼女自身の人生をあきらめたのだ。新しい家に引っ越してきてから一年後、モリーは再び妊娠した。おれたちは幸せになる。ギルは信じていた。ふさわしい居場所を見つけたのだから。昔の惨めさや不安が手を伸ばしてきても触れられない居場所を。

# 13　二〇一八年二月

マシューのワークショップが終わって新学期の慌ただしさが本格的になってきたから、いったん不安を退けられたのかもしれない。マシューはあの物語でギルを挑発した。でもそれだけだ。挑発だけ。ギルは彼と話をするとモリーに約束したものの、ちょうどいい機会は自然には訪れず、何度か勇気を出して話そうとしたものの怖くなってやめてしまった。どうせマシューは面食らったふりをするだけだ。いったい僕が何をしたって？　という具合に。それがあの少年の性質だ。生まれつきの嘘つき。きっと純粋そうな顔をして、誤解だと言い訳するのだろう。叔父さんが言ってたとおりに小説を書いたんだけどな。注意深く周囲を観察して五十個の細かな事実を集めて、そこから少なくとも三十をひとつの短篇の中に織りこむようにって。僕、何か間違えましたか？

それに、甥と対立したところで得るものは？　マシューの性質は変わらない。たぶん本人が変えたいと思っても変えられないだろう。少々の嫌がらせなら気にしないように、無視すればいいのだ。そのうち彼はいなくなって、ギルたちは自由の身だ。たった七カ月。正確には七カ月半の辛抱。これがギルの出した答えだった。臆病者の答え。いつものとおりだ。

一方モリーはくよくよ悩んだりしなかった。子どもたちとマシューをスノートレッキングに連れていった週末、三人が競うように森の中を滑っていって見えなくなると、マシューにワークショップのことを訊いてみたの、とモリーが言った。

「うまくいかなかったって自分でわかってるみたいだった」もう問題は解決したような口ぶりだ。誤解を招いてしまって反省している、かわいそうなマシュー。

「わお、察しがいいんだな」

「設定についても訊いてみたの。スマッジを使ったこととか。そしたらあれは失敗だったって。提出の前に名前を変えるつもりだったのに間違ったバージョンを出しちゃったんだって」

ギルは鼻で笑ったが、小高い丘をのぼっているところだったのですぐに足元に注意を戻した。てっぺんに着いたところで息を整える。木々の向こうから娘たちの甲高い笑い声がした。

「信じるのか?」ギルは訊いた。

「信じちゃだめなの？」モリーはサングラスで髪を持ちあげた。寒さのために赤くなった頬、黒いダウンコートにスキー用ズボン。雪と汗で湿った髪がふわふわとカールして愛らしい。

「モリー、だって……」ギルは言いかけたが、その続きがうまく言葉にならなかった。モントークでやつがしたことを考えてみろ。やつのほんとうの姿はきっと昔のままだぞ。いつもはうまく隠されてる本性をうかがい知ることのできる瞬間があるじゃないか。

「だっておれが信じるなと言うんだから？」モリーがからかうように言った。「まあ今回は証拠不十分で無罪ってことでいいんじゃないかな」彼女はサングラスを下げて、ストックを持ちなおし、丘をおりはじめた。見失わないように急いであとを追う。言いたいことを言いそびれた。証拠がないから無罪にする、それができないから困っているのだと。でも確かにモリーは正しい。彼女はいつも正しいのだ。マシューの本性について最悪を想定する理由はない。今のところそんなことをしても無駄だ。

ところがその日の午後、ギルの講義中にまた警察から電話があった。まだ学期がはじまってたった数週間なのに、すでに学生たちはたるんできていた。ギルのせいでもある。十分に彼らを楽しませられていないということだ。教えているとこういうこともあると彼は知っていた。教育ではしばしば知識よりパフォーマンスがものを言う。理想はそのふたつの融合、知識のパフォーマンスなのだが。そしてすべてのパフォーマーと同じように彼にも調子の悪いときがあった。教師を始めたころのほうが、学生のやる気をうまくコントロールできた。自分の情熱の勢いにのせて彼らを――少なくとも何人かは――鼓舞することができた。けれども月日が経ち、何度も同じことを繰り返しているうちにその能力は薄れていった。講義や課題は単調でつまらなくなった。最近の学生が気に入る作品はギルにとって幼稚で単純で、ギルの好みの作品は学生にとって難解で退屈で奇妙――奇妙なのは近頃ではよくないことらしい――だった。準備してきたことを話し終えたものの、学生たちは質問も発言したいこともないようなので、即興で話すことにした。こういうことに給料が支払われているのだから、うまくできなくてはならない。

学生たちが読んでいないヴァルター・ベンヤミンのエッセイについて話しはじめたものの、それが今回の課題でみんな読んできた（はずの）ナディン・ゴーディマの小説にどう関係しているのか忘れてしまって、講義を早めに終えた。学生たちは沈む船から逃げるネズミのように急いで教室を出ていった。

講義のあいだマナーモードにしていた携帯電話に着信があった。

「こんにちは、ミスター・ダガン。ニューヨーク市警のシンプソンです。ご都合のいいとき折り返しください」

刑事の声が若干弾んでいるような気がした。捜査に進展があったに違いない。

ギルは早足でオフィスに向かった。前を閉めていないジャケットがひるがえり、ショルダーバッグのゆるいバックルがガチャガチャと耳障りな音を立てる。彼が歩調を速めると音も速くなり、雪かきされたばかりの歩道の凍った水たまりを慎重に避けて通ると音はゆっくりになった。

オフィスのあるダーリーホールに着くと携帯電話を見つめながら歩いた。**ああ、忙しい、今は話しかけないでくれ、すまないね。**オフィスのドアを開け、静電気で貼りついて脱ぎにくいマウンテンパーカーを脱ぎ、腰を下ろし、プリンターから用紙を一枚取り、エセックス大学リサーチセンターと書かれたマグカップからペンを抜き取る。

携帯電話のロックを解除する暗証番号を三度間違えた。深呼吸をする。落ち着け。電話中に声が震えたらどうする。おれは悪いことをしていないのに。

「はい、シンプソンです」

「あ、こんにちは」

「ミスター・ダガンですね」間髪を容れずに刑事が言った。彼女の携帯電話にギルの連絡先が登録されていて、名前が表示されたのだろうか。だとしたらあまりいい気持ちはしないが、ただ発信者番号を見てわかったのかもしれない。さすが刑事だ。

「そうです、すみません。留守番電話を聞いて折り返したんですけど」

「ありがとうございます。あなたのお姉さんと義理のお兄さん、つまりシャロンとナイルズ・ウェストファレンさんの死に関連して、ある人物を逮捕しました」

「え」動悸がして一瞬視界が真っ白になった。

「容疑者は勾留中で、明日起訴する予定です。正式な罪状認否まで電話しないでおこうかとも思ったんですが、一刻も早くお知りになりたいかと」

「ええ、ありがとうございます」ギルは冷静さを取り戻した。「罪状は？　その男をどんな罪で起訴するんですか？」

「おっしゃるとおり容疑者は男ですが」とシンプソン刑事は言った。「最終的にどういう罪になるかまだわかりません。事故現場を立ち去ったのは確かで、おそらく故殺も。典型的なひき逃げです。今お話しできることはあまりないんですけど、新聞などでご覧になる前に警察から連絡しておきたくて」

「お気づかいに感謝します」

「いえいえ。それと前にもお願いしましたが、故人の息子さん、つまりマシュー・ウェストファレンが旅行に行くときは知らせてくださいね。最近親者で未成年ですから、我々が居場所を知っていなければいけないので。特に裁判になったときは」

「裁判になると思いますか？」ギルは訊いた。

「なんとも言えません。検察官次第なので。すぐにもっと詳しくお知らせできると思います。今はまだ手続きを始めたばかりですから」

「ええ、わかります。ありがとうございます、電話をくださって」

「もし質問があればこの番号にかけてください」と刑事は言った。はい、承知しましたと、まるで仕事の話をしているように言ったあと、ギルはふと気がついた。

「ちょっと待って。すみません、運転してたのはどういう人間だったんですか？　えっと逮捕された男は？」

彼女はこの当然の質問をずっと待っていたかのように即座に答えた。「名前はトーマス・ガシ。アルバニア国籍で、アメリカには観光ビザで入国し、ビザはもう切れています」

「トーマス」ギルはつぶやいた。アルバニア人。運転していた男はアルバニアから来た。歯車が嚙みあい、事実と情報が正しい位置に収まるイメージが浮かんだ。アルバニア。マシューは去年の夏、ヨーロッパに行った。東ヨーロッパに。なぜかクロアチアだと思いこんでいたがアルバニアだったような気もする。数十年にわたりハーバート校がおこなってきた奉仕活動のために行った、とシャロンの最後のクリスマスカードに書いてあった。偶然ではない。偶然のはずがない。事故ではなかったのだ。おそらくは。

「今後の展開は弁護士の考えによります。検察がどう進めたいかにも。きっとどちらからも連絡があると思いますよ」

「わかりました、ありがとう」

電話を切るやいなやパニックに襲われた。もっといろいろ訊いてみるべきだったのに、おれは何をしてた？　とはいえ、どんな質問をすればよかったんだ？　何を訊けば真実にたどりついた？　今、なんとなく見えてきている真実——マシューはなんらかの形で関与している。ギルは机に携帯電話を置いて、黒いガラスに反射する光を見つめた。片方の手には電話中ずっと握っていたペンがまだあった。オフィスを照らすのは卓上ライトのみで、外はほぼ真っ暗だ。雪がまた降りはじめていた。

# 14

さっき降ったみぞれが凍った道を、車を飛ばして帰る。こういう道に慣れていないマシューがコントロールを失い、持ち直そうとしてハンドルを切りすぎる、なんてことは簡単に起こりうる。橋で横滑りし、鉄のガードレールを突き破って、岩のあいだを流れる凍りかけた川に真っ逆さまに落ち、薄く張った氷の下を血が流れていくことも。そして、マシューが高級な車やら何やらを購入する財源となった金はギルのものになる。これまでの悩みすべてが解決するのだ。娘たちはどこでも望む大学に行ける。イングリッドは自分の馬を持てる。何頭でも。敷地内に馬小屋を建ててもいい。モリーのためにニューヨークに別宅を買ったっていい。

橋が近づくとギルは身を乗り出してのぞいた。まだタイヤが回転している車の残骸が転がっているような気がしたのだ。もちろん何もあるわけがなかった。ガードレールも無傷だった。川の端には白い氷が張っている。氷はやがて透明な水の流れに解けていく。ギルは首筋に冷たいものを感じた。

家の前の私道に車はなかった。モリーとイングリッドは乗馬教室、クロエはディベートの練習に行っていた。ギルがブーツを脱いでいると、エルロイがソファから飛び降りてそわそわと歩きまわった。家族が留守のあいだにマシューの部屋を見ておこうと二階に上がるギルに、エルロイもついてきた。適当にしか撫でてもらえなくて興奮は冷めたようだが、うれしそうだ。

マシューの部屋のドアは閉まっていたのでノックしてみた。返事はない。ノブをまわして中をのぞく。空っぽだ。誰かが住んでいると示すものはほとんどなく、ナイトテーブルに三冊の本があるだけ。一冊はナボコフの『キング、クイーン、ジャック』で、あとの二冊は本の背が壁側を向いているのでタイトルがわからない。ベッドの下に押しこまれた靴が一足。本棚にベッドをくっつけてあるので、棚の下二段が見えない。ベッドの上には古びてくたくたの布団。マシューは、新しい羽毛布団を買う金もないかわいそうな貧乏人、とでも思っていることだろう。ベッドの隣にはギルが書き物に使っていたデスクがある。

デスクには紙の束がいくつか。ひとつは来週のワークショップの原稿にコメントを入れたものだ——**この文章いいね、ちょっと曖昧、もう少し会話を続けるといいかも。**さらに作者への長いメッセージ。

その隣にはアメリカ文学の授業で使うのだろう、学術誌のデータベースJSTORからプリントアウトした、エドガー・アラン・ポーの「アッシャー家の崩壊」がテーマの小論文。アリスがあの授業で学術的な資料にあたるよう学生に求めているとは思えないが、マシューはいつも平均のはるか上をいく。あの反社会性パーソナリティ障害の、親殺しの犯罪者は勉強熱心なのだ。

デスクの端に三つ目の紙の束がある。彼が取っていない歴史の授業の概容の下に、ホチキスで止めた三枚の原稿があった。はやる気持ちで最初の段落を読む。

ちょっと頑張れば父の秘書とヤれたはずだ。彼女は大人で、僕は子どもだ。少なくとも定義の上では。でなければ、分別のある人間は僕を子どもに分類したりしない。僕はたいていのアメリカ人より大人っぽく見せたり、大人っぽく振るまったりできるから。なのに馬鹿馬鹿しいことに法的には、いわゆる〝純粋なほう〟に分類されている。

残りの部分にもざっと目を通す。事故との関連性を見つけようとするものの、気が急いて集中できない。写真に撮ってあとから読もうと思いついて携帯電話を取り出したとき、道路に面する窓から、敷地に入ってくる車のヘッドライトが見えた。モリーと子どもたちだ。慌てて撮った写真はブレていて読めたものではなかった。車が止まった。もう原稿を持っていくしかない。なくなったことにマシューは気がつくだろうが、このまま置いておいたら二度とチャンスはないかもしれない。

片手に原稿を持ち、ベッドの上のへこんだ枕に目をやる。ナボコフの下の二冊は、ノートン社のポーの選集と、ギルの一作目の小説だった。小説は確かマシューが来る前からこの部屋に置いてあった。マシューがそれを読んだかどうか気になった。ギルはこの本を書いたときのことをほとんど覚えていない。当時の彼は――考えたらぞっとする――今の自分よりマシューに近い年齢だった。

玄関のドアが音を立てて閉まり、モリーのただいまの声が聞こえた。ギルは部屋のドアを閉めて自分たちの寝室に行くと、ベッドの横のテーブルの引き出しに紙束を滑りこませた。もし自分の部屋に誰かが入ったとマシューが気づいたとしても、その証拠はない。

ギルはオリーブオイルをからめたインゲンのボウルの隣にチキンのグリルを置いた。クロエが今度パトニーアカデミー校でおこなわれるディベート大会について熱心に話しているところだった。忘れていた。イングリッドの乗馬教室にはいつもモリーがつきそっているが、その日はギルが行かなければならない。乗馬の世界がギルには我慢ならなかった。

乗馬ブーツを履いた母親たちは、自分の娘が目の前を通るたび、おざなりの拍手をする。ギル以外は娘と母親ばかりで、iPadをいじっている兄か弟がひとりくらいはいるかもしれない。金持ちのお遊びの世界。イングリッドもモリーも彼のように乗馬を敵視していないので、ふたりに苦手だと打ち明けたことはない。イングリッドは馬に夢中だ。モリーにとってはその事実だけで十分なのだ。ギルも十分とすべきかもしれないが、どうしても乗馬のすべてが大げさに思え、姉のいた世界のにおいを感じてしまった――規模はまったく違っていても。

「いろんなテーマがある」クロエがマシューの質問に答えて言った。「連邦所得税は廃止されるべき？　核兵器の使用は正当化されうる？　トランスジェンダーの人たちが自分で選択したトイレを利用できるようにするべき？　とかそういうの」

クロエはディベートの話をするときいつもニュースキャスターのような口調になる。ギルはそれをオタクっぽくてかわいいと思うが、マシューには気取っているように見えて馬鹿にされるのでは、と心配になった。マシューが夕食の前に帰宅してから、ギルは彼の顔をまともに見られないでいた。ちゃんと見ていればもっと早くに気づいたかもしれない。マシューの顔にいつもの穏やかで従順そうな笑みがないことに。目のまわりがひきつり、イライラしているようだ。

「で、肯定と否定どっちなの？」サラダをつつきながらマシューが言った。

「どの問題について？」クロエが背筋を伸ばしてディベート用の人格を召喚した。

「うーん、所得税のやつ？」からかうような声音だ。

「じつのところ、自分の意見が肯定か否定かは関係ないの。どっちの立場からも議論できて、なおかつ相手チームよりも説得力がないといけない」

「ああ、ディベートがどういうものかは知ってる。じゃきみは議論の最中、思ってもないことばかり主張するわけ？」マシューは肘をテーブルについた。片手にフォークを持っている。モリーがようやくマシューの言葉の棘に気づいたのか、怪訝な顔で少年を見た。

「いいえ、もちろん自分の意見はある。たとえばこの社会は、トランスジェンダーの人たちが自分のアイデンティティもトイレも自由に選べる社会であるべきよ。だけど必要なら反対の立場からも意見を述べられる」クロエはいとこの敵意に気づいていないらしい。

「言いたくないけど、あまりいいことじゃないんじゃないかな」深刻な問題だから慎重に発言しなくては、とでもいうようにマシューはわざわざフォークを置いた。

「何がいいことじゃないの？」モリーがクロエを気づかわしげに見ながら言った。クロエはすでに赤面し、皿を見つめてまばたきしている。

「賛成してないほうの側に立って議論をすることですよ。それがソフィストの伝統的なやり方だって知ってるけど、古代ギリシャではそんな弁論家の反対派だって多くいたんだ。不健全な影響を与えるから、広めるのを禁止すべきだって。僕もそう思うよ。ほんとうの考えを話すことより、なんであれどう話すかのほうが重要だっていうのは、いい教えではないんじゃないかな」本気で案じているような、真剣な口ぶりだ。

「でもそのとおりじゃないか？」ギルは言った。「大統領とか、政治の分野にいる人間を見てたら、弁が立つやつのほうが権力を持ってる。権力があればものごとを変えられる。ところが、いくら立派な志を持っててもそれだけじゃ何も変えられない。話し方や説得力が肝心だ。何かを成し遂げたければな。あくまでも民主主義の場合だが」

「ほんとにそう？」マシューは目を細めてギルを見た。「ものごとを変えるのはお金だと僕は思いますけど。説得は有効な手段だとか、言葉で世界を変えられるだとかって子どもに教えるのは、ただの嘘つきですよ」

「勘弁してくれ」ギルは声を荒らげた。モリーが目で忠告する——**相手にしないで**——ものの、ギルは反論せずにいられなかった。「確かに金は権力の一種だが、何かを変えるただひとつの方法とは言えない。歴史上の都合のいい事実だけ選りすぐったらそうかもしれないが」

マシューは今や喜びを抑えきれず、ほくそ笑んでいた。クロエは泣きそうになっている。

**このクソガキめ。**おれたちのテーブルで、おれたちが用意してやった食事を口にしながらよくも。

「じゃ、叔父さんは歴史上の誰を例に挙げます？」

「そうだな」慌ただしく脳内を探しまわって、幸いにもひとり思いついた。「ハミルトン大統領」

「まじで」マシューは声をあげて笑った。「『世界はひっくり返った』でしょ？」娘たちがミュージカル『ハミルトン』のアルバムを聴いていたのを知っていて嘲っているのだ。

「それじゃ」とモリーは前に乗り出して言った。「ディベートを楽しむ人もいればそうじゃない人もいるってことでいいんじゃない？　どうして道徳的な良し悪しを決めなきゃいけないの？」

ギルはうなずいて妻の言葉を聞いていた。彼女が言い争いをやめてほしがっているのはわかっているが、今やめたらマシューの残酷な冷笑でけりがついたことになってしまう。

「だからその、彼は貧しかった、裕福な家の出じゃなかった、それでも――どんな話かはみんな知ってるだろ、おれが言いたいのは――」特に言いたいことはなかった。甥が軽蔑するのも当然だ。無知な子どものように、ポップカルチャーを歴史上の証拠として引き合いに出したのだから。

「ハミルトンのほんとうの教訓って、金持ちと結婚しろってことなんじゃない？　最後は結局彼も金持ちになったんだから。もし貧乏のままだったら何をどうやって変えられたか見当もつかない」とマシューは言った。

「リンカーンはどうなんだ？」ギルは訊いた。「それにオバマは？」声が震えていた。モリーに促されたとおり、話を戻して、娘の気持ちに寄り添うべきだった。こいつはもとより真剣に話をするつもりなどない。ただおれたちを愚弄したいだけだ。

マシューはうなずいたものの、嫌悪感を隠そうともしない。この男が大学教授？　この無知で世間知らずで幼稚な男が？　「まあ歴史は置いといて、ほとんどの大学生はうまく議論をするより、正しい側に立つほうが大事だと思ってるみたいですよ」マシューはそう言って、これまでのことは冗談だと示すためににっこりした――ほんと馬鹿げた理想主義だよね！　しかし今の言葉はギルへの批判でもあった。十七歳の子どもからの批判。あんたは何もわかっていない。自分の学生たちの実態も知らないで。だから教授としてだめなんだ。おや、マシューはまだ言いたいことがあるらしい。「だけどさ、責めるべきは学生じゃない。僕らにどんな選択肢があるっていうんです？　そうだろ、クロエ？　ディベートをしろと言われればやるしかない。大学に入るために必要なんだったらやるだけだ。落ち度があるのは、僕たちにただあれをやれ、これをやれと言うだけで、正しいものの考えんですか？　だってそれが僕たちがほんとうに知りたいことでしょ？　それがすべてじゃない？　自分の人生をどう生きるかってことが。アリストテレスとか倫理学とかは、ぜんぶそれを見つけるためのものでしょ？」

マシューの皮肉に傷ついたクロエは弱々しく笑った。ディベートをするのは、クロエが誇りを持っている知性、機転、カリスマ性、器用さといった資質を証明するためではなく、何も考えず、わずかな見返りを求めて追従するためだと言われたも同然だ。そしてマシューならその見返りを、努力もせずに手にすることができる。アリストテレス？　こいつのような年齢の子どもがいったいアリストテレスの倫理学の何を知っているというんだ？

「若者はときに現実離れした理想を持つものだからな」ギルは平静な声を保とうとした。おれは分別ある大人だ。そうじゃないとしても分別があるふりくらいはしなければ。「ディベートは実際の社会で役立つスキルや論理的思考を身につけるためでもある」と、ぎこちなく消え入りそうな声で続けたセリフはあまりに平凡すぎて、誰も返す言葉がなく、テーブルは沈黙に包まれた。モリーが口を開こうとしたがもう遅かった。何か雰囲気をやわらげる言葉はないだろうか。

「それにね」と頬を赤らめたクロエが、口調を鋭くして主張する。「ディベートって結局、実際に世界に変化を起こすためのツールを学ぶことなの。だから、特権階級の白人男性が、自分たちが初めからずっと支配してきた文化で培われたツールを、ほかの人間が手に入れるのを目にしたら、焦って怒りだすのも無理ないわ。自分たちの覇権を脅かしうるんだもの、貶めたり矮小化したりする人たちも当然出てくる。だけどおあいにくさま、わたしたちはあきらめない。あなたたちは黙って見てるしかないの」

「おっと痛いところをつかれた。特権階級の男として降伏します」表情が少しやわらいだマシューは、してやられたというふうに笑った。かと思うとギルを見て目を細めた。こいつが次のターゲットだ。

「叔父さんはどう？　教育っていい人間になる方法を教えるものなんじゃないの？　授業からそういう印象を受けるんだけど」

　問題は、答えはイエスだということだ。ギルは基本的にそう考えている。でももしそれを認めたら、マシューの肩を持つことになり、娘とも、自分自身とも対立することになってしまう。事実、いい人間とはいえない教え子が今ここにいる。

「思うに」ギルは考え考え言った。「教育は、懸命で合理的な判断をするためのツールを提供して、自分がどうあるべきかを決める助けになるべきだ。ディベートはまさにそういうツールじゃないかな」ギルはクロエに目をやった。しかし彼女は挑戦的かつ気を引くような目でマシューを見ていた。

口に出してみると、自分のほかの信条に反するとしても、最初からそう信じていたような気がしてくる。ふたつの相反する理想を持っているのは、洗練された心を持つ証拠だ、とかいう言葉がなかったか。まったくそんなふうには思えない。ギルの発言はただ混乱しているだけだ。というか愚かなだけだ。マシューの満足げな笑みもそう言っている。

「ツールはツールでも、家父長制のツールだよね」マシューはクロエに言い、彼女は小さく笑った。

「それで家父長制をぶっ壊すの」とクロエが返す。

「大変なことになったよ、叔父さん」と言いながらマシューはまだクロエに向かって微笑んでいる。「覚悟しなきゃ」

「大丈夫」マシューのほうに身を乗り出すクロエが彼の気を引こうとしているのはいまや明白だった。「うちは家母長制だから。あなたは知ってると思ってたけど」

「はいはい」モリーが割って入った。「女家長はそろそろ別の話題に移るべきだと思います。マシュー、大学からの連絡ってもうすぐ来るんでしょ？」

マシューが三月の締め切りについてぼそぼそと話すのを、ギルはうなずきながら聞いた。モリーはどんなときも物事の扱い方を心得ている。彼女もこのクソ野郎から解放される日を待ち望んでいることだろう。

# 15

モリーは階下で自分の母親と電話をしていた。ギルが盗んだ原稿を寝室で読もうとしたそのとき、窓の外に庭を横切るマシューの黒い影が見えた。影が立ち止まり、携帯電話が彼の顔を照らし出す。そのままマシューはどこかに消えた。チャンスだ。選択のときだ。何も見なかったことにするか、それとも行動するか。シャロンのために、家族のために。

ホチキスでとめた原稿を枕の下に隠し、ギルは急いで階段をおりた。キッチンのモリーは電話の向こうの義母に「わかった」「うんうん」などと相づちを打っている。結局まだ刑事のことを話せていない。クロエの数学の宿題は、さっきモリーが皿を洗いながら憎き教えてやっていた。クロエはまだリビングで、人差し指に髪をぐるぐる巻きつけながら憎き教科書をにらみつけている。ギルは靴紐のほどけたブーツに足を入れ、コートを取り、そっとドアを開けた。外は極寒で、コートのファスナーを閉めたときにはもう手がかじかんでいた。家の脇を、私道のライトのモーションセンサーにひっかからないよう気をつけて歩き、角で立ち止まって耳を澄ます。マシューの声が断片的に聞こえる。ギルは窓が投げかける四角の黄色い光を避けて森に近づき、枝がコートをかすめたところで立ち止まった。

「言っただろ。いや、絶対に言った。おまえいったいなんの話をしてるんだ？」

マシューはほとんど怒鳴っていた。この隙にギルはさらに近づいた。ブーツが雪を踏んできしむたびにひやりとする。

「僕のせいだって？　あの間抜けを僕が見張ってなきゃいけなかっただって？　僕になんの関係があるって言うんだよ？　あんなことしろって僕が言ったか？　なあ？　クソみたいに簡単な質問だろ、答えろよ。僕がいつわざわざあそこに行って、あいつにぺらぺらしゃべるように言ったんだ？　おい？　ああ、そうだ。だから脅迫しようなんて思うな」

庭の向こうの出窓にヘッドフォンで通話をしているモリーが現れ、マシューが振り向いた。笑っていたモリーは、何かを見つけたように窓から外をのぞいた。マシューに気づいたか、それとも――お願いだから違うと言ってくれ――ギルか。

「もううんざりだ、聞いてるのか？　僕は合意したとおりにやることはやった、あとのことはおまえの問題だ」少し間を空けてマシューは続けた。「おいあんなやつ放っておけ、いいな？　あの間抜けがくたばろうが知ったことじゃない」それからまた間が空き、さっきより静かに言った。「まったく、クソくらえだ、もう切る」携帯電話の画面が明るくなり、一瞬マシューの顔がくっきり浮かびあがった。ぐっとしかめた顔。緊張した目が暗闇をにらんでいる。彼は携帯電話をギルのいる方向に向けた——青い光が木から落ちて雪に刺さった松の枝を捉えた。もし懐中電灯をつけていたら、こそこそ忍び寄って盗み聞きしていた叔父の姿が見えただろう。幸いにもマシューは、携帯電話をポケットに滑りこませざくざくと雪を踏んで庭を横切っていった。

彼が家の横を歩いていってしまうと、ギルも木々沿いに家に戻った。窓からモリーが見える。不審者のようにこそこそと庭を歩きまわる夫の姿が彼女にも見えているかもしれない。マシューはトーマスにつながる誰かと話していた。トーマスが捕まったときの話だろう。すぐそこにあって形は見えるのに、真相に手が届かない。根気が必要だ。だけど、と木の下を歩きながらギルは考えた。おれはいつまで我慢ができるだろう。

歯を磨き、顔を洗い、ベッド脇のテーブルの引き出しから原稿を取り出して、ベッドに入った。階段で足音がしないか注意しながら、急いで目を走らせる。

ちょっと頑張れば父の秘書とヤれたはずだ。彼女は大人で、僕は子どもだ。少なくとも定義の上では。でなければ、分別のある人間は僕を子どもに分類したりしない。

僕はたいていのアメリカ人より大人っぽく見せたり、大人っぽく振るまったりできるから。なのに馬鹿馬鹿しいことに法的には、いわゆる〝純粋なほう〟に分類されている。でももし僕が正しければ――正しいと信じてもらって問題ない――、僕の若さそのものと若さゆえの奔放さがレベッカを熱くさせた。ムラムラさせたと言い換えることもできるが、その表現自体が不粋だし、レベッカのような美しい人には使いたくない。あの日の午後、僕が父のオフィスの待合室に行くと、彼女はガラス製の小さなデスクの席に座っていた。ガラス越しに形のいい脚、鋭いヒールの華奢な靴、平らなお腹からCカップの胸まで丸見えだった。そしてそう何度もあったわけではないが僕が見るときはいつも、彼女のワンピースの深いVネックから胸の谷間がのぞいていた。その日は青のワンピースだった。

父のもとで働く女性がみんなそうであるように彼女も美人だった。父はおそらく部下を外見で選んでいる。できるなら美しいものに囲まれていたいと思わない人間がどこにいる？　父にはそうする力があるだけでなく、露骨にそういう決断をするずうずうしさ――女性社員を容姿だけで選んで何が悪い？――もあった。しかしじつのところ、彼女たちがそなえているのは美しい容姿だけではなかった。ほとんどがイェールやハーバードといった名門大出身で、父がパートナーを務めるこの会社を足掛かりに、さらなる富を手に入れるため、ここで働いていた。目標達成のために美しさを利用しなければならないなら、甘んじて受け入れようというわけだ。途方もない資産家の息子に生まれ、考えられるかぎりのすべての特権を持つ僕に、成功するためには僕より努力し、僕が思いつきもしないことをしなければならない女性たちについて、どうこう言う資格はない。ただ、彼女たちはきっと成功しない。僕よりはという意味だ。彼女たちには、そして僕にすら、その事実を変えることはできない。

僕がオフィスに行ったのは、いくつものミーティング、愛人との密会、その他なんだかよくわからない予定が詰めこまれた父のスケジュールを、レベッカが正確に把握しているからだ。一日じゅう金の山をさらなる大きな山にすることに精を出す男たちに囲まれて育ったにもかかわらず、僕には父の〝仕事〟がピンとこなかった。人類の文明のほとんどにおいて、父のやっていること、すなわち高利貸しは罪とされてきた。昔なら、魂なり社会的地位なりと引き換えでなければできなかっただろう。迫害され殺されていたかもしれないし、火あぶりの刑に処せられていたかもしれないし、大邸宅から追い出されていたかもしれない。けど今は違う。父とその仲間が法廷だ。投資家や、スタンフォードやMIT出の意欲的な若者たちとともに裁きを下すのが仕事の一部だ。その若者たちは自ら立ちあげた新事業を父の会社がむさぼり、消化し、コンピュータオタクを大富豪として排泄(はいせつ)してくれることを望んでいる。

父は会社のトップとしての務めを果たすため、車であちこちを移動していた。オフィスからオフィスへ、ダウンタウンからミッドタウンへ。非常事態にはヘリコプターに乗ることもあった。七月の週末になると水上飛行機でハンプトンズに飛び、海に着水し、船着き場に乗り入れ、豪勢な別荘に先に着いていた家族に迎えられるような目立ちたがり屋を、父はしばしばこきおろした。僕たちはといえば階級の代表者として、装甲を施したシボレー・タホの後部座席に座り、汗だくの能なしたちとともにロングアイランド高速道路の渋滞をのろのろと進んだ。運転するのはアンドレイとかヴラドとかいう名前の、ロシアの特殊部隊出身のボディガード兼運転手だった。

僕の話はあまりに頻繁に、簡単に脱線してしまう。まるで結末にたどりつくのを避けているみたいに。あるいは話すことそのものを避けているみたいに。なぜなら執筆中のこの物語はまだ終わりを迎えていない。キーに軽く指を滑らせるだけで、かすかなクリック音とともにきちんとしたフォントの文字が行儀よく並んでいくように、物語は現在進行中なのだ。今後はなるべく本筋に沿うよう努力するので、陳腐な表現ではあるが、読者の皆さまのご寛容をたまわりたい。

モリーが階段をのぼりはじめたときにちょうど読み終わった。彼女がイングリッドの部屋に立ち寄りおやすみを言っているあいだに、引き出しに原稿を隠すことができた。

モリーは寝室に入ってきて夫をちらりと見た。それだけで彼女が何か違和感を持ったことがわかった。おそらくギルの顔は紅潮していた。心臓もまだばくばくいっていた。今心臓発作が起きてギルが死んだら、誰も真相に気づかないままだろう。マシューは妻と娘たちとここで暮らしつづける。全員を毒牙にかけるまで。もしかすると彼にとっては手にかける価値すらないかもしれない。ダガン一家は何者でもない、ただの労働者階級の親戚だ。じきに彼は自由の身になり、大富豪の悪魔として好きなところで悲劇を起こすことができる。

「大丈夫?」とモリーが訊いて寝室のドアを閉め、ドレッサーの引き出しからパジャマ用の服を取り出した。カーテンがきちんと閉まっていないから、マシューが庭に出てまた電話をしていたら、叔母がシャツを頭から脱いでブラジャーをはずし、乳房の下の丸みを指でなぞってから、十年以上前にニューヨークで十キロマラソンに参加したときのTシャツを着る姿が見えるだろう。Tシャツの縫い目にいくつか穴が開いているが、モリーは完全にボロボロになるまで着ると言っている。医師の友達にもらった手術着のパンツも、アマゾンでいつでも新品を買えるのにもう二十年も同じものをはいている。マシューは妻のことをどう思っているのだろう？　ギルが見ている美しい女性を彼女に見ているだろうか。それとも、若さの軌道をとうにはずれた、色あせつつある中年女性にしか見えていないだろうか。

「大丈夫だ。ちょっと忙しくて」

「わたしもう寝るわ、へとへとなの」

「ああ」ギルは続けた。「ところで今日また電話があったんだ、ニューヨークの刑事から」

ドレッサーにかがみこんでいたモリーが身を起こした。「なんの用で？」

「逮捕したんだって。トラックの運転手」

「まあ、ほんと？　いつ？」

「いつかは言ってなかった。おれが知ってるのはそいつが逮捕されたってことだけなんだ」

「名前は言ってた？」

落ち着いて話そうと、ベッドのまわりをうろうろ歩いた。「男の名前はトーマス・ガシといって、アルバニア人だそうだ。アメリカには観光ビザで来たって」

「トーマス？」モリーは片手でTシャツの裾を握って言った。情報を理解するのに苦労しているようだ。

「アルバニアから来たんだって」と言っても、モリーはまだ混乱した様子でギルを見ている。「覚えてるか？　マシューは行ったことがあったよな？　あれ、アルバニアじゃなかったか？　シャロンからカードが来たとき話しただろ。去年の夏。学校の旅行で」

モリーは難しい顔をしてTシャツを離し、しわくちゃになった綿の生地を手でさっと撫でた。彼女にはつながりが見えていないらしい。そもそもつながりなどない、あるいはギルが期待するほど強いつながりではないから。でも可能性はある。見逃せるような偶然ではないとギルは確信していた。

モリーはベッドの端に座った。「ちょっと待って、どういうこと？　マシューがその男と知り合いだって言いたいの？」

「かもしれない」いざモリーにいぶかしげに訊かれると、心許なくなった。自分の考えが現実的ではない、突飛な空想のような気がしてくる。「じゃなかったらすごい偶然だ。それにあの事故。トラックは速度を落とさなかったって警察が言ってたの、覚えてないか？　運転手が逃げられたのは計画的だったからかも。誰かが彼に金でやらせたんだ」

「その誰かがマシューなの？」モリーは背筋を伸ばした。緊張と恐れのせいか、それともギルが頭がおかしくなったみたいに突拍子もないことを言いだしたから、怒っているのか。

それでもギルは話を進めることしかできなかった。

「おれはただその可能性があると言いたいんだ。だってそうだろ？」

「うん、でも待って、ギル。あなたがそう思うならなぜすぐ警察に知らせないの？」

「まず、きみと話したかったんだ。今言ったことがほんとうかどうかはわからない。だけどありうるだろ？」

「そうかしら、ギル、ありうる？　彼まだ子どもよ。あなたの説によるとマシューは誰かを雇ったってことでしょ、いったいどうやって？　それにお金だって――」

「やつならできるさ、モリー。きみも知ってのとおり、うなるほど金があるんだから。あの車を見ろよ。それにあいつの性格も知ってるだろ。確かにここに来てからおとなしくしてるけど、カモフラージュかもしれない。もしあいつがやったなら、もし関わってるなら、無実に見えるよう努力するだろう。おれたちが知っていたマシューとまるで違うのは、演技しているからじゃないか？」

「じゃあ」立ちあがって腕を組み、モリーが言う。「警察に電話してそう話すつもり？」

「そうしたほうがいいかな？」情けないのは自分でもわかっていた。泣き言を言う子どもみたいだ。

「ギル、もしあなたがほんとにマシューが事故に関わってると思うんなら、ええ、そうするべき。でもこれって大変な告発よ、証拠もないのに」

「ああ、きみの言うとおりだ。証拠がいる。だからまだ電話してない」

「なんてこと、ギル。悪夢だわ」モリーは両手で顔を覆って、その手を髪に滑らせた。

「それだけじゃないんだ。やつの電話を聞いた。さっき誰かと話してたんだ」

「聞いた？　いつどこで？」

「やつは怒ってた。誰かの話をしてたんだけど、どうもそれがトーマスのことのような感じがしたんだ」

「なんですって、ほんとなの、ギル？　うちの家で、逮捕されたばかりの男の話を電話でしてただなんて、もしそうなら――」

「いや、モリー、トーマスのことかどうかはわからない。聞こえたのは怒った声だけで、関係があるかも、としか言えないんだけど」そう言いながらギルは、恐怖とは別に妻の顔に浮かぶものを見た。疑念だ。疑念が彼女の口元を引きつらせていた。

「関係があるかも？　実際にマシューはなんて言ってたの？　トーマスの名前が出たの？」

「いいや、でも……クソ、正確にはなんと言ってたか思い出せない。くたばろうが知ったことじゃないと言っていた。たぶん刑務所でって意味じゃないかな？」

モリーは今やはっきりと疑わしそうな顔をして、首を振った。

「ひとつひとつが意味をなさないのはわかってる、でもモリー、頼むよ」声が大きくならないよう気をつけた。マシューに聞こえてしまうかもしれない。ギルの声の調子を聞いただけで、ずる賢い彼なら察しがつくだろう。「小さなピース同士がぴたりと合うと思わないか？　全部が偶然だなんてありうるか？　何よりおれたちは知ってるだろう、モリー、あいつがどんな人間かって。あいつがシャロンを殺したのかもしれない。あいつならやりかねない、だろ？」息継ぎをするために言葉を切った。頭がくらくらする。そして妻の目つきに気づいた。彼が正気を失いつつあるのではないかと心配している目だ。ずっと恐れていたとおり、また精神が不安定になってしまったのではないかと。

「とりあえず注意して見ていましょう。で、マシューが何かしたら警察に連絡すればいい。今の時点ではすべてが偶然かもしれない、でしょ？　アルバニアのことにしたって、ヨーロッパは広いんだし」モリーはやさしく言うと、穏やかな笑みを見せた。彼女の寝室で錯乱している男を落ち着かせるために。

「そうだな、わかった。きみがそう言うなら」不機嫌な声になっていると自分でもわかった。だけどどうしようもない。不機嫌なのだから。

「もし何か関係があるって警察が考えてるなら、電話でそう言ったはずよ。その男はもう捕まってるんだから、マシューが関わってるなら警察に話すでしょ。わたしたちは待つしかないわ。それと、財産管理してる弁護士に電話で訊いてみたらいいんじゃないかしら。ニューヨークでマシューがセラピーを受けたりしていなかったかって。わたしたちだけで解決しようとしなくていいのよ、ギル。落ち着いて様子を見ましょう」

「きみの言うとおりだな、モリー、そうしよう」と言ったものの、まるで本心には聞こえなかった。自分でも声にパニックの断片がひそんでいるのがわかった。狂気のエネルギーが、まるで捕らわれた動物のようにもがいて逃げ出そうとしていた。

「ギル」とモリーが叱るように言い、すぐに目を閉じた。急に疲労に襲われたようだ。彼女のもとに行って抱きしめるべきだったのに、そうする前にモリーは洗面所に行ってしまった。水が流れる音と、金属製のカップから歯ブラシを取る音がした。

間抜けだった。甥をおとしいれることに必死な、頭のおかしな男。マシューはギルがしくじったのをいいことに、さらに自分の防御を固めるだろう。方法があるはずだ、あいつの守りを崩す方法が。マシューはまだ子どもだ。何かミスを犯しているはず。ただ落ち着いてそれを探せばいい。

# 16

　翌朝、チャンスが訪れた。モリーは娘たちを学校に送ってから自分のデッサン入門クラスを教えるため、すでに出かけていた。トーストにバターを塗りながらマシューが言った。

「今週末ニューヨークに行こうと思ってるんだけど、いいですか？」

「ニューヨーク？」ギルは訊き返した。昨夜、庭で電話しながらひどく腹を立てていたマシューの声を思い出す。今はうってかわって穏やかだ。

「友達のエリックからゆうべ電話があって、誕生日パーティーに誘われて。一泊か二泊してこようかなって」

「どうやって行くんだ？」ギルの中に不安がさざ波のように広がった。昨日の電話はエリックからで、マシューはティーンエイジャーらしく友人にキレていただけなのかもしれない。

「車で」さっさと許可を与えればいいのにどうかしてる、というようにマシューは眉をひそめた。

「今持ってる免許証で行けるのか？」

「ニューヨークの免許証だけど」マシューはイラついた声で言った。

「それで州間高速を走るのが許可されるかどうかわからないだろ」

マシューの顔に怒りが浮かんだ。この田舎者の干からびた中年男に、黙ってろとつかみかかるのを我慢しているのがありありとわかった。少年は代わりにバターを塗り広げてはちみつをかけることに集中した。

「電車で行ってもいいし」

「おれが送ってやろうか」ギルは言った。「前々から会おうと思ってた人がニューヨークに何人かいるんだ」

「じゃあお願いしようかな」マシューは不満を顔に出さないよう気をつけているようだった。こうなるのは望んでいなかったのだろう。だけどわかるか？　あいにくだがおまえは子どもで、おれがボスだ。

「金曜なら講義がない。朝早く出発したら向こうでたっぷり時間がある」

「なんでもいい」もともと言い出したのが自分だったのを忘れたかのようにマシューが言う。「パーティーは土曜だし」

「遅めの朝にしようか。そうしたらラッシュアワーの前に着ける」

「うん、じゃそれで」マシューはそう答えてトーストをテーブルに運んだ。

先にモリーに相談したほうがよかったかもしれない。今週末の予定は何かあったっけ？　たいていイベントやら趣味やらの予定が複数入っているのだ。

この午後ほど授業をするのが大変だったことはない。ニューヨーク行きの計画で頭がいっぱいで集中できなかったからだ。いや、計画がなさすぎて集中できなかった。マシューが何をするつもりか確かめたいものの、いったいどうやって？　あとをつける？　きっと気づかれるし、地下鉄や街中で簡単にまかれてしまうだろう。

シャロンとナイルズのアパートメントに泊まる予定だから、少なくともそこで何か証拠を見つけられる可能性がある。いや、きっと見つけられる、と授業時間が終わる数分前にクラスを解散させたギルは思った。バーモントに来てからのマシューはしっぽを出さないよう用心している。アウェイだからだ。しかしニューヨークはホームだ。それにギルが一緒に行けば証拠を消し去る時間はないだろう。そもそもニューヨークに行きたがったのはそのためかもしれない。トーマスが逮捕されて、自分の痕跡を消す必要が出てきたから。

ギルがイングリッドを連れてきた乗馬教室には、彼が抱いているのと同じ種類の不安が漂っていた。獣と糞のにおい、むずむずするような干し草の香りが極寒の二月に不似合いだ。そのせいで腹の中でよじれたワイヤーが存在感を増し、窒息しそうだった。イングリッドがいつも乗る馬は、胸のリングのあたりに流れるような白い模様がある。ヘルメットや膝まであるブーツが、弾むように闊歩（かっぽ）するあの神経質な動物の気まぐれから娘を守れるとは思えない。馬はかろうじて制御されているものの、チャンスがあればいつでも襲いかかろうとしているように、ギルには見える。淡い茶色の乗馬用パンツとバーモント大学のロゴが入った緑のスウェットを着た四十五キロの少女が、足を動かすたび上下の筋肉が交互に盛りあがるあの野獣に襲われて無事でいられる確率は？　やがてレッスンがそろそろ終わろうというときのことだった。イングリッドが馬上で、手綱を握ったトレーナーの話を熱心に聞いていると、馬が急にあとずさりし、ひづめで地面をドンドンと蹴った。手綱はトレーナーの手から離れ、馬は自由になった。ギルは木のベンチから立ちあがりかけた。鼓動が速まり、すぐにマシューの短篇を思い出した。マシューがあれを書いたせいで現実にこんなことが起こるんだ。やつの計画だったんだ、事故を起こして、自分が始めたことを終わらせるのが。ところがイングリッドは背筋をしゃんと伸ばして手綱を引き、馬を落ち着かせた。トレーナーは声をあげて笑った。囲いの中をもう一周すると、イングリッドは足をぐるっとまわして馬から飛び降りた。馬はおとなしく引かれていった。

「怖かっただろう」車に向かいながらギルは言った。イングリッドが羽織ったコートが風にはためく。

「何が？」頭を下げたまま言うので、彼女の声はマフラーの中でくぐもった。

「馬だよ、最後にさお立ちになったとき」

「さお立ちになったりなんかしてない、スマッジはそんなことしない」

「そうか」ギルが解錠のボタンを押すと、チュンチュンと音がして車のライトがついた。

「だけど興奮はしてた」

「ちょっと落ち着きをなくしただけだよ」たいしたことじゃないという口ぶりだ。

「怖くなかったのか？」

ふたりとも車に乗りこんで、ギルがキーをまわし、通気口から暖かい風がかすかに吹きはじめてからイングリッドは答えた。

「わかんない。馬は怖くないよ。ていうか、馬はわたしを怖がらせたりしない。たまにふざけることはあってもね」イングリッドは笑った。「でも怖くはない。ただ態度が大きいだけ」

「正直に言うと、あいつらは怖いとパパは思う」

「だってパパは馬に乗らないもん。背中に乗せてくれるのに、何が怖いの？　乗るのを許してくれてるんだよ。だったら怖がる理由がないよ」イングリッドがコートのファスナーを全部閉めると顔の半分が襟に隠れた。

「でもとにかくでかいだろ」ギルは車を停めるときに気がついた、路面凍結した部分を避けながら車をバックさせた。

「大きいからって誰かを傷つけるとは限らないでしょ。毒グモはゾウと同じくらい危険だよ」

「できればどっちも避けたいなあ」

「パパはそうすれば。わたしは馬がいい」やや反抗的にイングリッドは言った。これまでも、大きくなったら馬を三頭飼うんだと何度も言っていた。ギルはいいねと答えた。そうなれば、娘は将来もバーモントにいるかもしれない。彼女自身は立派な考えだと思っているようだが、ギルには思春期前の能天気さとして映った。馬と同意と力について、熟考することなく無邪気に自分の説を信じ、バーモントの広大な土地で何頭もの馬を飼いながらどうやって生活していくのか考えたこともない。クロエも同じような時期があったのを思い出す。大人の世界の論理はもうマスターしたと自信満々だけれど、完全ではなくて、特に金という暗い現実には疎い。ふたりに共通しているのは、力は暴力であり、それを踏まえたうえで、金は力の表現の一種であると理解していないことだ。内包された力は内包された暴力であり、それが本物の暴力に発展するのは簡単だ。子どもたちは純粋だ。純粋さを捨てるように急かす必要などない。生きていればいずれわかるから。そしてその時は、思うより早くやってくるものだ。

家に着くとマシューの車があった。ブーツを脱ぐ自分を見る妻の目つきから、甥が先にニューヨーク行きの件を話したのだとわかった。

「ねえ」モリーが言葉を選びながら言う。「旅行に行くって聞いたんだけど」

「しまった、モリー、すまない。話そうと思ってたんだ。ニューヨークに連れてってくれとマシューに頼まれて。いいかな?」ギルは片手を壁についてブーツを剝ぎ取り、解けた雪の上に靴下の足をおろした。

「マシューがあなたに頼んだの?」モリーは眉をあげた。

「まあその、友達の誕生日パーティーに行きたいんだけど、ひとりでは行けないからって」

「もちろんひとりでは無理よね」モリーのその言葉に皮肉があるかどうか、ギルは見極めようとした。

「連れていくとおれが言ったんだ。どのみちピーターと会わなきゃいけないし。金曜の午後なら会えるらしいから」ここ半年か七カ月ほど、エージェントとは話してもいなければメールもしていない。去年このままでは出版できないと言われた新作の原稿を、修正して送ることになっていた。もう何カ月もギルはその小説に（それどころかどの小説にも）手も触れていない。存在自体をほぼ忘れていて、誰かにあの恐ろしい質問――〝今どんな作品を執筆されてるんですか？〟――をされて初めて、失態を思い出すほどだ。つまり、あの作品はもう完全に死んでいるのだ。

「小説書きなおしたの？」モリーの声の調子がやわらかくなる。夫にとって最善を望んでいるからだ。彼女は今もまだ彼の死んだ作品に希望を持っている。どういうわけか、どんなときもギルを信頼し、彼の仕事に対して寛大すぎるほど寛大でいてくれる。バーモントに来るために自分の絵、友達、コネクション、ギャラリーなどの大部分をあきらめなければならなかったのに、そのことでギルを責めたことはない。バーリントン、ストウ、ベニントンで展覧会に参加したが、もしそれがニューヨークだったらどうなっていただろうかと考えずにはいられないはずだ。もし文なしの夫と都会を離れるのを拒否していたら、今よりはましな人生だっただろうかと。

「まだなんだけど」ギルは答えた。「できあがったのを数ページ送ったら、会って話したいって。ちょうどマシューもニューヨークに行きたいって言うから……」モリーに嘘をつくはめになったのは、ある意味ではマシューのせいだ。

「彼を行かせて大丈夫なの？　つい昨日じゃない、あなたが疑ってたの――運転してた男のことで」

「わかってる、そうだけど、どうせピーターに会うんなら――」

「いい考えかどうかわからないわ」

「いい考えではないかもしれないけど、だからってどうする？　やっぱりだめだとマシューに言うのか？　今さら？」

「そうよ。用事ができたって言えばいい。正直に言うと、あなたの言ってることめちゃくちゃよ。マシューがその逮捕されたトーマスって人に関係してるってほんとに思ってるなら、なんでニューヨークに連れてくの？」

この質問に正直に答えることはできない。なぜなら答えは〝スパイをして証拠を集めるため〟だから。だがそう口にするとイカれていると思われそうで怖かった。自分でもイカれていると思う。

「刑事さんには話したの？　電話した？」モリーが尋ねる。

「いや、まだだ。でもするよ。明日電話する。だけど、やつひとりで行かせるわけにいかないし、おれはピーターに会うから――」悲しいかな、また同じ嘘の繰り返しだ。おそらく、かえってあやしく聞こえている。「日曜に戻るよ」

モリーが顔をしかめたのを見て苦しくなった。彼女は夫を疑っているが、心配もしている。たぶん恐れてすらいる。モリーのこの表情は以前も見たことがあるが、ここ数年はなかった。ブルックリンに住んでいた最後の数年間、特にギルが退院したあと頻繁に見た表情だ。クロエとブロックで遊んでいて――ギルに組み立ててもらったものを、キャーとうれしそうに叫びながら破壊するのがクロエのお気に入りの遊びだった――、ふと気づくとモリーが離れたところからじっと不安げに見ていた。

「モリー、心配するな、な？」モリーが鼻で笑っても、ギルは続けた。でなければニューヨーク行きのおかげでできるチャンスを逃してしまう。「娘たちにとってもあいつがいない時間があったほうがいいだろ」モリーが納得したかどうかはわからないが、彼女の表情がいくらかやわらいだので、少しは納得したのかもしれない。そうだといいが。

「クロエがうらやましがりそうだわ」モリーが言う。

「ニューヨークに行くのを？」

「この週末はリハーサルがあるから行けないけど」

「いや、おれは打ち合わせをしに行くだけだから――」

「あのね、ギル、あなたとじゃなくて、マシューとニューヨークで遊びたいんじゃないかってこと」

「マシューと？」ギルは信じられないというように言ったが、モリーの言うとおりだ。ふたりはほとんど変わらない年齢だし、マシューは年上で物知りの都会っ子だからパーティーにも連れていってくれるだろう。春のミュージカルがあって助かった。

「あの子たちよく一緒にいるのよ、知らなかった？　クロエが言ってたんだけど、幾何学を教えてもらってるんだって。イングリッドの南北戦争の発表準備も手伝ってくれてるみたい」

ギルはもちろん知っていたというふうにうなずいた。ひとつ屋根の下に住んでいるのにマシューがじわじわと家族の愛情を獲得していることに気づかないほど、家族を顧みず甥っ子だけに執着しているわけではないのだ、と。森に行ったあの日、マシューがイングリッドと向かいあって座っているのを見た。おそらく勉強を教えていたのだ。危険な目にあわせようとしていたのではなく。不吉なことなど何もなかった。

「あ、忘れてた、今朝母さんと話したんだけど、春休みに遊びに来たらって言ってた」

「マシューと一緒にメリーランドへ行くのか？」ギルは訊いた。義両親はモントークでの出来事をすべて知っていて、口には出さなくてもマシューと、一度しか会ったことのないシャロンとナイルズを嫌っていたはずだ。

「いいえ」モリーはコンロのほうを向いて、油がパチパチ跳ねているフライパンの魚をつついた。「みんなでは行けない。その週末、クロエはサラ・ローレンス大学でディベートの大会よ。イングリッドは連れてくわ。七月以来、両親に会ってないし」

「じゃあおれがマシューとここに残るのか」

「彼に一緒に行きたいか訊いたんだけど、ハーバート校に提出しないといけないレポートがあるんだって。あなたはそのあいだにピーターから戻ってきた原稿を直せるわ」

「ああ、そうだな、そうしよう」

夕食の席でいつものように娘たちから今日一日にあったこと——主に乗馬、ディベート——を聞いたあと、モリーは誰の誕生日パーティーに行くのかとマシューに尋ねた。

「エリックです」なんの話かわからないというように一瞬言葉に詰まってから、マシューは答えた。

「ハーバート校の友達?」

「うん」マシューはそれ以上の質問を避けようとするように、トーストをかじった。

「戻るのは楽しみ? ニューヨークに?」クロエが訊いた。「友達が恋しいよね」そう言ってすぐに頬を赤らめた。つまらないこと言っちゃった、恋しいなんて。陳腐で子どもみたい!

「両親が亡くなってからエリックのところにいたんだ。ご家族は親切にしてくれたし、パーティーにはぜひ行きたくて」

「行けることになってよかった」罪悪感を押さえつけながらギルは言った。いや、これもこいつの演出だ。

「きっと楽しいパーティーになるわね」モリーが言った。

マシューはギルを見てわずかに目を細めると、すぐにまた魚を食べはじめた。モリーは見ただろうか？　彼の目に宿る敵意を。隠しきれない悪意がちらつくのを。

# 17　二〇一五年九月

　葬儀を別にして、最後にニューヨークに行ったのは三年前だ。それが生前のシャロンを見た最後だった。友人にブルックリン・ブックフェスティバルのパネリストとして招待され、ふたつ返事で引き受けた。文学界から遠ざかってしまっていたので、すっかり忘れ去られているのではと長いこと恐れていたのだ。土壇場で誰かの代理に選ばれたのであろうことは、以前なら気にしていただろうが、このときは気にならなかった。自尊心に問題があるか、あるいはただ人生を現実的に評価する性格のせいかもしれない。テーマは都会対田舎と、土地が書き手にもたらす影響だった。パネリストの中でニューヨークに住んでいないのはギルだけだった。ブックフェスティバルの真ん中にあるステージで、背もたれのない椅子に座った彼を、友人は〝都会を脱出したやつ〟と紹介した。大勢の観客が中途半端な笑い声をあげた。

　ほとんどの観客のお目当てはギルの隣に座る詩人だった。クイーンズで育った、才能ある若いベトナム系アメリカ人の彼は、この街の美点だけを体現したような人物だった。ギルと比較するとどちらが好ましいかは一目瞭然だった。ぶかぶかの綿のジャケット、形のくずれたジーンズにださい靴という出で立ちの、ひげ面で髪が薄くなりつつある男と、黒い服に先のとがったぴかぴかの靴を履き、髪がいい感じに乱れた、おしゃれでスリムな若き天才。表面的な違いは内面の違いの表れでもある。詩人のほうは堂々として、雄弁で、機知に富み、その姿から寛大な心が見てとれた。一方ギルは幼稚で、愚鈍で、おどおどしていた。

アッパーイーストサイドにはボローホールから地下鉄四番線に乗っていった。シャロンに言われたのだ。マンハッタンまで来てくれないかしら？　ブルックリンには何年も行ってないから絶対道に迷っちゃう、と。ブックフェスティバルから逃げ出したくなるのを予想していたのでいいよと答えたものの、ガタガタとやかましい満員電車——クソ、日曜なのになんでこんなに混んでるんだ？——に揺られながらギルは腹が立ってきた。シャロンはどういうつもりだ？　おれは重要なイベントに出ていたのに、それを見にもこないで、自分の庭に呼びつけるなんて。己の存在を長引かせるために地球から命を吸い取ることしか考えていない、強欲で飢えたヴァンパイアたちがうろつく呪われた街に。

苛立ちの原因のひとつは、彼女のメールに謝罪がなかったこと、それどころか悪びれた様子すらなかったことだった。姉弟が疎遠になっていたのは彼女の息子がイングリッドを溺死させようとしたせいだと認めるどころか、**あなたに会う時間を作れるか考えてみるわ、**ときた。フィットネスのクラスやエステで忙しいのだろう。

シャロンにとっての弟は、ときどきご機嫌を取ってやらなければならない、気の毒な親族なのだ。つまり雑務だ。どうしてこうなった？　幼いころは仲がよくて、シャロンの空想の世界で何時間も一緒に遊んだのに。そういう記憶がたくさんあるなか、よく思い出すのは、母の調査のために訪れたアイルランドのゴールウェイの郊外で過ごした夏のことだった。ギルは七歳だったから、シャロンは十一歳だった。両親がアパートメントで仕事をしているあいだ、シャロンは通り沿いの公園にギルを連れていって、ブランコを限界の高さまでこぐ方法を教えてくれた。そうすると、通りの向こうの家々の灰色の屋根を一瞬見渡せ、そのあとぐんとうしろ向きに落ちた。

アイルランドにはひとつしかおもちゃを持ってきていなかった。スーキーという名のアザラシのぬいぐるみだ。ふたりはスーキーを主人公に冒険物語を作った。木に群がるカラスはスパイか殺し屋で、おかしな言語で脅迫の言葉を叫んでいた。生垣のとがった枝の隙間に秘密基地を作った。小枝と木の皮で作った繊細な家具。浅く掘った穴に置いてコケをかぶせて隠したのはカラスたちが狙うお宝、秘密の暗号を記した本だった。シャロンが紙を何枚か重ねて折り、ホチキスでとめて作ったこの本には、謎めいた記号が几帳面にびっしり描かれていた。両手で本をかかげてシャロンは言った。この本をカラスの王の手に絶対に渡してはならない。

滞在期間の半分が過ぎたある朝、スーキーが誘拐された。べそをかきながら必死に捜索した結果、曲がった木の枝の上にいる彼を発見した。ひれ足を怪我して脳しんとうも起こしていたので、彼を秘密基地に連れ帰って看病した。このときの姉をよく覚えている。シャロンは小石――アザラシ用ティーカップ――をスーキーの刺繍された口元に持っていき、大人が小さな子どもに話しかけるような声でなぐさめた。枝からこぼれる光が彼女の慈愛に満ちた表情に模様を描いていた。

それからたった二年後、すべてが終わった。ティーンエイジャーになったシャロンは自意識が邪魔をして弟と遊ばなくなり、友達と電話をしたりモールに行ったりと、急激に活発になった社会生活に大忙しだった。ギルがティーンエイジャーになるころには、彼女は大学生になり、すでに家を出ていた。シャロンがオックスフォード大学に留学していた三年生の冬休み、ギルは両親とともに姉に会いにいった。滞在中ずっと彼女は、アルバイトがあるだとか、一月に指導教官に提出する課題があるだとかで、家族から距離を置き、気もそぞろだった。両親とギルがロンドンに出かけるときも大学に残った。ギルはまだ十六歳だったものの、もしかしたら姉がパブに連れていってくれるかもと期待していたし、少なくともオックスフォードの街を一緒に歩いたりするのだろうと思っていた。ところが姉は弟にかまいもしなかった。明らかに家族の訪問を負担に感じているようだった。

ボーイフレンドのせいよ、と母は言った。ロンドンでの夕食中、父がシャロンの無礼さに言及したときだった。あの子、恋してるのよ。若いうちの恋愛は人をあんなふうに変えちゃうの。自己中心的で、まわりが見えなくなるのね。ギルものちにそれがほんとうだと知ることになる。しかしこの旅で姉が見せたよそよそしさ、大学を案内したあとホテルのロビーでさっさと家族に背を向けたその薄情さが、ギルにとって姉弟の特別な関係の終わりを告げる決定打となった。最終的にナイルズ、マシュー、そのほか彼女の人生の中心になったものの方向へ、彼女が流されはじめたのもこのときだった。

シャロンのアパートメントから数ブロック先、アッパーイーストサイド七十五丁目のカフェで待ち合わせだった。ギルを自宅にあげる気がないのだろう。シャロンは窓から見える席に座っていた。ゆったりした黒いセーターに黒のジーンズ、高いピンヒールの靴。彼女は携帯電話から目をあげて手を振った。

メールには一時間しか会えないと書いてあった。カプチーノを手にして長椅子のシャロンの隣に腰かけると、ギルはそのことを思い出してほっとした。会話は出だしからすでにぎこちなかった。シャロンはしきりに携帯電話を確認しながら、モリーと娘たちについて当たり障りのない質問をした。彼女の無関心と同じくらい、ギルの苛立ちも態度に出てしまっていただろうか？

「マシューはどうしてる？」ギルはようやく訊いた。

「マシューね」シャロンが片手で髪を耳にかけるとセーターの袖がずれて、ダイヤモンドが輝く指輪がいくつかのぞいた。「あの子のことは知ってるでしょ」

「知らないも同然だけど」と言うとシャロンがたじろいだので、ギルは少し気が晴れた。

「三年も会ってないんだから。もう十五歳？」

「になったばかり」そうだ。七月生まれだった。誕生日には電話もメールもしなかった。

「学校は？」

「じつを言うとちょっと問題がある。でもね、すべてが簡単なせいじゃないかしら。あの子には簡単すぎて、退屈しちゃうの。それが行動に出るんだわ」

**そうかもしれないし、ただマシューが悪いやつなのかも、**と言いたいが思いとどまる。

「だけど次の夏はヨーロッパで過ごす予定なの。学校の奉仕活動の一環として、児童養護施設で働くのよ。ナイルズは反対してるけど、わたしは広い世界に出るのはいいことだと思う」

「それは素晴らしい経験になりそうだ」ギルは苦々しい気持ちを抑えながら言った。ほんとうに素晴らしい経験だと思うからだ。クロエがするべき経験だからだ。イングリッドもぜひやってみたいと思うだろう。

「ええ、きっと」シャロンは腕時計に目をやった。

「ヨーロッパにはどれくらい行くの？」

「三週間だったかな」プラスチックカップの氷をストローでかき混ぜながら彼女が答える。

「それでよくなるんじゃないか」

シャロンが挑戦的な目でギルを見た。「何が？」

「マシューの問題」ギルはまるでそこに答えが書いてあるかのようにテーブルを指さした。

「問題があるって言っただろ」

「まあね、うん」シャロンは座りなおした。「マシューは大丈夫。自分の面倒は自分で見られるし、へこたれない子だから」

**雑草かウイルスみたいに？**

「そうか、きっと大丈夫だ」

「当然よ」彼女の声が固くなった。カップに手を伸ばしたものの、すぐに引っこめて、弟をにらむ。「あの子も大変だったの。わかるでしょ」

「何が大変だったんだ？」

「全部よ。責められたこと。親族から人殺し呼ばわりされて。大変だったに決まってるでしょ」

「溺れるよりはましだと思うけど」視界のあちこちで光がチカチカした。何も言っちゃだめ、聞き流すのよとモリーなら言うだろう。だが、今日はこのために来たのだ。姉ときちんと話し合うために。息子がしたことに向き合わせるために。

「ねえ、ギル、本気で信じてるの？　それが知りたい。だから会うことにしたの。わたしの息子があなたの娘を殺そうとしたって、本気でそう思ってる？　あの子がイングリッドを意図的に溺れさせようとしたって思ってるの？　それとも事故だったと？　ふたりで遊んでただけかもしれないし、イングリッドが勝手に落ちたのかもしれないのに」まるで出来の悪い生徒に指導しているかのような、淡々とした言い方だった。

「イングリッドが嘘をついてるって言うのか？　いったいなんのためにそんな——まだ六歳だったんだぞ。それにマシューは認めたじゃないか。おれはあの場にいたんだ」ギルが声を荒らげるとバリスタがにらんできた——野蛮な男だ。あの女性も気づけばいいのに！

「イングリッドの記憶が間違ってた可能性もあるって言いたいだけ。ふたりとも今より幼かったのよ。あれ以来マシューはちゃんとあのことについて考えてる。セラピストと協力して。難しい子だけど――」

　ギルがふんと鼻で笑ったのでシャロンはむっとしたようだが、すぐに続けた。

「だからって人を殺したりしない。難しい子だっていうことと誰かを殺す人間だってことの違いがわからない？」

「今問題なのは、おれがマシューの人格の微妙なところを理解してるかどうかじゃないだろ。姉さんが自分の息子の心の奥にあるものを見ようとしないことだ。マシューは娘を殺そうとした。おれは娘を見つけて――」声が震えはじめたがなんとか話を続ける。「水に飛びこんで助けた。なのに姉さんはおれの娘が嘘つきだって言うのか？　自分の息子を守るために？」

「息子だから」シャロンは穏やかに言った。

「イングリッドを殺そうとしたやつを？」

　ギルの口はからからだった。カウンターに行き、ピッチャーの水をプラスチックのカップに入れて戻ってくると、シャロンは膝の上に置いたバッグを両手でつかんでいた。「もう行くわ」

「わかった」

「ごめんね、ギル」とシャロンは謝ったが、本気ではないことはすぐにわかった。ただひとりの姉が、ギルとの関係を断ちたがっていた。最悪だ。そしてギルには姉の気持ちがよくわかった。まったく同じように感じていたから。

席から窓の外を眺めた。シャロンは歩道の端に行き、さっと腕をあげた。まるで彼女をずっと待っていたかのようにタクシーがすーっと寄ってきて停まった。ギルはカップを捨て、メトロポリタン美術館に向かった。怒りを抑えようと展示室を歩いてまわる。シャロンに会ったことで、今朝再確認したことがまざまざと思い出された。ギルはこの街には向かないし、ここに家族はひとりもいない。

# 18　二〇一八年二月

ギルがアウディ――スバルよりも、それどころかギルが今まで所有したどの車よりも、ずっといい車だ――を運転しはじめてから三十分、ふたりとも口を開いていない。モリーと娘たちと一緒なら湖沿いのニューヨーク州道二十二Aを走って百四十九号線に出て、ジョージ湖を抜けるところだが、マシューとふたりきりなら早いほうがいい。というわけで高速道路を走っていた。

幸いマシューはすぐにうたた寝を始めた。丸めたジャケットを窓に押しつけて枕にしている。いつもなら運転中はラジオを聞く――基本的には公共放送で、退屈すると右翼の対談番組にして自分に苦行を強いる――のだが、ラジオをつけるとマシューを起こしてしまうかもしれない。そうなったら謝らなければならなくなる。ラジオを聞いたというだけで。

バーモントを出るころ、マシューはわざとらしくまばたきをして目を覚ました。

「疲れてるのか？」ギルは訊いた。

「車に乗ってるといつも眠くなって」目をこすりながら彼は言い、ダッシュボードのGPSを見つめた。

「自分で運転していなくてよかったな」

「うん、助かりました」

「何か音楽でも？」

「別に。なんでも」

ギルはラジオをブラトルボロの公共放送局に合わせた。東ヨーロッパの難民危機についての報道だ。ハンガリーの国境に数キロにわたるフェンスが設置され、大量の人々が寒さと空腹と絶望に耐えながらバルカン半島を移動している。地域の天気予報が始まったので音量を下げた。

「確かきみは行ったことがあるよな？　東ヨーロッパに」落ち着け、これはただのおしゃべりだ。

「ええ」またこの話かとうんざりしたようにマシューが答える。「数週間だけだけど」

「ヨーロッパのどこだったっけ？」真実を知るためなら馬鹿なふりもお手のものだ。

「アルバニア。それからクロアチアに行って、最後にヴェネツィアにも」

「おもしろい経験だったろうな」

「ええ、まあ、**おもしろかった**と言えなくもないですね」

ギルはハンドルを握る手に力を入れて平静を保った。今のところは聞き流そう。ネズミはそう簡単には逃げ出せない。

「向こうでは何をしてたんだ？」

「児童養護施設で働いたんです。ハーバート校の奉仕活動で。社会に還元するってやつ、善良な市民として」まるで最高に笑えるアイデアだ、とでもいうような口調だった。

「その施設で寝泊まりしたのか？」

「ええ。ティラナ郊外の施設で」体ごと窓のほうを向いていたマシューの吐く息でガラスが曇る。ヨーロッパの話はしたくないのだ。いや、何も話したくないのだ、この化石みたいな田舎者とは。

「現地ではどうやって移動してた？」リスクのある質問だった。直接的すぎたかもしれない。しかしギルは回り道ばかりするのに飽き飽きしていた。

マシューは座りなおして、音量調節のつまみを意味ありげに見た。「現地を見てまわったりしていた。彼が答えないのでギルはさらに突っ込んで訊いた。ニュース番組が再開したのか？　繁華街に出かけたり？」

「たまに。施設は街からかなり離れてたから。今走ってる丘のような雰囲気だった。ティラナに行きたければ運転手が何人かいて、大きい黒のランドローバーで連れてってくれて。元軍人じゃないかな、きっと。とにかく彼らの車で繁華街に行って、カフェとかそういうところに行きました。週末の旅行も何度かあって、ギリシャの遺跡か何かの近くの山でキャンプもしたな」

「さぞ素晴らしかったろう」**運転手。トーマス・ガシ**。男がトラックのハンドルを握って前のめりになる姿を想像する。赤信号になって、アップタウンに向かうフェラーリが車の列を抜け出し、トラックの前の交差点に入ってくる。

「ええ、まあ」マシューはそう言ってラジオのボリュームをあげた。そう、これはマシューの車だ。ギルはよそ者でしかない。無礼で愚かでおしゃべりなよそ者。

ブロンクスで渋滞にひっかかり、のろのろ進んでいると、事故現場に行きあたった。警察の規制線と何台かの救急車の向こうに、前半分が大破したグレーの車と、側面に傷がつき、バンパーがぶらりと垂れさがったミニバンが見えた。ギルは甥の顔をちらりと見た。事故を目の当たりにして動揺しているかも？　ところがマシューの表情は、高速道路を渋滞させているやじ馬たちと変わらなかった。

「大学の勉強はどうだ？」ギルは訊いた。「よくやってると聞いてるよ」

「へえ、そう」マシューは微笑んだ。エセックスのような取るに足らない田舎の大学の教授たちは、暇さえあれば自分の美点を挙げてほめそやしているに違いない、と思っているようだ。

「ホールデン教授がそう言ってた」なぜおれはわざわざこいつの際限のないエゴに餌をやってるんだ。

「勉強は問題ないっていうか、どうってことないかな」

「もうすぐまたワークショップだよな？」

「そうでしたっけ」マシューが言う。車はマンハッタンに渡る橋に差しかかった。

「次はどういう話？」身も蓋もない訊き方だっただろうか。だがマシューはほかの質問と同様にうっとうしいと感じただけのようだ。

「一応書いてはみるけど、間に合わないかも」

「待ってるよ」

「どうぞお楽しみに」そっぽを向いているマシューが、口の端で笑ったのが見えた。

マンハッタンに着くと、マシューはGPSを切って口頭で道案内をした。ギルがおそるおそる運転するので、先を急ぐタクシーからはクラクションを鳴らされ、車用の信号が黄色に点滅しだすやいなや、歩行者用の信号がまだ赤なのに交差点を渡りはじめた通行人からは怒声を浴びせられた。

シャロンとナイルズは二番街にある駐車スペースをいくつか所有していた。車がゲート前で停まると係員は眉をひそめたが、マシューを見つけるとにっこりし、二本の黒ずんだ前歯を見せた。男は運転席の窓から中をのぞくと、ギルを無視してマシューに話しかけた。灰色のつなぎに染みついた煙草の嫌なにおいがした。

「ミスター・ウェストファレン、また会えてよかった。ご両親のことはお気の毒でした。美しい人たちだった、ほんとに美しかった」ギルの耳元で、男は自分の胸にどんっと手をあてた。「坊ちゃんに言いたかったんですよ、ひどい出来事だったって。本物の悲劇だ」

「どうも、サミー」マシューは言った。男は次の言葉を期待するようにしばらく黙っていたが、やがて車の屋根を叩くとゲートを開けに戻っていった。ギルは、おそらく以前はフェラーリがあったのであろう場所に車を停めた。

ブースを通り過ぎるとき、中で手を振る係員に、マシューは気づかないふりをした。ギルの先に立ってアパートメントに入った彼に、ドアマンが群がって挨拶をした。お荷物をお運びしましょうか？　田舎の生活はいかがです？　お元気そうでよかった、またお会いできて光栄です。三人のドアマンにうやうやしくエレベーターに送りこまれた。これが世間の大富豪への接し方か。金持ちだと、アパートメントに戻るいつもの道ですら、下層の人々からちやほやされる花道になる。

アパートメントは外から見るとおごそかで、建設当時のまま手を加えられていないように見えた。ところがウェストファレン家のフロアでは、それぞれ八部屋ある二戸がぶち抜かれて広大な城を形成していた。ギルがつい最近ここの価格を調べたところ、千六百五十万ドルだった。

玄関を抜けると左手にぴかぴかのキッチン、正面にリビングルーム。果てなく広がる板張りの床に白いソファセットが鎮座している。とうていドアを通れそうにない巨大なソファだ。向かいには壁いっぱいに広がるテレビの画面。リビングを抜けるとダイニングルームがあり、スライドするドアの向こうはダークブラウンの木製の本棚が天井までそびえる図書室だ。ギルは自分の本を探した。もちろんあった。ギルがサインをしたハードカバー版。一作目はシャロンに宛てて、二作目はシャロンとナイルズに宛てて。裏表紙を開くと自分がいた。かつての自分。文学界の重鎮を気取った、うぬぼれた顔。自信過剰な勘違い野郎。裏表紙を見る人はみんなそう思うだろうか？　いや、そう思っ
ただろうか？　最後におれの作品を誰かが手にしたのはいつだ？

「何かいい本があった？」マシューが訊いた。

ギルは本をパタンと閉じた。

「じゃ行ってきます」

「わかった。帰りは遅いのか？」

「どこかに泊まってくるかも」

「了解」門限を課そうか？　金持ちの世界に門限が存在するのかは知らないが。

「ミーティングがあるんでしょ？」マシューはドアの端をつかんで少し引き出すと、ぐっと押し戻して跳ね返らせた。

「そうだ。エージェントと」

「ふうん、じゃまた」

玄関のドアが閉まる音がするまで、ギルは動かなかった。自分の本を元の場所に戻してから、図書室の隅にある姉が使っていたデスクに近づき、引き出しを開ける。


図書室から、リビング、キッチン、ナイルズの書斎、シャロンの書斎、夫婦の寝室まで探索した。もちろんマシューの寝室も。長い時間前かがみになっていたので腰が痛み、膝はこわばっていた。

各寝室のベッドには白いシーツがぴんと張られ、生活感がない。シャロンとナイルズ、それぞれのウォークインクローゼットには木のハンガーが数十本ある以外は空っぽだった。

ふたりの衣服と靴は慈善団体に寄付された。ギルが弁護士のオフィスで、上質な革のソファに座って確認したことのひとつがそれだった。衣類の寄付の受領書は税金の控除に必要だった。宝石の一部は売却され——収益は慈善団体へ——、残りは銀行の金庫に保管されている。宝石を売って得た金を寄付などせず、うちにくれていたら、娘たちの大学の費用を賄えたのに、と苦々しく思ったことをギルは思い出した。しかしそれはおぞましい考えかもしれない。姉の死によって利益を得るなんて。それに、養育費をもらっているのだからすでに利益なら得ている。死のあとすぐさま会計士がやってきて、富とその所有者の境界線が消滅し、人間の価値が残した資産でしかはかられなくなっていく過程は忌まわしかった。

だが金は真実への糸口になりうる。マシューがトーマスを金で雇ったなら、相当の額を支払ったに違いない。マシューにはそれが可能だった。遺書を確認したとき、ウェストファレン信託の主任弁護士が税金への影響を説明しながら、一枚の紙をギルのほうに滑らせた。そこに書かれていたのは四百五十万ドルを超える数字だった。支払った税金の額ですか？　税率は何パーセントです？　それは最低でも十倍の額の金が信託にあることを意味していた。実際には十倍以上、優に五千万ドルを超える金が。巨万の富がひと家族に、しかも姉の家族に集中しているのに、その金には触れられず、自分の娘の人生をよくするために使うことができないという事実はただただ腹立たしかった。気の遠くなるような額の金のすべてが、もっともふさわしくない人間のものになろうとしているのだ。

　この吐き気のするような事実をやり過ごすには、とにかく考えないことだ。頭の中で下手な口笛でも吹いて、無視するのがいちばんだ。ところが現時点で追える手がかりは金だけだった。マシューのセラピストについて何か知っているか弁護士に訊いてみると、モリーと約束した。それを話の糸口にしよう。

　秘書が電話に出て、アポイントメントは取ってあるかと訊いてきた。

「いいえ、おれ――私はギルバート・ダガンですけど、ウェストファレン信託のことで話があって。マシュー・ウェストファレンの叔父です。少し質問したいだけなんです」

　そのあとの沈黙に、冷ややかな軽蔑を感じ取った。そろそろ来るころだと思った、両親を亡くしたかわいそうな男の子から相続権を奪おうとする、欲深い親戚。あの子の思慮深い両親が、この立派な事務所を顧問にしたのは、こういう輩(やから)から彼を守るためなのよ。電話口にいるこの女性のように、法律事務所にいる者は、人間はブタだとよく知っている。ウェストファレン信託からしたらほんのひと握りのはした金のために、飢えたブタたちは互いをむさぼりあう。そして彼らの予想どおり、タイミングを見計らったようにギルが現れ、ブタのようにあちこちひっかきまわそうとしている。いや、ネズミだ。何かおこぼれはないかと、地下鉄の線路からのそのそ這いあがって、プラットフォームをべとついた尾を引きずっていき、真っ暗な口を開けるゴミ箱をよじのぼるネズミ。

「申し訳ございませんが、リプリー弁護士は席をはずしております。ご用件をお伝えいたしましょうか?」女性が言う。

「お願いします。マシューと私はこの週末ニューヨークに来ていて――」**誰がネズミだって? 欲深いネズミが、甥っ子が友達に会えるようわざわざニューヨークまで連れてきてやるものかな?** 「それで思い出したんです、二、三件確認したいことがあったと。急ぎではないですが」

「お電話番号は――?」秘書は聞いた番号を繰り返した。

「そうです」

「では、お伝えしておきます」

「ええ」ついすみませんと言いそうになる。「ありがとう」

「失礼いたします」彼女は最後のセリフを吐き捨てるように言った。電話がぷつっと切れたのでそう感じただけかもしれない。

# 19

ニューヨークでの自由な夜だというのに、ギルはアパートメントで何もせずに過ごしていた。中華料理のデリバリーを頼んで、適当にチャンネルを変えながらテレビを眺める。おかしなことにテレビはまだケーブルテレビにつながっていた。どちらでもかまわないからだ。信託から自動で引き落とされるたかが数百ドルにどれだけの意味がある？　マシューが来たときのために、支払っておくほうがいいに決まっている。深夜になって、ゲストルームのベッドに横になったが、それから何時間も眠ることができなかった。

アパートメントは広々として優雅で、そして死んでいた。まるで霊廟だ。翌朝、目を覚ましたギルの頭に浮かんだのは——マシューは帰ってきていなかった——すぐにここを出なければということだった。外に出て、朝食をとろう。この街でおれが懐かしく思うのは食べものだけなんだろうか？　ダウンタウン行き六番線の混雑する車両に乗りこんでギルは考えた。十年以上住んでいたんだから、ほかにもあるはずだ。まず書店。それから美術館。ホイットニー美術館が新しくなってから行っていない。これだ。普通の人らしく行動しよう。休むんだ。

その夜、ミートパッキングディストリクトからイーストヴィレッジに移動して〈モモフク〉に行った。すでに客でいっぱいだったものの、ひとりだったのでカウンターの空いた席に座ることができた。ざわつく店内で注文を済ませ、美術館で撮った写真をいくつかモリーに送った。そしてたちまち後悔した。ニューヨークまで来ておれは何をしてるんだ？観光か？ディナーをしにお出かけ？モリーへのメッセージは送信されたものの既読にならなかった。

ラーメンとポークロールとインディア・ペールエールでぼーっとした頭で、一番街をぶらぶら歩き、バワリーまで来た。このあたりはここ十年でいつの間にか最高級ブランドの店舗が立ち並ぶエリアになった。店頭やすれ違う人々から金のにおいがする。ニューヨークはダイヤモンドだ。研磨され、カットされるごとに価値があがり続け、億万長者にしか手が届かなくなった。一方、記憶のままに残っているものもあった。たとえば〈マクナリー・ジャクソン・ブックス〉の隣のバー。モリーと一度だけ来たことがある。そのころは最初の小説を出版したばかりで、大物作家気取りでいた。すぐに次の小説を書き、かつ

〝正しい〟パーティーに顔を出していればほんとうに大物になれると信じていた。あのときここで誰の出版パーティーをやっていたんだっけ？　自叙伝を書いたニュースクール大学時代の友達？　バーにいる人間は昔と変わらない。おしゃれでハンサムで、自信に満ちた若者たち。なつかしさがこみあげて歩調をゆるめる。そのときだった。マシューを見つけたのは。

彼は女性の腕に手を置いて、笑っていた。もう一方の手に握ったビールの細いグラスはほとんど空で、側面に泡が流れた跡がいくつかある。頭をうしろに傾けてぐいっと飲んだとき、目線が通りに向けられた。ギルは下を向いて隣の書店に行き、ウィンドウを眺めるふりをした。

冷静でいようとするものの、心臓は早鐘を打ちつづける。ツイている。奇跡は言いすぎだろうが、まるで奇跡だ。街をぶらついていたら、偶然マシューがいるとは。誰かが、もしくは何かが、おれと同じくらいやつに罰を与えたがっている。ひとりじゃない。運はおれの味方だ。夕食を食べにいかなかったら、今この瞬間ここにいなかったし、マシューを見かけることもなかった。まともではないとわかっていたが——ビールを飲んだあとだ——、これは贈り物だという気がした。大人の目がないときの、油断している甥の姿を見られるかもしれない。

まだ八時だ。彼らはこのバーにひと晩中いるわけではないだろうが、今なら隣の書店にひと走りする時間くらいはありそうだ。マシューに見つかった場合にそなえなくては。ざっと本棚を見て二冊選び、急いで会計を済ませた。再び通りに戻ったのはわずか数分後だったものの、彼らは行ってしまったのではないかと気が気ではなかった。

やはり運がいい。マシューはまださっきの場所にいた。スツールに浅く腰かけ、若い女性と話をしている。ギルは思わず動きを止めそうになった。スージーだ。エセックス・カレッジの。彼女がマンハッタンでマシューと一緒にいる。マシューの指先がスージーの尻に触れた。ギルはワイングラスを口元にかかげた彼女が、笑いながら彼にもたれかかるのを見ていた。マシューは彼女のブラックジーンズのベルトループに指を絡めた。

通りの向かいにもう一軒バーがあった。土産の袋を持った観光客が何人か、くたびれた様子でビールをすすっている。ギルはマシューがいるバーの明るい窓が見えるカウンター席に座った。バーテンダーが吠えるように「ビールでいいですか？」と言って注いだ。半分が泡だった。まあいい。飲みにきたわけではないから。

「もう一杯？」とバーテンダーに訊かれ、携帯電話と向かいの窓を交互に見た。モリーからメールもメッセージも来ていない。

ビールを注いでもらうあいだにノートを取り出した。ただ座っているだけなら、時間を有効に使うほうがいい。しかしノートを開くと、きれいに整列した線がギルを嘲った。一行目に〝彼は〟と書く。まるで文字を習ったばかりの子どもの殴り書きだ。あるいは頭のおかしな男の殴り書き。

グラスの横に置いた携帯電話はマナーモードにしてあったが、着信画面が目に入った。〝ラング・リプリー・アンド・リヨンズ法律事務所（シャロンの信託）〟と表示されている。今ごろ電話を？　弁護士は休みなしで働くものだと聞いたことがある。あてもなくバーをはしごしたり、甥っ子のストーカーをしたりはしないらしい。

「はい」ギルは電話に出た。

「ミスター・ダガンですか？　アルバート・リプリーです。お電話をいただいたそうですね。遅い時間にすみません、ばたばたしておりまして。ウェストファレン信託についてお知りになりたいことがあるとか？」

「ええ、はい、ありがとうございます。マシューの口座のことで電話しました」声が震える。緊張に支配されていた。まるで悪事を働いているかのように。実際そうだ。存在もしない証拠を得ようと甥をスパイしているのだから。

「信託の口座ですか？」

「そうです」信託が口座の所有者であるという考え方が嫌いだった。企業の擬人化。こういう言語の崩壊が——などと言っている場合ではない。集中するんだ。

「ほう」少し間があいたあとミスター・リプリーが言う。「どの口座でしょう？」

秘書がそうだったように、弁護士の声も慎重になった。弁護士は何度もおこなわれた打ち合わせを通して、信託は後見人の影響を受けないと念押ししてきた。甥の資産と将来の相続について把握していても損はないが、日々の運用は事務所がおこなうと。言いたいことは明らかだった——一切関わるな。ところが、この叔父は早くも口を出してきた。十九世紀の小説に出てくるような、極悪でろくでなしの叔父。

「それが問題なんです、どの口座かってことが。口座番号はわかりませんが、引き出しがあったのは確かです。それも相当な額の」

「そのお金は何に使われたかおうかがいしても？」弁護士の声はいよいよ不信感でいっぱいだった。

「ええ、あの、マシューが引き出したみたいなんですが、そういう記録を見る方法ってありますか？」

「いつのことですか？」何か言うたび弁護士の声は硬くなる。野蛮人を近づけないための壁に、レンガをひとつずつ積みあげていくみたいに。

「確かではないんですが、たぶん十二月でしょうか？」マシューは事故の前に運転手に金を渡したはずだ。

今度の沈黙にはさらに含みがあった。弁護士がひとつひとつの情報をつなぎ合わせているのがわかる。十二月といえば、シャロンとナイルズがまだ生きていたころだ。つまり、ギルにはまったくもってなんの関係もない。

「マシューに調べてくれと頼まれたんです」というのが思いついた言い訳だった。

「おもしろいですね、私は今日のお昼、彼に会ったんですよ」弁護士は言った。「そのとき何も言ってませんでしたけど」

「あー、しばらく前に頼まれたんですけど、申し訳ないことに忘れてたんです。今ニューヨークのシャロンとナイルズのところに泊まっていて……」マシューが昼に弁護士と会っただって？　おれのたくらみを見抜いて、金の動きに関して何かうまい言い訳を考えて、先に彼らに話しておいたのか。叔父が口出ししてくるんです、金融がどういうものかもわかってないくせに。だからもし電話があっても、どうか僕のために、適当になだめるだけにしてください。これは叔父の管轄外です。あの人の世界じゃない。

「ええ、それはマシューに聞きました」弁護士はそう言っただけだった。今のはイギリス訛りじゃなかったか？　なぜずっと気づかなかったんだ？　それとも、これまで会った金持ちと同じように、平民に身の程を知らせる必要があるときにこういうイントネーションになるんだろうか。

「マシューとお話しになったなら……」

「昼食を一緒にとったんです。ナイルズはいい友人でしたから」

「ええ、はい、マシューが困ることのないように気を配りますよ」とギルは言った。義務に忠実な叔父。出鼻をくじかれた泥棒。「じつは、もう一件お尋ねしたいことが」

「はい？」弁護士はイラつきはじめていた。

「マシューは誰かに相談していませんでしたか？　ニューヨークで」

「相談？」

「たとえばセラピストとか？　シャロンがそんなようなことを言ってたんです、しばらく前に」

「私が知るかぎりでは」弁護士の声は用心深く、よそよそしかった。「マシューはセラピーを受けていません。でも彼がそうしたほうがいいと、あなたがお考えになる理由があるのなら、いいセラピストを紹介しますよ。彼はあちらでうまくやってますか？　状況を考えると、よくやっているほうだという印象を持ったんですが、マシューはあまり感情を表に出さないし、つかみにくいところがありますから」

「ええ、いいえ、いいんです、マシューはうまくやってると思いますよ」

「何かあったんですか?」弁護士は訊いた。

「いえ、おっしゃるように彼は感情を表に出さないし、それでまあ、心配してたんですよ」ギルは慌てた。何かがあるから電話したものの、この男はマシューを守るために雇われているのだ。ギルが疑惑を説明したところで、同意してはくれないだろう。マシューに告げ口をして、彼が行動を起こすきっかけを作りかねない。

「秘書にセラピストの連絡先をいくつかリストアップさせますよ。ただし、マシューと話し合うのが先でしょうね。もう十分にこうした判断ができる年齢ですから」叱るような口調だった。あんたは甥を見くびりすぎている、と。

「もちろんです、はい」ギルは言った。

「ついでだからお尋ねしますけど、警察から事故のこと聞きましたか? 運転手が逮捕されたって」弁護士の声が鋭くなった。

「はい、ええ、刑事さんから電話がありました」

「知っています。今後は警察から連絡があったらすぐに私に連絡してください。私たちはこの件に関して同じチームなんです」

「そうですね」

「私にも直接連絡がありましたけどね、もちろん。マシューとも話をしましたが、取りこぼしがないようにしたいんです。これ以上マシューのストレスを増やしたくないので」

「もちろんです」

「ご質問があればいつでも連絡してください」そう言って弁護士は電話を切った。

二杯目のビールはほぼなくなっていた。泡の残るグラスをくるくるまわして、いったん置いておき、モリーにメッセージを送る。さっきも何通か送ったのにまだ返信はない。娘たちの世話で忙しいのだろう。その間ギルは美術鑑賞をして、バーで酒を飲んで、弁護士との会話を大失敗させたわけだ。

ところがギルの粘り強さは報われた。携帯電話をポケットに入れ、立ちあがりかけたとき、向かいのバーのガラスのドアが開いて、仲間に囲まれたマシューが出てきた。チャコールグレーのウールコートを羽織るとき青いシルクの裏地がちらりと見えた。スージーの目は、王のごとくグループの中心にいる彼の顔に釘づけだ。彼らは白い息を吐きながら携帯電話をいじって、煙草に火をつけると、ふざけあいながら道路を渡りはじめた。

ギルはコートを手に取った。窓枠の端に、跳ねるように歩く彼らの頭が見える。人を馬鹿にするようなやかましい笑い声。ドアの前で二十数えてから外に出た。見失ったかと思ったが、すぐにマシューのコートと横顔を見つけた。のけぞって爆笑している。ギルはそのまま動かず、彼らを先に行かせた。

　彼らはバワリー通りにぶつかると曲がり、ロウアーマンハッタンへと向かった。ギルが夜、それも土曜の夜にこのあたりに来るのはずいぶん久しぶりだった。使われなくなった倉庫や安宿だったのが、ブティックやアートギャラリーに生まれ変わっている。マシューと仲間たちは、それらの建物を通り過ぎ、通りを走って渡った。驚いたタクシーがキキーッと音を立てて止まった。ギルは渡る前にしばらく待った。

　一ブロック先で彼らは角を曲がった。このあたりの道が複雑に入りくんでいることを知っているギルは小走りで追いかけた。同じ角を曲がったところで、マシューに衝突しかけた。彼は携帯電話から顔をあげた。驚いたそぶりはない。

「叔父さん」彼は片手を伸ばしてきて、ギルの肩をつかんだ。「うれしいサプライズだ」

「マシュー」彼の友人たちは一ブロックほど先を歩いていた。集団のややうしろを歩くスージーは、ときおりこちらを振り返っている。

「ここで何してるの、叔父さん？　まさか……え、まじで？　まさか僕をつけてたんじゃないよね？」ギルは彼の手を振り落とそうと肩を動かしたが、マシューはますます手に力をこめた。

「なんだって？　そんなわけないじゃないか。本を買いに来たんだよ」ギルは袋を持ちあげた。袋は同意するように派手にガサガサと音を立てた。

「こんなところまで？」

「どうやら道に迷ったみたいなんだ」ギルはそう言って一歩下がろうとしたが、マシューの手がそれを許さない。

「どうやら」と言うとマシューはあやしげに微笑んで、息に混じる酒のにおいがわかるくらい顔をぐっと近づけた。「僕をつけてたみたいだね、叔父さん。僕はそう思うんだけど」

「おい、何を――」ギルは言いかけたものの、マシューに肩を強くつかまれ息をのんだ。身をかがめて手を振りほどき、あとずさる。逃げ出してしまいたかった。

「あとをつけてたんじゃないなら、何してるんですか？　これってただの偶然かな？　あのバーで僕を見張ってたのは偶然？　僕らのあとをつけてきたのも偶然？　見失わないようにこの角まで走ってきたのも偶然？　そんなことってある？　あるとしたらすんごい奇跡だよね！」

彼だった。品のいい笑顔の裏に隠れているほんとうのマシュー。残酷で冷たい目つきのクソ野郎が、ここオーチャード通りで、デリの青白い電灯の下、おれを追いつめようとしている。

「それともスージーを追ってきたのかな？　あなたのかわいらしい教え子。そうなんですか？　だったら申し訳ないけど、がっかりすることになると思うよ」

「いったいなんの話をしてるんだ」ギルは言った。通りの先でスージーがこちらを見ている。店のひさしでギルの姿はほとんど見えないはずだ。そう願いたい。

「わかってるくせに。残念だけどそんなことしても意味ないよ。無神経なことは言いたくないけど、今夜彼女とヤるつもりだから。叔父さんさえよければ」そう言うと少年は両手をあげた。おっと、暗黙のルールを破っちゃったかな？

「大人になれ、マシュー」甥の残忍性を目のあたりにして、ようやく少し決心がついた気がした。「きみは酔ってる、だから――」

「酔ってる？　僕は酔ってない。叔父さんこそ酔ってるんじゃない？　酔ってたほうがましだよ、叔父さんのためにも。こんなこと言いたくないけど、そうじゃなかったらティーンエイジャーのグループのあとをつけるなんてかなり気持ち悪いって。おかしいよ。スージーはどう思うと思う？　訊いてみようか。それとも叔父さんも僕たちと一緒にバーに来て、本とか創作の話でもする？」

マシューが近づいてきたのでギルはびくっとし、石畳の浮いた石につまずいた。よろめいて車道に飛び出しそうになったところ、街灯をつかんで助かった。

「ねえ、気をつけてよね、叔父さん。飛び出して車に轢かれるなんて誰も望んでないから。

そんなの残念すぎるよ。田舎にいる叔父さんの娘たちがかわいそうだ、養ってくれる人間がいなくなったらさ」マシューはにやりと笑った。一列に並んだ白い歯が、デリのぼんやりした明かりに照らされた。「でもね、教授、心配しないで。彼女たちがちゃんと暮らせるよう僕が気を配るから。あなたの妻もね。親切で心やさしいモリー叔母さん。モリーモリーモリー」

一台のタクシーがバワリー通りから曲がってきて、かすかにふらつきながらギルに向かってきた。マシューにコートをつかまれて車道に突き飛ばされるのを、身を固くして待った。ところが一陣の風とともにタクシーはただ走り去った。ギルはまだ暗い歩道の上にいた。振り向くと、マシューはもう歩きはじめていた。

彼のお利口さんの仮面は、見た目よりも脆いようだ。期待していたより間近でそれを目撃することができた。喜ぶことではない。でも、ああ、おれはうれしい。心臓はどくどく脈打っているし、一歩踏みしめるごとに地面が揺れて溶け落ち、闇に吸いこまれてしまいそうな感覚があるにもかかわらず、ギルはたまらなくうれしかった。これほど胸おどったのはいったいいつぶりだろう。

# 20

ギルはベッドに入る前に、部屋のドアの鍵を閉めた。ビールのせいで頭痛がする。さっき通りで感じるはずだった感情に今ごろ襲われていた。混乱と怒りが無秩序な波となって絶え間なく打ち寄せる。

あの若造め、よくおれに向かってあんな口をきいたな。おれはあいつにとって父親に近い存在のはずなのに。いや、よく考えればおれがあいつに対して父親らしいことをするのは難しいが、あいつはおれに対してほんとうの両親に対するのと変わらない話し方をしていた。あれが邪悪なクソッタレの、大人への口のきき方なのだ。

明日の朝、バーモントまでまた車を運転しなければならない。マシューが手を伸ばしてきてハンドルを取り、道路から飛び出したり、セミトレーラーの前に飛び出したり、ということがあるかもしれない。もしくはギルを殴って気絶させ、車を高速道路から、黄色い道標の立つわだちだらけの土の小道に落とすかも。そこで銃を、あるいはキッチンの包丁立てから取ってきたナイフをショルダーバッグから出して、車から引きずりおろしたギルの脈打つ喉に突き立てる。そして噴き出す血が上等のグレーのコートにつかないよう、慎重に叔父の頭をうしろにそらせ、動脈を裂く。

いつの間にか眠っていた。ビールを飲んだせいだろう。意識がもうろうとして体はガチガチだが、生きてはいる。寝る前にモリーに送った四通目のメッセージに、返事が来ていた。

**今日帰ってくる？　何時ごろ着く？**

モリーはギルがニューヨークに行くのを反対したけれど、彼女が間違っていた。無駄足には終わらなかった。真実はニューヨークにある。ギルはあの通りのデリの蛍光灯の下で、真実と直接対峙したのだ。

廊下には誰もいなかったが、廊下の端にあるマシューの部屋のドアは閉じていた。昨夜は開いていたはずだ。ということは、やつは部屋にいる。ギルはキッチンに行って複雑すぎるコーヒーメーカーと格闘し、ついに湯を沸かす方法を見つけた。カウンターのスツールに腰かけていると、頭痛が引いて目の奥が重くなってきた。お湯がシューシューごぼごぽと音を立てはじめた。

「あら、ダガン教授」という声に、慌ててスツールごと振り向く。バランスを崩して、つやのある石のカウンターに手をついた。

白いシャツ一枚を羽織ったスージーがいた。シャツの裾から細い脚が突き出し、タイルの上の裸足は内側を向いている。

「おお、やあ」ギルは立ちあがった。寝るとき着ていた伸びきったTシャツのままだったが、幸いにもキッチンに出てくる前にジーンズをはいていた。Tシャツを引っ張って腹から剝がすと、カウンターを指さして言った。「コーヒーだよ」

「いいですね、わたしの分もあるならいただきます」彼女は落ち着かなそうに廊下を振り返る。

「たっぷりある」ギルは言ってから、彼女がここにいることを自分が知っているのはおかしいということに思い当たった。おれは昨夜、彼らを見張ったりはしていないのだから。

「きみはここで何してるんだ? ニューヨークで、という意味だが」**それと、亡くなった姉のマンションで、あの極悪人の甥と何をしてる?**

「マシューが、えっと彼の友達の誕生日パーティーが昨日で、それで――」スージーは見慣れないエンジンの歯車を組み立てるように、ひとつひとつの言葉をおそるおそる発した。

「パーティーはどうだった？」

「楽しかったですよ」笑顔で彼女は答えた。最初ギルは、いつもより薄着であること以外に、彼女の何がふだんと違うのかわからなかった。眼鏡をかけていないのだ。おれのだらしない姿がよく見えていなければいいが。彼女はおれの見た目などどうでもいいだろうが、おれ自身は少しは気にしたっていいだろう？　基本的な自尊心の問題だ。マシューが言ったみたいに、彼女に気があるわけではない。確かにスージーは、くしゃくしゃの濃い茶色の髪が魅力的な若い女性に違いないが、ギルは長年教師をしてきた経験から、この年頃の人間は結局はまだ子どもだと知っている。見た目は子どもではないものの、彼らが必死で脱ぎ捨てようとしている思春期らしい幼さは、二十代になってもしつこくつきまとう。ギルはスージーが好きだ。でもそれは彼女が美しいからではない。彼女が賢く、思いやりがあり、勤勉だからだ。マシューに近づかないという選択ができるほど賢くはなかったようだが。

コーヒーメーカーがピーッと鳴り、ギルはマグカップとミルクを探すことに集中した。ミルクはなかったが、砂糖はあった。スージーのためのカップをひとつカウンターに置いてやると、彼女は頬を赤くして、廊下のほうを指さした。「あの、もうひとつもらえます？」

「あそこにあるよ」ギルは指さした。

カウンターのギルのそばに来た彼女の髪から、かすかなバニラの香りがした。つま先立ちになって手を伸ばしたのでシャツの裾があがり、黒いレースのショーツに包まれた丸い尻がほんの一瞬見えた。彼女はふたつのカップにコーヒーを注ぐと、両手にひとつずつ持って、廊下をそろりそろりと歩いていった。

ギルはコーヒーを持って部屋に戻った。客室にバスルームがあってよかった。シャワーを浴びているあいだ、自分に言い聞かせる。思い出すんじゃない、スージーの脚、お尻、バニラの香りを。だめだ。水道のレバーを真ん中に合わせる。頭上のシャワーから冷たい水が叱責するように降り注いだ。

何時に出発するか正確に決めていなかったが、ギルは荷造りを始めた。もう十時を過ぎていた。半分開いたマシューの部屋のドアからスージーのけたたましい笑い声が聞こえる。ギルはリビングで本を開きはしたが、読まずに通りの向こうのタウンハウスをただぼんやり眺めた。タウンハウスの窓は光を反射するばかりで何も映さない。

いつの間にか浅い眠りについていたギルは、突然の声に驚いた。「やあ叔父さん、昨夜はどうだった？」マシューがドアのところにいた。ずっと見ていたのだろうか。

「え？　どうって別に。もう出られるのか？」

「ええ。スージーも一緒に。彼女、バスに乗るって言ったんだけど、僕がそれはだめだって言ったんだ」

スージーの姿は見えなくても、きっとこちらの声は聞こえている。ノーと言う理由も方法もない。それに、マシューと車内でふたりきりにならずに済む。昨夜の甥の口のきき方についてきちんと話をすると、ギルは心に決めていた。このまま見逃すつもりはないものの、醜い話し合いになるのは目に見えている。彼女がいれば、話を切り出す勇気がないことの言い訳になる。

「もちろん、それでいい。二十分後に出発しようか」

「なんでもいいよ」マシューは言って壁をぽんと叩き、寝室に戻っていった。あの荒々しいドアの閉め方は、急いでセックスでもするつもりなのだろう。

ギルが運転する車はニューヨークをあとにした。助手席のマシューは体をひねって後部座席のスージーに話しかけている。あいつってほんと頭が弱いんだ、信じられる？　じゃ、あの子のことはどう思う？　ふしだらね。うん、まじでそうだよ。でも、そういう人っているものよ。いや、あの女は本物の娼婦だよ。

「娼婦って、マシュー本気で言ってるの？」スージーがマシューの肩を叩いた。「それじゃあ男どうしでつるんでるろくでなしの坊ちゃんたちと同じじゃない」

「坊ちゃんだって？　申し訳ないけど、娼婦は娼婦だよ」

「ますます坊ちゃんみたい。だけど、あなたは若いからまだ希望はあるわね」

バックミラーに映るスージーに目をやったギルは、彼女が笑顔だったのでがっかりした。ふたりはいつもこうなのだろう。マシューが悪ぶって、スージーが笑い飛ばす。ほんとうのマシューは悪いやつなどではなく、非の打ちどころのないほどおしゃれで、裕福な友達がいて、マンハッタンにアパートメントを持つ洗練された紳士だと思っているからだ。

バックミラーのスージーの隣に、包装された額縁の端が見える。それはなんだ？　マシューがアパートメントから持ってきたものだ。エレベーターで訊いてみた。マシューがバーモントの部屋に飾るのか？　そう言う自分の嘘くささが嫌になった。ほんの数時間前に道端で自分を脅した悪党とにこやかに会話するなんて。

「モリー叔母さんにあげるんだ」マシューが額縁を腕の下に挟みなおしたので包み紙がよれた。

「モリーに？」

「叔母さんが好きなアーティストの絵だよ。母は彼女の絵をいくつか所有してたから。叔母さんきっと喜ぶでしょ」スージーは寛大で親切なボーイフレンドを見つめて微笑んでいた。

ギルはジェラシーと不安が小さな地震のように体を揺さぶるのを感じた。モリーが好きなアーティスト？　ということは、高価なものだ。ということは、ギルがどうあがいても太刀打ちできない種類のプレゼントだ。さらに最悪なのは、自分はモリーや娘たちに何かを買うなど、思いつきもしなかったことだ。誰が見てもギルが間抜けで、マシューがいいやつだ。

高速道路の幅が広くなったころ、スージーとのおしゃべりに対してさっきまでの情熱を失ったのか、マシューは前を向いて、大きなため息をつくと目を閉じた。

「そうだ、ダガン教授、お話ししようと思ってたんです」スージーが前に乗り出して言った。マシューの座るシートにかけられた片手が彼の肩に触れている。「教授がすすめてくださった本、読みました」

なんのことかわからなかった。本ならいろんなのを学生みんなにすすめている。

「ニューヨークにいるあいだにツアーもしたんですよ。ウエストヴィレッジの彼女が住んでたあたり。あそこってドナルド・バーセルミも住んでたんですね」

やっとわかった。グレイス・ペイリーだ。

「どの本を読んだんだい？」

「短篇集は前から持ってたんですけど、今回ダウンタウンにいったとき本屋さんで、サイン入りの初版の『最後の瞬間のすごく大きな変化』を見つけて。マシューがプレゼントしてくれたんです」

バックミラーを見ると、スージーは愛情をこめた目でマシューを見つめていた。彼はまだ寝たふりをしている。くだらない。

「素敵なプレゼントだな」ギルは言った。マシューは頭を窓に預け、無視を決めこんでいる。寛大で、プレゼントをするのが好きな少年はおねむなのだ。

「『必要なもの』がよかったです。『父との会話』も」スージーは作品の気に入った点を話しはじめた。メタフィクションの使い方に遊び心があって、でも重すぎず、傲慢でないところ。それからペイリーを、バーセルミとジョン・バースと比較した。わかった、いいだろう。彼女はマシューの恋人になるという誤った決断をしたものの——ふたりの関係が恋人同士なのであれば——、ギルが教えたなかでいちばん出来のいい学生のうちのひとりだということに変わりはない。ほとんどの大学生にかかる無関心というもやを、情熱の明るい光で切り裂くスージーのような学生がいるからこそ、彼の仕事に意味が生まれるのだ。

教授は今何を読まれてるんですか？　と訊かれて、答えを思い出すために二日酔いと闘わなければならなかった。今読んでいるイタリアの作家の新作は、残念ながらどうも好きになれない。話題は翻訳と新しいポッドキャストに移った。ギルは、バーセルミのある短篇の朗読を聞いたことがあるか尋ねた。彼女が聞いたことがないというので、ギルは携帯電話でそれを聞かせた。楽しく笑いながら高速道路を飛ばし、その時だけはすべてのことを忘れられる気がした。デリのぼんやりした青い電灯の下で冷笑を浮かべたマシューの顔も、スージーの隣でガタガタ揺れる、いろんな意味でギルを非難する理由になるあの絵も。

マシューはずっと窓のほうに顔を向け、何も言わず眠っているふりをしていた。チャーチ通りの北にある背の高い木造の家をスージーが指さしたときにやっと、目が覚めたけれどまだぼんやりしている、という演技——演技に決まっている——をした。

「ここで大丈夫です」とスージーが言うので、ギルは歩道に車を寄せた。

「お話ができてよかったです、ダガン教授。それじゃ、また大学で」後部座席を移動しながらスージーが言う。

マシューはまだ何も言わない。ギルは思わず、失礼な態度はやめろと言いそうになった。

「またね」彼女が降りてようやくマシューは言った。「あとでメッセージする」

「うん」と答えたスージーは、傷ついたのを隠せていなかった。

彼女はマシューの言葉の続きを待つように、ドアに手をかけたままじっとしていたが、彼はただぼーっと前を見ているだけだったので、ついにドアを閉めた。サイドミラーに、歩道に立ったままリュックを手にぶら下げて車を見送るスージーが映っていた。

家の前に着いて車が止まると、マシューはさっさと外に出て後部座席から額縁をおろし、ギルがトランクから荷物を取り出すよりも先に家に入っていった。ギルは玄関でブーツを脱ぎながら、モリーがまだ紙に包まれたままの絵画をソファの前のテーブルに置き、「マシューったら、こんなことしてくれなくてもよかったのに」と言うのを眺めた。

「空っぽの家に絵だけ置いてあってもあれだし、それに……まあ見てみて」腕組みをしたマシューは得意げににやりとした。

モリーはテープをびりっと剝がし、包みを開いた。ギルには絵は見えないものの、彼女の表情は見えた。驚きと、純粋な喜びとしか表現しようのない感情が表れていた。

「なんてこと」モリーは絵に触れるかのように手を伸ばしたが、思いとどまったのかその手を口元に持っていった。

「この絵は母のお気に入りだったんです。それに叔母さんもこの画家が好きって言ってたよね」マシューはにこにこしてうれしそうだ。両手をポケットに入れ、つま先とかかとに交互に体重をかけ、体を揺らしている。

ギルはバッグをおろし、キッチンを横切った。その位置から見ると、どうやら線描画のようだ。中心にいる女性の目からくっきりした線が伸び、かくかくと折れ曲がっている。まるで目から放たれたビームが額縁の中をあちこち飛びまわっているみたいだ。

「キキ・スミスね！　こんな素晴らしいものをもらっちゃって、わたし、とてもじゃないけど――」モリーは絵から目をそらさずに言う。

「この絵の価値がわかる人に持っていてもらうほうが、母も喜ぶから」

ギルはその声に、これまで聞いたことのないものがあるのに気づいた。**母**と言うときのかすかな震え。やわらかさ。

「ギル」モリーが涙をたたえた目でギルを見て言った。「これ、見た？」

「ああ。美しいね」

「母はこの作家の作品が好きでした。叔母さんの絵を見てるとこの人の作品を思い出すことがあって、だからぴったりのプレゼントだと思ったんだ」

「マシュー、ほんとに素晴らしいわ、ありがとう」モリーは振り返ってマシューをハグしながら言った。モリーをハグし返す彼は目を閉じていた。安心しているから。あくまでもまだ子どもで、孤児で、ケアが必要だから。

モリーが体を離すと、マシューはバッグを持って二階に行った。ギルとモリーは階段をあがる彼を見送った。「どうしよう、ギル。あなた知ってたの？」少年が見えなくなるとモリーは言った。

「絵のこと？」そうに決まっているのに訊き返した。

「なぜ止めなかったの？　だって、キキ・スミスよ。やりすぎだわ」モリーの声はまだ感動で震えている。

ギルは絵をよく見てみた。ビームだと思ったものは、涙かもしれない。青、黄、赤の線から成り、キラキラしている。目から落ちた線が再び上に向かい、頭の近くのページのようなものに集まっているところを見ると、涙も間違いかもしれない。降り注ぐ光に変身した涙。

「なぜってあいつはおれに許可を求めなかったから」ギルは自分の口調が苛立ちと嫉妬を含むのに気づいて、慌ててつけ足した。「ただきみが持っているのがいいと思ったんだろう」

「どこに飾ろうかしら？　ここ？　それとも寝室？」

「きみの好きなところに」

モリーは指先で額縁にそっと触れた。ギルはあの通りでマシューの真の姿を目にした話を、切り出すことができなかった。今はそのタイミングではない。今、ギルの言い分を信じる人間はいない。通りでギルが対峙した少年がこんなプレゼントをするなんて、誰が信じる？　それにモリーは鋭いから、ギルはたまたまマシューに出くわしたのではなく、あとをつけていたのだとすぐに気づくだろう。そもそもあのときの会話がなんの証拠になる？　マシューが酔っぱらっていたのだとすると、それ自体は驚くことでも、ニュースでもない。あのとき彼から滲み出ていた悪意や暴力性を理解してはもらえないだろう。ギルにとってあの出来事は、甥に暴力が可能なことや、彼の邪悪さ——そう、邪悪さだ——を証明するものだった。けれど厳密には証拠とはいえない。ギルがただそう感じただけだからだ。あの感じは説明も描写もできない。少なくともギルにはできない。モリーはもうどこかに行ってしまった。ギルにできるのは、汚れた服が詰まったバッグを洗濯室に運ぶことだけだった。

# 21　二〇一二年六月

　あれは夢とは呼べない。夢とは少し違う。何か別の名前があるはずだ——意識が想像と記憶の狭間(はざま)の不安定な場所に舞い戻り、あることをくよくよ気に病んだり、ひねったり、ねじ曲げたりしているうちに形が変わって、その新しい形が元の形を抹消する現象。あの日のことを思い出そうとすると、呼び覚まされるのは解釈であり、虚構であり、架空の物語だ。

　ギルはマシューがイングリッドをプールに放りこむのを見た。夢の中で。白昼夢だった。半分起きて、半分眠っているような状態で、体は麻痺したように動かなかった。太陽が彼をラウンジチェアにはりつけにしていた。イングリッドは水から離れて日陰で遊んでいる。いい子だ。

　マシューは少し前からどこかで様子をうかがっていて、ギルが眠るのを待っていたに違いない。スライド式のドアを開けるマシューの、オオカミのごとく頬のこけた顔はギルに向けられ、彼の眠りが浅くなって身じろぎしたりはしないかと注意深く見張っていた。ギルは動かなかった。太陽のせいで動けなかったから。それに眠っていたから。

マシューは火傷しそうに熱々のコンクリートをつま先立ちで移動し、イングリッドがうずくまって石で遊んでいる日陰に入った。

「何してるのかな？」親切な大人の口調を真似て言った。

イングリッドはマシューに警戒の目を向けた。両親から、いとこは嫌なやつだと聞いていた。

「遊んでる」小さな声で彼女は答え、眠りこける父親に目をやった。

「石で？　生きてる石？」

「そんな感じ」手の中の小石に目を落として答えた。いくつかは透きとおった白っぽい色で、いくつかは濃い色だ。どうやって説明しよう？　これはただのごっこ遊びで、たまにセリフもあるけれど、それ以外のときは声も出さない。

「そいつら泳げる？」マシューはイングリッドがいちばん気に入っている、魔法の水晶のような明るく透明な石をつまみあげた。

「泳げないと思う。石だから」

「だけどひょっとしたら泳げるかもしれないよ。やってみよう」

マシューは小石を軽く投げては受け止めながら、プールのそばまで行った。イングリッドはいとこについていった。泳ぐところを見てみたかった。ほんとに小石が泳げたらすごい！　けどちょっと怖くもある。あの石を水の中に入れてほしくない。きっとすぐに底まで沈む。そうなったらパパでも見つけられないだろう。だからって泣くわけにもいかないし。あれはただの小石で、小石のことで泣くなんて恥ずかしいから。

マシューはギルを横目で見た。ギルは一部始終を眺めているが動くことはできない。まるで少年の視線に射られ、熱くなったチェアに固定されたようだ。

「いくよー」マシューは小石を高く投げ、次はさらに高く投げ、最後に大きな反動をつけてプールに向かって投げた。ポチャンと小さな音がして石はあぶくとともに沈んでいった。底にたどりつく前にイングリッドは石を見失った。

「見える？」マシューは身をかがめて彼女の耳元でささやいた。「ほら！」と言って水中を指さす。イングリッドに見えるのは水の中をゆらゆら進むいくつもの光のかけらだけだった。「泳いでるよ、見て。あの小石は泳げるんだ」

マシューが本気でそう信じているようだったので、イングリッドはよく見ようと身を乗り出した。そしてほんの一瞬見た。透明の小石が水面に向かって一生懸命泳いでいるのを。

そのときマシューの手が腕の下に伸びてきて彼女を持ちあげ、放り投げた。プールの水に包まれ、イングリッドは青い底に沈んでいった。

水しぶきの音がギルの目を覚まさせ、彼を押さえつける力に逆らって引っ張り起こした。少年はプールの上から、少女が腕を振りまわし、足をじたばたさせながらゆっくりと沈んでいくのを眺めていた。少女の父親がふらふらと起きあがり、両手で空をかくようにしてやってきて、何やら叫びながら青白い体をプールに投げ出すのを見た彼の顔に、失望が浮かんで消えた。

# 22　二〇一八年三月

それから二週間、ギルはやっとのことで生活できているという状態だった。まわりには、いつものように学期中の仕事に忙殺されているように見えているはずだった。講義の準備をし、講義をおこない、採点をし、学生の作品を読み、いくつかの学術論文に目を通してW・G・ゼーバルトを教えるのに役立ちそうな論点を拾い集める——文字通り、苦労してこつこつと〝拾い集め〟るのだ。もっとも最近の小テストの結果からすると、ほとんどの学生は本を開いてもいないようだった。一応開いてみて、文字の塊が並んでいるのを見て、複雑に構成された文章をふたつほど読んでみてから、**クソくらえ**と言うくらいはしたかもしれない。

創作のワークショップは例年どおりの雰囲気になっていた。中間試験で手いっぱいの学生たちは、アンソロジーから指定した短篇は読んでこなかったものの、ワークショップの準備だけはなんとか間に合わせてきた。スージーが、ギルより上手に授業の流れを作り、学生たちを導いた。マシューの助けを借りながら。マシューが彼女の右腕またはパートナーだというのは、ほかの学生たちも認めるところだった。ここまでくればふたりは恋人同士だと明言して差し支えないだろう、とギルは思っていた。バーリントンのサンドイッチ店でテーブル越しに手を握り合っているのを見かけたし、大雪の日に肩を触れ合わせながらキャンパスを歩いているのも見た。リビングにいるときマシューが彼女と電話しているのも聞いた。彼はときどき何やら小声でささやいたかと思うとくすくす笑った。急に豪快に笑いだすこともあった。

どこにいてもマシューを避けることはできなかった。ある夜、帰宅するとイングリッドが喜色満面で興奮していた。マシューに手伝ってもらったプレゼンテーションでAプラスの評価をもらったのだ。二十年間教えてきて最高の出来だったって先生に言われたの。すごくない、パパ？　もちろんイングリッドのことは誇らしい。けれども、娘たちとモリーが、うまくいったのはマシューがいたからで、あたかもすべてがマシューの功績だと言わんばかりなのが気に入らなかった。さらにマシューは決して謙遜しなかった。**いやいや、イングリッドが頑張ったからだよ、**などとは絶対に言わなかった。大学のクラス以外の場所にも彼は現れた。ギルが尊敬する作家が、創作を学ぶ学生向けに朗読をするイベントのためにやってきたときのこと。モリーも彼のファンなので参加していた。ふたりは大学のホールで作家に挨拶した。背が高く、低く響く声で話すシャイな男だった。髪が驚くほど多くて、小ぶりの金属フレームの眼鏡をかけていた。作家はブルックリン在住で、モリーとニューヨークの話題で盛りあがり、夫婦が住んでいた界隈のこと、モリーはブルックリンが恋しいことなどを話した。

ホールに入ってきたマシューに最初は気がつかなかった。席についてざっと部屋を眺めたとき、彼が二列うしろにいるのを見つけた。隣のスージーが何か耳打ちすると、それが嫌味か卑猥な言葉であったかのように、彼の顔に意味ありげな笑みが浮かんだ。

質疑応答の時間が来ると、当然マシューは手をあげた。お高くとまったきざな声で、作家の作品がベルンハルト、ハントケ、ナボコフを意識していることは明白だけれど、アメリカの伝統的な文学と比較して、ヨーロッパ文学の文脈では自身はどのような立ち位置だと考えているか教えてほしい、と長ったらしい質問をした。質問というより知識をひけらかしたいだけのように思えたが、作家は何度も神妙にうなずいた。「じつにいい質問だ。きみが挙げた作家たちは、確かに僕にとって非常に大きな意味を持つ」

朗読のあと、モリーはマシューに声をかけにいった。ギルはチャーチ通りでのディナーに向かう時間までホールに残り、同僚と雑談した。そのディナーは楽しいはずだったのに、ほかの多くのことと同様に、マシューのせいで興ざめだった。理不尽な八つ当たりかもしれない。モリーならこう言うだろう。マシューはあなたを追っかけていったんじゃなくて、朗読を聞くためにイベントに参加したの。マシューは理性的に考えてよ。でもギルは理性的になれなかった。マシューはここに属さない。間違っている。ニューヨークの警察も含めてみんなが間違っている。何もしないなんて。何週間か前に起訴したと聞いてから、警察からの音沙汰はなかった。もっとも気に入らないのは、今後マシューが犯した罪に対して責任を取ることはないだろうと、今やはっきりしている点だ。ギルは確信していた。マシューが殺人を犯したと。あいつはおれの姉を殺した。それなのにおれはレストランでイカを食べ、何事もなかったかのように生活を続けている。

家に帰る道でモリーが言った。「今日は素晴らしかった。あなたの教え子もたくさん来てたみたいね？」ギルが食事のあとにウイスキーを注文したので、運転はモリーがしていた。窓の外を田舎の真っ暗な景色が流れていく。遠くで木々のあいだを走るヘッドライトがふたつ現れ、消えた。

「そうだな」そう答えたギルの声は不機嫌で怒っているように聞こえた。なぜなら彼は不機嫌で怒っていたから。「朗読もよかったし」

アイリッシュヒル通りの赤信号で速度を落としながら、モリーはギルにちらりとしかめ面を向けたものの何も言わなかった。ギルがマシューをほめるのを期待していたのかもしれない。なんて勉強熱心なんだ、ほんとに賢い子だよ、とかなんとか。言ってやるものか。

二度目の養育費が銀行口座に入金され、ますます非難されるべきは自分である気がしてきた。先月六千ドルの負債を返済し、今月もまたまとまった額を返済できそうだというときに、どうして甥を悪く言えるんだ？　受け入れろ。ほかのみんなと同じように。

ニューヨークから戻って以来、ギルはマシューとほとんど言葉を交わしていない。路上での一件以来、いつもどおりに接することができなくなっていた。思い悩む時間が長くなればなるほど、あの出来事が恐ろしく感じられた。

ニューヨーク行きから一週間後、ギルが枕の位置を何度も変え、ぐちゃぐちゃになったシーツを小声で罵ったのを見てモリーが言った。「どうかしたの、ギル？　最近ちょっと変よ」

「まさしく全夫が妻から聞きたいと望むセリフだね」ギルは冗談でごまかそうとした。

「ねえ、何かあるなら話してよ」

「そりゃ話したいさ――だけどモリー、つまり――」

モリーは眉を少し吊りあげ、夫が続きを言うのを待った。「マシューのこと？」

「ただ、やつが嫌な感じだったってだけだ、ニューヨークで」

「どんなふうに？」彼女の声は懐疑的だった。キキ・スミスの絵をもらったから。マシューは娘たちの勉強を見てくれるから。

「アパートメントに女の子を連れてきたんだ」スージーだとは言わないことにした。なぜか、そう言ってしまうとギルに問題があると思われてしまう気がした。たぶん、あそこで白いシャツを着た彼女を見て感じた欲情のせいだ。

「女の子って？」

「パーティーで出会ったんじゃないかな。とにかくずっと態度が悪かった。ありがとうのひとことも言わないで」

「それは失礼ね。だけど感謝されたかったの？　彼を連れてくって言ったのはあなたよ」

「わかってる、モリー、おれが間違ってた。馬鹿だったよ」おどけようとしたのに、出てきたのはとげとげしく、つっかかるような声だった。

「弁護士はどうだった？　話せたの？」モリーが小声で訊いた。

「ああ、話した。セラピストのことはまったく知らないって」

「おかしいわね。マシューはセラピーを受けてるって、シャロンが言ったんじゃなかった？」

頭をひねったが、思い出せない。

モリーは手を伸ばしてギルの腕を撫でた。彼女の指のぬくもりを肌で感じた数秒間が、マシューが来てから夫婦が一度もセックスしていないことを思い出させた。理由ならいくらでも挙げられる。ふたりは四十代後半だから（結局これが唯一の理由かもしれない、とギルは思った）、新学期に入ったばかりだから、疲れているから、めちゃくちゃ疲れているから、たいてい子どもたちが家にいるから。結婚して以来、ご無沙汰だった時期などざらにある。そのこと自体に特別な意味はない。しかし、マシューのせいでギルと家族のあいだにできた距離を示すもののひとつだった。モリーは、夫の気持ちはわかっているというふうに彼を見おろして微笑んでいるが、実際は何もわかっていない。わかるはずがない。すべてを打ち明けていないのだから。

ニューヨークに行ってから二週間が経った。その日は劇の練習に行っていたクロエをマシューが迎えにいった。夕食の準備をしていたギルは、ふたりがまだ帰宅していないことに気づいた。

「あ、ごめん、言うのを忘れてた」モリーが本から顔をあげて言った。「さっきメッセージがあったの」

「誰から？」ナプキンとナイフを握るギルの指に力が入る。

「クロエとマシュー。リリーの家で集まりがあるんだって。行っていいって言っておいた」

「集まり？　パーティーみたいなもんか？　マシューも一緒に？」

「リリーはマシューのこと素敵だって思ってるみたい」モリーはそれをかわいらしいと思うのか、微笑んでいる。

「それで、いつ帰ってくるんだ？　これから雪が降るらしいぞ」

「遅くても夜中の十二時までには帰るようにクロエに言ったわ」モリーはおろした本をまた手にしていた。

ギルはぎりぎりと歯嚙みしながらナプキンを並べると、キッチンに戻ってチキンの焼け具合をチェックした。皮を見ただけで焼きすぎたとわかった。夕食のあいだ、なるべくいつもどおりでいようとしたもののおしゃべりに参加する気になれず、モリーとイングリッドが、六年生の彼女のクラスメイトの些細な欠点について話すのを、聞くともなしに聞いていた。

食後に見る映画はイングリッドに選ばせてやり、彼女は夜ふかしをしてからベッドに行った。モリーが、眠っているイングリッドの様子を見てから下におりてきたとき、すでに十一時半だった。

「じゃ、わたしも寝るわ」

「すぐ行くよ」ギルはさっききれいにしたはずのテーブルをふきんで拭きながら言った。

「ギル、クロエから九時にメッセージがあったじゃない。あの子たちは大丈夫よ」ギルが愚かな振るまいをしていると言いたいようだ。ギルは、愚かなのは自分ではないと思っていた。愚かなのはモリーのほうだ。こんな時間に娘があいつと一緒にいるのを許すなんて。

「ずいぶん自信があるんだな」きつい言い方になってしまった。「大丈夫だって？　マシューが真夜中に娘を連れまわしてるのに？　わからないんだ、理解できない、なぜきみがやつにそんなに甘いのか」気が動転して混乱している者の声だった。ああ、そうだ、おれは動揺してる。娘がマシューとどこかにいて、何をしてるのかさっぱりわからないんだから。

「甘いってなんのこと？」自己弁護をするように、モリーは胸の前で腕を組んだ。

「わからないのは、わからないのはその、マシューがいいやつだ、みたいな空気だよ。モリー、あいつはいいやつなんかじゃない。もしきみがニューヨークに行ってたら、もしあいつがおれにどんな口をきいたか見てたら、もし――なあ、聞いてくれ」怒りのあまり焦ってしまう。「おれはただ、ただ――」モリーに理解させる方法があるはずだ。マシューのごまかしや魅力に隠されているものを見せる方法が。だが続きを言う前に、家の前の私道をヘッドライトが照らした。車はスバルの隣に停まり、ライトが消えた。

モリーが目でギルをいさめたとき、ドアが大きく開いて、マシューの首に腕をまわしたクロエがよろよろと入ってきた。足の力が抜けて卒倒しそうになったギルは、ソファにつかまった。ほら見ろ、恐れていたことが起こってしまった、モリーに警告しようとしていたことが。マシューがこの子を、おれのクロエを傷つけ、自分がしたことをひけらかすように彼女を引きずって帰ってきたんだ。

「クロエ?」モリーが呼びかけると、クロエは顔をあげた。まぶたは閉じかけ、口はだらしなく開いている。

「やめるように言ったんですけど」クロエをキッチンに連れていきながらマシューが言う。クロエはひとつうめくとカウンターにもたれかかった。「ウォッカ入りのゼリー」マシューがつけ加えた。

「あらまあ、クロエ」そう言ってモリーは、娘の赤く腫れた目にかかる髪をそっと払う。

「やめて」クロエは母親を振り払った。「寝る。今すぐ寝る」

「リリーんちで吐いちゃって」マシューが言う。「車では吐かなかったからもう大丈夫だと思う」まるで親のような、落ち着いた声だった。**子どもってやつはこれだから。手のほどこしようがないね。**髪と肩に雪が薄く積もった彼はこぎれいでハンサムだった。それに比べてカウンターでうなだれるクロエは、コートは脱げかかっているし、ブーツにおさまらなかった片方のパンツがよれているしで、廃人同然だ。

「マシュー、あの、どうやって、というかきみは――」言葉がうまく出てこない。「きみは飲んだのか？」

マシューは目を細めてギルを見ると、車のキーを持ちあげて振った。「飲んでませんよ。運転するから。今、車でスージーが待ってるんだ。彼女を家まで送らないと。だからそっちはよろしく」と言って、間抜けのように口を開けたまま船をこいでいるクロエを指さす。

ギルが止める前にマシューはドアを開け、寒空の下に出ていった。ギルは窓に駆け寄って、彼がスージーの隣の運転席に座るのを見ていた。車内のランプが消えてヘッドライトが家の中に射しこむ直前に、マシューが何か言って彼女が噴き出すのが見えた。

「ギル、ちょっと手伝って」モリーに呼ばれた。

ふたりは足取りのおぼつかないクロエを二階に連れていった。クロエはずっとぶつくさ言っている。大丈夫だって、やめて、大丈夫だから。疲れてるだけ。疲れてるんだってば、なんでわかんないの？

モリーは娘を着替えさせ、水を飲ませて、ちょっぴりお説教をした。ええ、あなたがもうすぐ十六で、この先パーティーでお酒を飲む機会が増えるのはわかってる。だけど強いお酒の危険性は話したわよね？　急に覚醒したらしいクロエが大声で返事をする。うん、そうだよ！　だからごめんって言ってるでしょ？　あーやだ、反省してるって言ってるじゃん。彼女の目に涙があふれる。モリーは、マシューがいなかったらどうなってたと思う？　と訊いた。ママ、もういいって、わかってる、ごめんなさい。ギルは部屋の入り口で黙って立っていた。娘とマシューが玄関から入ってきたときに感じた恐怖が、べったりとまとわりついて離れない。クロエの生気のない顔。彼女を荷物が入った袋か何かのように引きずってきたマシューは、夜中だというのにまたいそいそと出ていった。鳥のように自由というわけか、クソ。

「まあいいわ、今夜はもう寝なさい」モリーは娘の顔にかかった髪を指ですいた。

「ごめんね！」クロエはもうひと吠えしてから、枕の下に頭を隠した。

寝室でモリーは言った。「とりあえず無事でよかった。マシューがいてくれて助かったわね」

バスルームの鏡の前にいたギルは鋭い笑い声をあげた。鏡に映るのは目の下のくま、薄くなりつつある生え際に沿ってできたシミ、濃い鼻毛、電球の光を受けてぎらつく垂れ下がった鼻。

モリーが立ちあがってバスルームの入り口にやってきた。「真面目に言ってるの。マシューがあの子を家まで連れ帰ってくれたのよ。一滴も飲まずに。じゃなかったらもっとひどいことになってたかも」

「あいつがでろんでろんの娘を連れて帰ったことを十分に喜べてなかったかな、すまないね」

「しかも**クロエが**行きたがったパーティーなのよ。リリーの家だったんだし、マシューのせいじゃない。それはわかってるわよね？」

「なぜやつをかばうんだ？　娘が酔っぱらった。マシューはパーティーで娘と一緒にいた。それからあの子をずるずる引きずって帰ってきて、また出ていって――」だからどうだというのか、自分でもわからなくなった。

「悪いのはクロエよ、マシューじゃない。問題を起こしたのはクロエなんだから」

「もちろんだ、きみが正しいよ、それは知ってる。でも」やはりどう言えばいいかわからない。「きみの言うとおりだ。おれはただ、あいつを信じていないんだ。信じられないんだよ」

「ようやくあなたの言いたいことがわかった」モリーは言った。「でも彼がいいおこないをしたのに、それを悪く言うなんてだめよ。そんなの間違ってる」

「わかったよ」そう言った自分に嫌気がさした。

　モリーはまだ何か言いたげだった。マシューではなく、ギルの態度について。嫌な予感がした。妻にはっきり指摘されたら、自制心が利かなくなるだろう。ところがモリーはギルの〝わかった〟を信じることにしたのか、こう言った。「もう遅いわ。みんなへとへとよ。とにかく寝ましょう」

鏡に映る自分の姿を見ないようにして歯を磨き、ベッドのモリーの隣に滑りこむ。それから彼女が寝入るまで本を読むふりをした。静かだった。廊下の向こうの娘は泥酔して眠っている。ダガン家にいつもの夜がやってきた。特に不満もなく順応した家族のように、おれも慣れなければいけないのかもしれない。ギルは、マシューの車のタイヤが私道に入ってくる音を、庭の木をヘッドライトが横切るのを待った。しかし先にやってきたのは眠気のほうだった。

翌日クロエと話をしたが、どうしても質問はマシューに関するものになってしまった。おかしいとわかっているのに。クロエがしたのは特別なことではないし、なんならあのどうしようもないリリーとなかよくなったときから予想していたものの、それでも今回の失敗についてはきちんと話し合って、どれほど危険だったか理解させ、今後は慎重になるよう教えなければならない。しかしギルは自分を止められなかった。マシューにゼリーをすすめられたのか？　クロエが昨夜のことをとりとめなく話すのを中断してギルは訊いた。

もちろん違うよ、パパ。マシューが酒を飲んでいなかったのは確かか？　一杯も？　うん、飲んでないってば。わたしを助けてくれたんだよ。すごくやさしくて、いとこっていうより友達みたい。

今やマシューは高価なプレゼントをくれて、酔っぱらいの娘を無事に家まで送り届けてくれた恩人だった。モリーは、アルバニア人の男が逮捕されてから抱いていた懸念——どの程度の懸念にしろ——をいったん忘れることにしたようだ。いや、いったんではなく永遠に。

ある午後、エルロイを連れて近くの町の散歩コースを歩いているとき、モリーはもう一度彼女の立場を表明した。始めは別のことを話していた。借金もだいぶ返済できたから夏休みはずっと憧れていたメイン州に旅行するとして、春休みはどうするか。雪をまとった木々のあいだから切り開かれた場所に出ると、モリーは話題を先日のクロエの件へと移した。**でも助かったわね、マシューが一緒にいてくれたから。**

エルロイは雪の中を、鼻をくんくんさせて歩きまわり、雑草が固まって生えているところで立ち止まった。すると今度は何か別のにおいを嗅ぎつけて頭をあげる。エルロイの耳の毛が風で揺れるのを見ながら、ギルは妻に賛同する言葉を言おうとしたが、何も言えなかった。ひょっとして、クロエは違うと言ったけど、あいつが飲むようにそそのかしたんじゃないか？　クロエをうまく操って間違った選択をさせたんじゃ？　あの子が初めて重大なミスを犯したときにマシューが近くにいたのは偶然だと信じろっていうのか？

少なくとも娘に与える罰については夫婦の意見が一致した。劇のリハーサルを除いて二週間の外出禁止。そのあとの三月のディベート大会には出場できる。これで話はついた。

波風立てないためにも、マシューのことはもう口にしないほうがよさそうだった。だが、彼がいない自由な時間ができると――どこで何をしているのか知らないが、マシューはほぼ毎晩出かけていた――かえって彼のことを考えてしまった。ある夜、夕食の席について、ギルは授業が終わってから一度もマシューに会っていないことに気づき、モリーに彼の居場所を知っているか訊いてみた。

「午後にメッセージがあったわ」モリーが湯気の立っているボウルからニョッキをすくい取って皿に盛る。ボウルは十八年前、最初の小説が出版される前に受けた助成金でイタリアを旅行したときに買ったものだ。夫婦はそれ以来海外に行っていない。ボウルの縁は数箇所欠け、側面に細いひびがひとつ入っている。マシューが大学生になり夏の授業を取るためにこの家を出たら、またイタリアに行ってもいい。海外旅行をする資金を初めて捻出できるかもしれないのだ。「友達の家に泊まるんだって。バーリントンの」

「泊まる？」ヨーロッパ旅行のイメージが一瞬にして吹き飛んだ。「木曜だぞ」

モリーが眉を吊りあげる。「だから？」

「ふらふら出歩くべきじゃないと思うだけだ」なんて愚かなセリフなんだろう。だがギルは妻に裏切られた気分だった。保護者なしで、バーリントンでいつでもむごたらしいことができる状態で、一晩じゅう自由にさせるっていうのか？　クロエは外出禁止にされているのに。あのときマシューも一緒にいたのに。クロエとほんの二歳違うだけで、しかも法律上まだ未成年なのに。おれたち夫婦を後見人に指名したとき、シャロンはこんなことを予想していただろうか？　「平日の夜、クロエを外出させたりしないだろ」

「そんなことないよ」クロエがニョッキをひとつ口に運びながら言った。「先月サリーの家に泊まりにいった。忘れた？　課題を一緒にしなきゃいけなくて」

「それはまた別の話だ」じつのところすっかり忘れていた。いつモリーとそんな方針について話し合ったっけ？　「しばらくはそういうこともお預けだぞ」

「わかってるって、パパ」クロエは父親をにらんでから、また皿に視線を落とした。

「どう別の話なの？」静かに微笑んでから、モリーは背を向けた。これ以上この話を続けるつもりはないらしい。イカれた夫の言い分など聞かないのが最善策だと判断したのだろう。

「モリー、よく考えてくれ」

「そっちこそよく考えてちょうだい。マシューがひと息つけるなら、それはみんなにとっていいことでしょ」

理にかなった考え方だ。それが最善のように聞こえる。が、間違っていると感じるのだ。マシューには何をしてもいい自由があるのに、シャロンは生きてすらいない。アルバニア人の運転する車に殺されて。ギルには明瞭であることが、心配になるくらいほかの人間には見えていないようだ。警察も、もう連絡してくることはないだろう。だからギルにすべてが託されている。にもかかわらず、ギルがやることといえば食卓に座ったままいじいじと思い悩むことだけ。これまでの人生でも、嫌になるほど何度もしてきたように。

夕食後、食器洗浄機に使い終わった食器を入れていると、モリーがギルのグラスにワインを注ぎ足した。慰めのつもりだろうか？　夫の異常さは無視することにして？

「それで」焦げついた鍋をこすりながらギルは訊いた。「誰の家に泊まるのかは言ってた？」さりげなく聞こえるように言おうとしたのに、うまくいかなかった。

「エセックスの友達って言ってたけど。あなたのクラスにいる子だって」

「名前は？」可能性があるのはひとりしかいない。

「言ってなかったわ、残念ながら。心当たりある？」

「いや」

「何か問題でも？　てっきりあなたはほっとすると思ってた。ひと息つけるじゃない」

「問題はないけど――」言いかけたものの説明ができない。

「けど？」

「なんでもない。大丈夫だ、忘れてくれ」

「ギル、今夜はゆっくりすることだけ考えて、ね？　今あなたに必要なのはひと息つくことだって、誰が見ても明らかよ」

「ああ、そうかもな」

　マシューが大学生になってうちを出るまで、できるだけ外出させておいて、ギルから――まともではないギルから――遠ざけておくというのが、モリーの作戦のようだった。そういうことなら、〝ひと息つく〟のはギルではなくマシューのほうだ。プレゼント、絵画、現金をもたらしてくれる寛大な恩人マシュー。クソ、もうめちゃくちゃだ。ギルに味方はいなくなった。今までも味方がいたわけではないにしろ。しかしこれはやはりギルの問題だった。関係しているのはギルの家族、ギルの甥、そしてモリーと娘たちを守るというギルの責任なのだから。

　夕食のあと片づけが終わるころには、娘たちはそれぞれの部屋に、モリーも寝室に引っこんでいた。今二階に行ったらモリーの方針に賛成するふりをするか、真実を――ニューヨークの通りでの出来事やスージーのこと——話さなければならなくなる。ギルには明快であるのにモリーには見えないものを、見えるようにしなければならなくなる。見えないというより**見ようとしない**のだ。見たくないから、意図的に目をつむっている。結構なことだ。目を閉じるなんて、ギルにはできない。デリの薄ぼんやりとした青い光の中で、マシューの表情に真実を見た今となっては。荒らげた声、体からあふれだすような脅威。あれが甥の本性だ。ギルにそれを見せたのは彼のミスだった。マシューは悪人だと、ギルは知っている。というより始めからわかっていたことだから、彼がどれほどいいおこないをしようが、確信が揺らぐことはない。大金や過分な美術品の贈り物をくれても、娘たちの宿題を手伝ってくれても、本質は変わらない。現状マシューはやりたいことをやり、何をしても許されている。いつかこの自由に飽きて、外に出て新しい楽しみを見つけるだろう。あんなふうに酔ってふらふらのクロエを連れ帰ってきたのは、警告なのだ。ただしそれを理解しているのはギルだけだ。ニューヨークで仮面が剥がれてあらわになった素顔を見たのはギルしかいないから。マシューがからかうだけでは満足できなくなるのも時間の問題だ。今に誰かを傷つける。モントークでしたように。不意にひらめいた。その誰かとはクロエではない。マシューが最初に傷つけるのはスージーだ。田舎の貧しい家庭出身の、か弱く孤独な若い女性。危険が迫っている。今この瞬間にも。そして彼女を危険にさらした責任はギルにある。

「エルロイ、ドライブに行きたいか?」ぺったりと床に伏せ、ボウルに鼻先を突っこんで餌を食べている犬に話しかけた。犬は耳をピンと立てたものの、本気にしていないのか伏せたまま動かない。ギルがドアのそばのフックからリードを取ると、やっとぴょんと起きあがって玄関に走り、思いがけない幸運に体をくねくねさせて喜んだ。ギルはブーツを履き、マウンテンパーカーを着て、マフラーを巻いて、鍵を持った。帽子は見つからなかった。

車に乗ってからモリーにメッセージを送る。

**ちょっと買い物に行ってくる。エルロイも連れていく。**

モリーが信じるかどうかはわからなかった。この時間に開いている店はそう多くない。ウィリストンにはウォルマートがあるものの、深く考えないまま送信してしまった。また失敗だ。でももう遅い。今さら引き返せない。

人っ子ひとりいない、雪が凍りついた道路まで出て、右に曲がる。携帯電話に目を落とすとモリーから返信が来ていた。

**え？**

画面が見えないようにひっくり返し、車を走らせる。後部座席で息を荒くして飛び跳ねていたエルロイが、ギルの顔のすぐそばに顔を突き出し、木の枝の隙間を縫って落ちる粉雪をヘッドライトが照らすのを見つめる。暗い木々の影が、頭上でトンネルを形作っている。ノース・ウィヌースキ通りで車を停め、携帯電話を手にする。モリーから二通のメッセージ。

**どこ行くの？**

**買い物するなら牛乳もお願い。**

メッセージで事情を説明することもできないので〝OK〟とだけ返事をした。シフトレバーをドライブに入れてしばらく走り、右折して角に停めた。ニューヨーク旅行の帰りにスージーを降ろしたあたりはすでに通り過ぎていた。エセックス・カレッジの教員用ウェブサイトを開いて彼女の住所を調べる。アパートメントのH号室。

「散歩しようか、相棒？」このために犬を連れてきた。カモフラージュだ。見え透いているとわかってはいるけれど。**ちょっと犬の散歩に出てきたんだ。マイナス十七度のなか、家から三十キロ離れたところまで。**

冷たい風が犬の毛を撫でる。ギルはフードをかぶった。エルロイに歩道のあちこちのにおいを自由に嗅がせてやりながら、次に打つ手を考える。近所をこそこそ歩きまわる？　この寒さの中、彼らが散歩しているとでも？　しかしふたりは若い。若くて愚かな恋人たちは、天候などという凡庸なものは気にかけず、愛情あるいは性欲のままに行動することだってあるかもしれない。スージーは恋愛をしているつもりだろう。でもマシューは違う。彼にとって恋愛は見せかけで、人を操る手段でしかない。誰かを傷つけるための入り口でしかないのだ。

スージーが住んでいるのは、ダウンタウンによくある、長い時間をかけてずさんな増築を繰り返してきた木造の建物だった。まるで、あちこちの部屋でこぼれた安いビールが何十年もかけて基礎の部分まで染みこんだせいで、膨張し沈下しているような建物。ほとんどの窓に明かりが灯っており、そのうちのひとつでは女性が網戸越しに煙を外に吐き出している。

ここにはいないかもしれない。繁華街のカフェとか、パーティーに行っているんじゃないだろうか。それとも図書館か。いや違う、おれは怖気づいていてもいい理由を見つけようとしているだけだ。彼らはここで、ふたりきりで夜を過ごしているはずだ。

エルロイが地面のにおいをふんふん嗅いでから、ギルを見あげた。

「行こうか」雪かきされた小道に入りアパートメントの玄関に近づいた。ドアの横にはAからF号室の呼び出しボタンが並んでいる。つまりH号室は建物の裏側なのだろう。使い古され、融雪剤の飛び散ったコンパクトカーが並ぶ私道に、ひときわ輝くマシューのアウディがあった。

裏にまわると、一階がG号室だった。ということは、アパートメントの側面に打ちつけられた、朽ちかけた木製の階段をあがるとH号室があるはずだ。一歩下がると部屋のドアが見えた。

「しーっ」と言われたエルロイは何がいけないのかわからず、いぶかしげにギルを見つめた。「静かにしててくれよ、いいな、相棒？」犬も連れていくしかない。ここにつないでおいたら吠えてしまうだろう。

階段の手すりはぐらぐらで、踏板は腐っているのか、ブーツの足をのせるとかすかに沈んだ。雪と氷が固まった板は滑りやすくて危なっかしい。エルロイはギルにくっついて、不安そうに脚を置く場所を選んでいる。のぼりきる前に立ち止まって耳を澄ました。何も聞こえない。残りの四段をあがる。薄汚れたドアの両脇に細長い窓があった。かがんで、薄っぺらい白のカーテンの隙間から中をのぞきこんだ。薄い黄色の壁と、隅が欠けた安物のファイバーボードの戸棚がある。棚の扉のひとつは開いている。ピーナッツバター、蓋が開いたままのパスタの箱、塩入れがあるだけでほぼ空だ。湿っぽい壁紙にはところどころカビが生え、めくれかけている。

「ふざけないで！」中からスージーの声がした。軽薄で媚びるような甲高い声。「そうじゃないでしょ！」

反対側の窓にそろそろと近づく。リビングが見えた。ソファにいるマシューの上に、タンクトップとショートパンツ姿のスージーが寝そべっている。マシューはTシャツを着ていた。彼の脚は、スージーの脚とブランケットに隠れて見えない。話の内容までは聞こえないので、ギルはフードをかぶって壁にぴったりくっついた。

「くだらないこと言わないで、マシュー」

スージーは上半身を起こすと素早くタンクトップを脱ぎ捨てた。小さくて張りのある胸、肌と同じくらい淡い色の乳首。マシューの腰に両手をつく彼女の引き締まった腹の中央にはくっきりと線が入っている。少年はしばらく賞賛の目で彼女を眺めたあと、身をよじらせてシャツを脱いだ。割れた腹筋、硬く平らな胸筋が現れた。

キスをしようとスージーが身をかがめると、彼女の胸がマシューの肌に押しつけられた。そのとき、エルロイが吠えた。始めは鋭く警告するように。それからもう一度鋭く吠えたあとは、もう止まらなくなった。

駐車場でちょうど車に乗りこんだ若い女性がアパートメントを見あげた。車内はよく見えないものの、女性の動きで何をしようとしているのか見当がついた。がたつく手すりをつかんで階段をおりかける。先に駆けおりていったエルロイにぐいと引っ張られ、リードを離してしまった。犬は最後の一段を飛びおりたとき雪で足を滑らせたが、すぐに立ちあがって車内の女性に向かって吠えた。

ギルはうしろから誰か来ていないか振り返って見る余裕もなく、慌てて駆けおりた。しかし車の中の女性にふと目をやった瞬間、足を踏みはずしてしまった。手から離れた手すりが、階段からはずれてしまいそうなほど揺れた。肘が変な方向に伸びて鋭い痛みが走る。腰を階段にしこたま打ちつけ、目の前が真っ白になった。どうにかこうにか体勢を立て直し、歯を食いしばって痛みを逃がす。口笛を吹いてエルロイを呼んだが、犬はしっぽを振っているだけだ。ギルがよたよたと近くを通り過ぎるとき、女性は車の中からじっと見ていた。顔の前に携帯電話があるのは、警察に通報しようとしているからだろう。

歩道まで出てから、もう一度口笛を吹く。めまいがするほど痛みが増してきた。笑顔で舌をだらりと垂らしたエルロイがしっぽを振り振り、跳ねるように走ってきた。

裏手の階段はここからは見えない。あのふたりは半分裸だった。もつれあう体を解いて、服を着るにはある程度の時間がかかるはずだ。

フードをかぶり直し、コンバース通りの行き止まりまで足を引きずっていく。庭を横切れば向こう側の歩道に出られるだろう。庭の真ん中あたりまで来てから振り返る。女性がひとり、指をさして何か叫んでいるが、風のせいで何を言っているかわからない。

エルロイのリードを引き寄せて走ると、角に停めておいた車を見つけた。助かった。急いで運転席から犬を乗せ、自分も乗りこむ。座った瞬間、痛みに体を貫かれ、数秒間うめいたあと車を発進させた。リバーロードで右折の信号待ちをしているときになって、ようやく深呼吸ができた。心臓は早鐘を打ち、頭はくらくらする。彼らには見られていない。見られたはずがない。車にいた女性もよくは見えなかったはずだ。階段に照明はなくて暗かったし、ギルは走っていたから。

「悪い犬だ」川沿いを飛ばしながら言った。腰、肘、尻がずきずきと痛む。「吠えたらだめじゃないか、エルロイ。だめ、だめだぞ。悪い子め」

意味のわからないお説教に首をかしげた犬は、無視することに決めたらしく、窓のほうを向いた。ハッハッと吐き出される荒い息で窓一面が曇った。

# 23

ベッドに入るころ、腰はさっきより強くずきずきと痛み、肘も動かしづらかった。どうやら膝も痛めたらしく、階段をのぼっている途中に急に力が抜け、うめき声をあげて手すりにすがらなければならなかった。寝室で横たわるとき悲鳴をあげそうになったので歯を食いしばって耐え、キスをしようとモリーが寄りかかってきたときも、肩に彼女の体重がかかるくらい、拷問でもなんでもないというふりをした。

「牛乳買ってくれた？」枕に頭を沈めてモリーが訊いた。

「もちろん」ギルは嘘をついた。なんとか苦しそうな声を出さずに答えられた。

「よかった、ありがと」妻がそう言って本を手に取ったので会話は終わったのだとわかった。助かった。

朝になり、毛布をのけると腰に熱い痛みが走った。また同じ痛みに襲われるかもと思うと動くのが怖かった。

モリーはシャワーを浴びていた。ギルはよろよろとバスルームに入った。曇りガラスの向こうで、彼女の影が動く。頭をのけぞらせて、ご機嫌で鼻歌を歌っている。ギルは鎮痛剤を三粒出して水なしで飲みこんだが、むせてしまって、また腰に激痛が走った。それから一階にそろそろとおり、コーヒーを淹れ、トーストを温め、カウンターに立ったまま口に押しこんだ。妻と娘がそれぞれバスルームや部屋から出てくるころには、鎮痛剤のおかげで痛みはいくぶんやわらぎ、まるで何事もなかったかのように、家族にコーヒーや朝食を用意してやることができた。教え子のひとりが裸で甥っ子に覆いかぶさるのを目撃したあと、階段を転げ落ちて危うく首が折れかけたことなどなかったかのように。おれはいったい何がしたかったんだ？　ドアをノックしたかった？　マシューにそろそろ家に帰れと言いたかった？　そうだ、馬鹿げているのは承知だが、そう言ってやりたかった。

コーヒーをおかわりするとき、モリーは冷蔵庫をのぞいて顔をしかめたものの、牛乳について何も言わなかった。これはよくない兆候だ。嘘だと初めからわかっていたみたいじゃないか。

午前中ずっと、自分はすっかり堕落してしまったという感覚に苦しめられた。敬虔な信者が自らの罪に直面するときの感覚と同じに違いない。自己嫌悪の波に襲われ、訪れるであろう天罰に怯え、よりよい人間になりたいと切望し、それなのに贖罪（しょくざい）への道がどこにあるのか見当もつかない。とはいうものの、じつはギルにはふたつの道が見えていた。ひとつ目——モリーは明らかにこちらを選んだ——は、両親の死に甥が関係していると示唆するすべてを無視する道。あきらめて、忘れて、前に進むのだ。もうひとつ、ギルが歩みたいのは真実への道だった。その道が偽物でなければ。ずきずき痛む腰が主張しているように、ギルがおかしくなっているのでなければ。

家にいると怪我をしていると知られてしまいそうだったので、早めに大学に行くことにした。オフィスは快適とはいえないものの体を休めることはできた。最初の薬を飲んでから四時間が経ち、また痛みに耐えられなくなってきていたので、さらに二錠飲んだ。グーグルで調べたところ尾骨を骨折している可能性があった。刺すような痛みは一点だけでなく腰から尻まで広がっている。オフィスのドアを閉めたまま、ふたり分の課題を採点し、残りの紙の山を見つめる。この仕事に向いていないのかもしれない。四十代半ばの今になって気づいても遅いけれど。いや、半ばどころか後半の今、彼にあるのはこの生き方だけだった。散らかったデスク、軽量コンクリートの壁に囲まれた薄暗く窮屈なオフィス、細長い窓から見える常にどんよりした冬の空、低い給料。ギルはこの仕事を、ほんとうの人生を進む途中の通過駅だと思ってきた。ところがほんとうの人生、つまり作家としての人生は、どこかに落としてきてしまったかのように、今やすっかり遠くなり、通過駅が終着駅となった。気づかないうちに、抗うことも知らないままに。幸せが彼を丸くした。作家の敵として使い古されてきた表現だが、的を射ているかもしれない。惨めなほうがうまく書けるのかもしれない。もしそうだとして、ギルはたった今最高に惨めな気分だが、それでも何か書こうという気になれなかった。

ノートを取り出してページをぱらぱらとめくってみるとさらに屈辱感が増した。マシューに関するメモ。ここ数カ月で書いたのはそれだけだ。とりとめのない、まともではない走り書き。自分自身の恥の記録。だが今さらやめる理由はない。まっさらのページを開いて一行目に〝小説のアイデア〟、その下に〝昨夜の出来事。窓に貼りついて若い恋人たちをのぞき見する老人〟と書いた。

ドアをノックする音がして、ギルは慌ててノートをテスト用紙の下に押しこんだ。「開いてるよ」リュックの重みに負けたように肩を落としたスージーが入ってきた。片腕にだらりとかかったコートは床を引きずっている。「おはようございます、教授。ちょっとお時間よろしいですか?」

「スージー、もちろんだ、どうぞ」何も考えずさっと立ちあがると、腰が焼けるように痛んだ。ぐっと歯を嚙みしめてまた椅子に腰を下ろし、痛みが引くまで待ってから言った。「どうかした?　約束をしてたっけ?」

不安ではらわたが熱くなる。きっと昨夜窓からのぞく姿を見たと言いにきたのだ。学部長にももう話したに違いない。すぐに大学から休職を言い渡すメールが来るだろう。おれは変質者で犯罪者だから。

「いいえ」もじもじとスウェットパーカーの袖を引っ張りながらスージーは答えた。目のまわりに黒いクマができ、肌はところどころ赤く、髪はべとついている。昨日窓越しに見たのと同じ人物だとはとても信じられなかった。マシューが彼女を吸い尽くしてしまったのだ。ヴァンパイアのように。ギルも彼女と同じだった。じわじわと甥に生命を奪われて、枯れていくのだ。「ただおしゃべりでもしようかなと思って」

「ああ、いいとも。最近どうだい？」顔を見ることができない。見たら、昨夜スージーがギルを目撃したかどうかの答えが出てしまう気がした。人生――少なくともギルが人生だと思っているもの――が終わってしまうかどうかの答えが。「困ってることはない？」

「え？」スージーはそれが不躾な質問だったかのように、困惑した様子で顔をあげた。

「今はほら、学期中でいちばん忙しい時期だろ」踏みこみすぎた。気にかけていると示してしまった。誤解という地雷だらけの、教える立場の者にとって危険な領域に足を踏み入れてしまった。特に、自分の教え子たちが密通するのをこっそりのぞいているような教授にとっては、危険極まりない。

「わかりません」深く息を吸って、スージーは答えた。「忙しいのは忙しいと思います」

「だろうね」スージーは今学期、十八単位を取ろうとしている。授業の取り方について相談を受けたとき、大変ではないかと忠告したものの、彼女は大丈夫だと言い張った。しかし今彼女が抱えている問題は学業のことではないだろう。ギルにはわかる。マシューだ。

「じつは専攻を変えようかと思ってるんです」スージーはひと息で言った。そうしないと言い出せなかったようだ。

「専攻を？」

「会計にしようかと」

「創作はやめて？」ギルは傷ついたのを悟られないよう努めた。

「はい、あの、今のところ創作は副専攻にするつもりです。単位がいっぱいあるし。でももう三年生ですから、変更するなら早いほうがいいと思って。会計の単位は一年生のときにいくつか取ってあるから大丈夫なはずです」不安げな震える声でこう言うあいだ、スージーはずっと自分の膝を見つめていた。

「でもどうして？」ギルは訊いた。

彼女はぱっと顔をあげた。ギルが不満を見せるのを、弱さを見せるのを待っていたみたいだった。

「仕事を見つけなきゃいけないんです。うちはお金持ちじゃないから、わたしの学費は致命的なんです。両親はわたしに創作を専攻してほしくなかったけど、教授にそうするようにすすめられて、それでずっと考えてたんですけど、やっぱり将来働かないといけないので」

「自分の専門だから言うわけじゃないけど」ギルはできるだけ冷静に話そうとした。彼女はいち学生にすぎない。お気に入りだとはいえ、何百、何千といる中のたったひとりだ。「創作専攻でもできる仕事はたくさんあるよ」そうは言ったものの思いつくのはひとつかふたつだけだった。文学部には〝文学部卒業で就ける職業〟というパンフレットがあるが、一度も読んだことがない。

「はい、そうかもしれませんが、ニューヨークで出版業界のインターンをするお金がありません。お給料なしでニューヨークに住むなんて無理です。だからといって、それ以外の道もないし」スージーは冷たい笑みを浮かべた。ギルの馬鹿さ加減に呆れているのだ。あるいはそう見えただけかもしれない。デスクに白くて丸い光を落とす卓上ライト以外にこの部屋を照らすものはなかったから。窓の外は真っ暗だ。この暗さはかなりまずい。机で顔を寄せ合って話すふたりには親密すぎる。実際、スージーは気まずいのか、椅子に深く腰かけてギルから離れていた。天井の単調で無機質な蛍光灯をつけるべきだったが、そうするには立ちあがって彼女の横を通りすぎ、壁のスイッチを押さなければならない。ギルが立ちあがったら彼女はそれを部屋を出る好機ととらえるかもしれない。

「大学院は考えてない？」お腹が空いたという人に腐ったバナナを差し出すような気分で訊いた。

返事がないのでさらに訊く。「気持ちは固まってるのか？」

彼女が何も言わないので、ギルは身を乗り出して、途中でさえぎられないよう急いで言った。

「何か問題があるのか、スージー？　いつものきみじゃないみたいだけど。困ってることはない？　マシューのことで？」

「マシュー？」あなたになんの関係があるの？　とでも言いたげだ。おれはきみが甥のシャツ一枚だけを羽織り、死んだ姉のキッチンに立っているのを見たんだぞ。それどころか甥にまたがってタンクトップを脱ぎ捨――いかん、集中しろ。

「つきあってるんだと思ってたが。まあ、どっちでもいいんだけど」ぎこちなくなってしまったのを感じて笑って取り繕おうとしたが、スージーは不快そうにうしろにもたれた。

「ただきみが大丈夫ならいいんだ」

「困ってることってたとえば？」スージーがパーカーのファスナーを意味もなく上げ下げ

しながら訊いた。「マシューがわたしを溺れさせようとするとでも思うんですか？」

ギルは頬をひっぱたかれそうになったかのように、びくっとした。

「まさか。どうしてそんな――」しかし彼女にさえぎられた。

「マシューに問題はありません。ここには専攻について相談に来ただけです」ギルの背後のどこかを見つめながらスージーはそう言い、ファスナーを下までおろした。パーカーの前が開いて、下に着ていたTシャツの広い襟ぐりから、鎖骨に沿って赤くなった肌が見えた。キスマークか、それともあざだろうか。マシューが首に手をかけて、絞めた跡。ギルが何を見ているかがわかり、スージーは慌ててファスナーを閉めた。

「ほんとに大丈夫なのか？」

「はい、ほんとに大丈夫です。会計学科長とは話しましたし、書類にサインももらいました。教授には何もしていただく必要はないんですが、事前にお知らせだけしておこうと思ったんです」その声は冷たく、怒っていた。非難の色すらあった。

「そうか、きみがいないとワークショップがつまらなくなるよ」まるですぐにでもスージーがいなくなって、二度と戻ってこないような言い方をしてしまった。彼女を止めなくては。マシューがこれ以上彼女を傷つけないようにしなくては。しかし彼女は立ちあがり、椅子をデスクの下に戻した。

「では失礼します」

マシューのせいだ。彼がスージーの人生をめちゃくちゃにしている。彼の富、特権、何も考えず自由に行動する力。それらの影響で、スージーは芸術や文学への興味、それから幸せになれたであろう生き方への興味を失ってしまった。苦しいことがあっても、それだけの価値がある生き方への興味を。彼女は去ってしまった。気にしすぎてはいけないのかもしれないが、あざのことがある。マシューがやったに違いない。ギルが窓からふたりを見た、すぐあとに。マシューの手が彼女の首をぎりぎり絞め、彼女の口から悲鳴が漏れかける。彼はもう片方の手で彼女の口をふさぎ、顔を耳元に近づけて尋ねる。**これって苦しい？** こう訊くのは、これよりもっともっと苦しくできるからだよ。どう？ やってみよっか？

マシューは億万長者だからというだけで、虐待でも脅しでも、なんでもやりたい放題だ。お気に召すまま、ミスター・ウェストファレン。私どもが血痕を拭き取ります、死体はどこかに運んで燃やしておきますね。満足げにうなずいて、お気に入りに選んでもらえるのを期待して、みんなが笑顔でかしずく。ちっ、腹立たしい。おれがそれをただ黙って見ている理由はない。

# 24

ギルはキャンパスから帰宅する途中、クロエを劇のリハーサル会場に迎えにいった。クロエはウォッカ入りゼリーの夜からずっと浮かない顔をしている。ティーンエイジャーは誰しもこういう暗黒の時期を経験する――ギルも経験済みだ――ものだが、ギルは娘の不機嫌をマシューと切り離して考えることはできなかった。あいつのせいでクロエはこんなふうになってしまった。愚かな両親と彼らが定めた愚かなルールについて、あいつが娘の耳に余計なことを吹き込んだ。なんてクソみたいなルールだ、あの人たちの言うことなんて聞かなくていい。僕みたいにしたら？　見ろよ、僕は何をするにも自由だ。

「ディベート大会はもうすぐだな」いい父親らしく言ってみる。

「まあね」クロエはあからさまに父親から顔を背けた。

「全国大会？　それとも地区か？」

「地区。まあ、どうでもいいけど」

「どうでもいい？　いい加減にしなさい、クロエ」

「何よ」怒って振り向いたクロエの顔には血がのぼっていた。「何をいい加減にしろって？」

「馬鹿みたいに拗ねた態度だよ」ギルは言った。こんなはずではなかったのに。

「馬鹿みたい？　パパってやさしいよね、ほんとにやさしい」クロエは嫌悪感もあらわに父親を一瞥（いちべつ）してから窓のほうを向いた。

「おまえがそんなに繊細だとは知らなかったよ」ギルは冗談っぽく言おうとしたが、クロエはより父親から距離を取った。「マシューと遊ぶようになってからこういう軽口には慣れたと思ってたんだが」

「マシュー？　どうしてマシューが出てくるの？　マシューはわたしに親切にしてくれてるの。わからない？」

「わからないって何が？」

　ギルに向き直ったクロエの表情は怒りでこわばっていた。こんな顔を見るのは初めてかもしれない。「マシューはパパが言ってたような人じゃない。全然違う。ここ何年もパパは彼がモンスターか何かみたいに言ってたけど、そうじゃないってわかった。彼はいい人だよ。すごくいい人」

ギルは鼻で笑った。「そうだよな、マシューはすごくいい人だ」

「なんなの、パパ、どうかしちゃったんじゃない？　なんでそんなに彼を嫌うの？」

激しい怒りに体を貫かれたギルは、ハンドルを強く握りしめて運転に集中しようとした。丘をのぼり、自動車整備工場を通り過ぎ、カーブを曲がる。「クロエ、パパはどうもしてないよ」それからしらじらしくつけ加えた。「マシューのことも嫌ってないし」

「そう」クロエはさすがに言い過ぎたと思ったのか、さっきより口調がやわらかい。「わたしが言いたいのはね、マシューにチャンスをあげたらってこと。それだけ」

「ああ、そうだな、アドバイスをどうも」ギルは話を終わらせようと、手を伸ばしてラジオの公共放送をつけた。いきなり動いたせいで腰が激しく痛み、うめき声をあげないようにハンドルにしがみついて息を整えなければならなかった。

その日の夜、ギルがスツールに腰かけて顔をしかめたのを見て、モリーがどうしたの？と訊いた。ギルはあらかじめ考えておいた嘘を言った。ジムでランニングマシンから落っこちかけたんだ。頭が割れなかったのが幸いだよ。

「そろそろクロストレーナーに変える時期なんじゃない？　時代遅れの中年クラブにようこそ。自尊心さえ捨てちゃえば、そう悪くないわよ」

「自尊心を捨てるくらいわけないさ」これで心置きなく顔をしかめることができる。

「ところでイングリッドとわたしが両親の家に行ってもあなたは大丈夫？　木曜に出発するつもりだけど、金曜にしてもいいわ」

「いや、木曜でいい」すっかり忘れていた。ニューヨークでの一件や階段から落ちた夜のあとでは、この計画は大きな間違いだとしか思えない。老いた男とふたりきりになったマシューが、わずらわしい邪魔者を取り除く絶好のチャンスを逃すはずがない。「マシューは行かないんだよな、もちろん」

「ええ。あなたがそれでいいなら」

「おれはいいって」ぶっきらぼうな言い方をしてしまったと思ったものの、同時に腰が痛くなり、謝るタイミングを逃した。モリーが困ったように眉をひそめたのを見て余計に腹が立ってきて、結局エルロイを連れて外に出ることにした。

クロエとイングリッドはリビングで宿題をしている。車があるのでマシューはおそらく自分の部屋にいるのだろう。犬が氷の塊の上――先週解けたのがまた固まって、つるつるした板になっていた――を用心しいしい歩く。ギルは外の冷気にあたって怒りを鎮めようとした。理不尽なのはわかっている、モリーに腹を立てるなんて。ただの八つ当たりだ。ほんとうに怒りを向けるべき相手から、そして自分自身から矛先をそらしているだけだ。

モリーがギルを夕飯に呼び、次にマシューを呼んだ。数分後、ギルたちがテーブルについたあとに彼が階段を駆けおりてきて、最後の数段をジャンプした。どすんという着地で家が揺れた。

マシューはモリーのほうに皿をぐいと押しやってチキンを盛ってもらい、ありがとうも言わずに引っこめた。塩を取ろうと伸ばした手はクロエの鼻先をかすめた。食事をしているあいだも彼の怒りは増幅していき、人を寄せつけまいとする暗雲が彼のまわりを覆っているようだった。イングリッドはなるべくテーブルから体を離して座り、水をつぎ足しにいって戻ったときに母親のほうに椅子をずらした。タイトな白いTシャツしか着ていないマシューの腕の筋肉が、チキンを切ってフォークを突き刺す動きに合わせて、うねうね動いたりむきっと盛りあがったりする。ちょうど彼の肩の上あたりにキキ・スミスの絵があった。その場所——ギルの位置から見ると、出窓からの直射日光が当たらない——を選んだのはモリーだとわかっていても、叱られているような気になる。**贈り物をもらっておいて非難するな。今のマシューは不機嫌で嫌な野郎かもしれないが、彼のおかげで手に入れたものを見てみろ。**

みんなが食べ終わるころ、ようやくマシューは口を開く気になったらしかった。

「めちゃくちゃやばいことがあって」と、イングリッドが停学処分を受けた問題児マークの話をしていたところに、マシューが割りこんだ。イングリッドはたじろいで、テーブルに視線を落とした。怖がっている。賢い子だ。

「何があったの？」とモリーは尋ねた。その咎めるような口調にマシューは気づかないふりをした。

「昨夜誰かが友達の家に侵入しようとしたんです」

「え、何？」クロエが久々に生き生きした声を出した。「ほんとに？」

「ほんとに。犬を連れた男だって」マシューはギルを見つめながら言った。目つきは鋭いが口元には笑みが漏れていた。

「犬？」とクロエ。

「何時のこと？　寝てるとき？」モリーも尋ねた。

「ううん」マシューの目が光った。覚せい剤かコカインでハイになった人のように。「そんなに遅い時間じゃなかった。外は暗かったけど、リビングでくつろいでたらドアノブをガチャガチャやる音がして、犬の吠え声がしたんです。だけど外に出てみたらもうその男はいなくなってた」

「怖いわねえ」モリーは首を振った。「バーリントンで？」

「ええ、繁華街で」そう言いながらマシューは指で引用符を作った。あの程度の町が繁華街なのが笑えると言いたいらしい。

「たぶんあのへんにいるホームレスじゃない？」クロエが言う。

「かもしれない。犬を飼ってるホームレスもいるしね。まあわからないけど、近所の人が写真を撮ってたんだ」

「男の？」モリーが尋ねる。

「ブレちゃってるけど、ほら、これ」マシューはポケットから携帯電話を取り出し、指でささっとロックを解除してから画面を見せた。

そこにあったのは、フードにファーがついた黒いマウンテンパーカーの男の影だった。ギルのマウンテンパーカー。背を丸め、足を引きずって逃げるギル。息を深く吸おうとするものの空気が肺に届かず、心臓がドキドキし、頭はくらくらした。水中で羽交い絞めされているみたいだ。

マシューは話しつづけているが、だんだん大きくなる耳鳴りのせいで聞こえない。

モリーが言った。「見せて」

マシューはイングリッドに携帯電話を渡した。イングリッドはちらりと見て首を振り、母親にそれを渡した。ギルは身を乗り出したものの、視界にぽつぽつと斑点が広がって、椅子にへたりこむ。もうひとつ深呼吸をしてもやはり効果はない。

「警察には見せたの？」モリーは訊いた。夫だと気づかなかったのだ。それだけは確かだった。彼女の顔にはショックも恐怖も浮かんでいない。「たしかにブレてるけど、もしかするとこの男、近所で同じことをしてるかもしれないでしょ」

「見せてません、警察は面倒だから」

「犬の写真は?」イングリッドが尋ねる。

「残念だけどわんちゃんの写真はないんだ」見下して小馬鹿にするような言い方だった。イングリッドは皿に視線を落とした。

「ほら」モリーがギルの腕を小突いて携帯電話を渡そうとした。画面はすでに暗くなっている。受け取る夫の手が震えていることに、モリーは気づかなかった。

この写真を見てギルだと気づく者はいないだろう。どう見ても彼のマウンテンパーカーだが、似たようなのを着ている人なんてごまんといる。横顔はぼやけているもののひげがあるのは見てとれた。しかし、冬場はバーモントにいる男の半分以上がひげを生やしている。この写真は決定的な証拠ではないし、何も示唆しない。

「犬の種類は? 誰か見てないの?」クロエは訊いた。**やめろ**、もう質問するな、今すぐ口を閉じろ。

携帯電話を持ちあげていた女性は通報していたのではなく写真を撮っていたのだ。あのとき気づかなくてよかった。でなければ立ち止まってなんとかしようとしていただろう。

だけどいったい何ができた？　携帯電話を奪い取る？

「雑種っぽかったらしい。エルロイくらいのサイズだって」マシューの椅子の横でだらしなく寝そべっていたエルロイは、名前を呼ばれてぱっと顔をあげた。チキンをもらえるかもと期待したらしいが、何ももらえないとわかると、ため息をついて床にあごをつけた。

「パパ、もう一回見せて」クロエが言うので、ギルは携帯電話を向こうに押しやった。

集中して画面を見ているクロエがふと何かに気づきはしないかと、ギルは冷や冷やしていた。突然こう言うかもしれない。**パパに似てる！**　父親本人だとは思わないにしても。

いや、この子は父親を、不法侵入しようとした路上生活者と比べたりはしない。

「あなたのお友達、気をつけたほうがいいわね」モリーが言った。

「大丈夫ですよ、彼女には催涙スプレーを持たせたから。次はドアを開けて、変態野郎の目をくらましてやれって言って」なにげない夕食時の会話であるかのようにマシューは言った。

「もし次があったら、ぜひ警察に通報してほしいものね」モリーはたった今知った新たな情報に驚いているようだった。彼女。友達は女の子だった。マシューはバーリントンの彼女の家でひと晩過ごした。

「銃も用意しておいて、おかしなやつは撃ってやればいいんだ」マシューは熱っぽく、吐き捨てるように言った。

「うーん、それはいい考えとはいえないかな」モリーは言った。「とにかくあなたたちが無事でよかった」

「その男、どうやら階段を落ちたらしいんだ。写真を撮った女性が見たって。だから足を引きずったホームレスを見つけたら僕に知らせてください」

それがジョークだったとしても、誰も笑わなかった。気まずい沈黙が広がった。誰もが情報のかけらをひとつにつなげようとしていた。マシューが女の子の部屋に泊まったこと。未遂に終わった不法侵入。足を怪我したホームレス。

この話題になってから自分がひとことも発していないことにギルは気がついた。モリーが言ったようなことを言うつもりだったのに。怖いな、気をつけろ、警察に電話したほうがいい、とかそんなことを。またモリーにしかめ面でにらまれているのも無理はない。

「キャンパスでもここ何カ月かのあいだ、ホームレスが問題を起こしてるよ」ギルは言った。「図書館近くの暖房の通気口の上で寝てたりさ」

と、突然マシューが大声で笑いだした。なぜここで笑うのだろう。「なんでわかるの?」

「何?」ギルは訊いた。

「ホームレスだってなんでわかるの？　だってエセックスの学生の服装を見るかぎり、見分けはつきにくいと思うよ」

「そうだな」賛成しないのに、ギルはそう言った。出た、マシューの本性が。ギルの家族の前でついに正体をさらけ出した。家族は見たくなかっただろうが。

# 25

ベッドに入ってからも、モリーはさっき聞いた事件について何も言わない。おかしい。いつもならほかにどんな危険があるか、どんなことが起こりうるか、それらにどうやって備えるのか、声をひそめて話し合うのに。子育てに関する小さな危機が頭をもたげるたび、そうやってベッドの中で話し合って解決してきた。なのに今日のモリーはそっけなく「おやすみ」と言っただけで、枕もとの明かりを消してしまった。ギルが「愛してるよ」と言うと「わたしも」と小声で応えた。

もしかすると、モリーもマシューと一緒に暮らすことにギルと同じくらいストレスを感じているのかもしれない。ただし彼女は常に冷静で、頭に血がのぼるのはギルの専門だ。クロエが未就園児クラスの悪ガキに目を殴られたとき、ギルはブルックリンのアパートメントをどすどす歩きまわって、あのクソガキの父親め、とっつかまえてやると息まいた。落ちぶれたロックスターみたいに気取りやがって、やさしい女の子には暴力をふるえって息子に教えてるんじゃないか。モリーは終始落ち着いていて、教師と校長との度重なる話し合いでは率先して話をし、革のジャケットを羽織った、信じられないくらいきついイギリス訛りのある例の父親が参加したときも、うまくやってくれた。男の横柄な態度にギルは今にもブチ切れそうだったが、モリーがうまく会話を運んだので、最終的に男は大声で怒鳴り散らして自分の馬鹿さ加減を露呈することになった。彼が怒り狂って部屋を出ていったあと、教師と校長は、クロエを二度と危険な目にあわせないと約束してくれた。マシューがイングリッドをプールに沈めたときも、モリーは冷静さを失わなかった。ギルはといえば、もしあのときおれが水しぶきの音がしても目を覚まさなかったらどうなっていただろう、うつぶせの状態で頭のまわりに髪が広がり、日陰とひなたをぷかぷかと行ったり来たりする娘を発見していたらどうなっていただろう、とそんなことばかり考えて疲弊した。

最悪なのは、モリーはあの写真の男がギルだと気づいていて、今もびくびくしながら頭のおかしい夫の隣に寝ているというケースだ。幸いなことに、ギルが覚えているかぎり、マシューは曲者（くせもの）が侵入しようとした時間を言わなかった。おそらく誰もが遅い時間を、早くても深夜十二時くらいを想像するだろう。まさか夕食のすぐあと、ギルがエルロイを連れて買い物に出かけていたころだとは思うまい。いや、マシューは七時半だとか八時だとか言っていたっけ？　クソ、そうだったかもしれない。とすると、やはりモリーは夫がイカれてしまったと思っている可能性がある。

次の週末、ギルはマシューだけでなく妻とも顔を合わせる気になれなかった。なるべく長いあいだ外出しようとして、少し離れた町の小学校の裏手にある森までエルロイを連れていった。イングリッドもついてきた。まだ腰が痛かったのでゆっくり歩かなければならなかったが、その痛みも赦しを得るための苦行だと考えることにした。森を出ると雪が平らに積もった草原が広がる。ブラウン川の土手に沿って坂をくだり、また丘をあがったところで、エセックス・ジャンクションの町中で買ってきたサンドイッチを食べた。苔むした石に腰を下ろし、痛みがやわらぐまで待ってから、イングリッドに今どの本を読んでいるのか尋ねた。イングリッドは『指輪物語』と『ハリー・ポッター』の共通点について長々と語った。

イタリアンサンドイッチにかぶりついていると、急に痛みが背中を駆けあがり、同時に切なさの波に襲われた。あと何回、こんなことができる？　あと何回、クロエもモリーもいない森の中で並んで座り、小さなかわいいイングリッドが一生懸命に話すのを聞くことができる？　七年後、この子は父親を置いて大学に行ってしまう。そうするべきだし、ギルもそうしてほしいと思っている。しかし、彼女が家を出るということはギルの終わりを意味する。〝今の〟ギル、つまり小さな娘を森へハイキングに連れていく父親の終わりを。大学を卒業したらもっと遠くに行ってしまうだろう。自分が両親から遠く離れたように。そして娘から連絡が来るのも、自分が母親に連絡したのと同じくらいの頻度になるのだろう。

木曜の朝、モリーとイングリッドはメリーランドに向けて発った。ギルは車のトランクに荷物を積むのを手伝った。モリーたちと一緒に行く予定のエルロイは、彼らが家と車を往復するあとをついてまわり、ギルが積みこんだ餌とおもちゃのにおいを念入りに嗅いだ。モリーの両親は二匹の牧羊犬を飼っていて、エルロイもその犬たちとなかよしだ。イングリッドは、祖父母の家から少し行ったところにある牧場の新しい馬に乗せてもらえるかもしれないと期待していた。

「着いたら電話して」そう言ってモリーをハグすると、ギルの腰はまた痛んだ。「お義父さんとお義母さんによろしく」

「いい子にしてるのよ」モリーがギルの腕をぎゅっとつかんだ。「小説を書いてみたら？マシューのことを考えるのはやめて。ね？」

「はい、奥さま。頑張ります」

モリーは夫の唇にキスをすると心配そうな目で見つめた。ギルは妻が、やっぱり行かない、いいのよ、夏にみんなで行けばいいんだから、と言い出すのではないかと思った。ところが思いとどまったらしく、彼女は運転席に座った。

ギルは、車が発進して私道を出るまで手を振ってから、家の中に入った。クロエは今ごろ高校で、サラ・ローレンス大学のディベート大会に向かうバスを待っているはずだ。たったひとりの週末。モリーの言うとおりだ。書かなければ。長いこと原稿から離れていたから、今見たらまた違って見えるかもしれない。生き返らせることができるかも。マシューが来てからの二カ月間、すっかり調子を狂わされているが、それもそろそろおしまいだ。とはいえ、今日は午後に授業があるからまだ書きはじめないでおこう。マシューのワークショップの日だ。心の準備はできている。マシューの短篇を読まなければならないのも、これで最後だ。すぐに今学期が終わって夏になる。彼は大学に行き、ギルたち家族は自由になる。それまでは平静を保って、すべきことをする。もう甥をストーキングするのもやめる。甥はモンスターだということは認めるものの、それ以上は深入りしない。

教室に入ると、薄暗かったので蛍光灯のスイッチを入れた。青白い光が教室を満たし、集まっていた学生たちが不満そうな声を漏らした。マシューとスージーがいない。あのふたりより先に教室に入ったのは初めてだ。室内は暑くて乾燥している。みぞれ交じりの雪が突風とともに吹きつけ、窓がギシギシときしんだ。Tシャツを着ている学生もいればコートを着ている学生もいて、ここだけ見ればいったいいつの季節かわからない。

授業時間になって二分経っても、ふたりは現れなかった。もう来ないのかもしれない。もしかすると今ごろ学部長の部屋で、文学部のある教授が、ふたりの大学生らしい健全なセックスをのぞいていたと報告しているのかもしれない。その変態は上の教室で今まさに授業をしています、と。ギルが出席を取っていると、マシューとスージーが教室に入ってきてそっと席についた。

今回もマシューの発表は二番目だった。ネッドの書いてきたものは、作品と呼んでしまえば小説への冒瀆(ぼうとく)になるような代物だったが、ひと通り評価しないわけにはいかなかった。本人いわく、一人称視点のシューティングゲームから着想を得た物語だそうだ。ギルは伝えたい内容に適した媒体を選ぶことの重要性を説いた。たとえば詩なのか小説なのか、小説なのか映画なのか、映画なのかテレビ番組なのか、小説なのかゲームなのか。ギルが早口になっていることに、ネッドは気づいてすらいない。椅子の上でもぞもぞしながら他人事のような態度で、〝ゲーム〟という単語を聞くたびににやりとするものの、そのほかは雑音でしかないらしい。

スージーはディスカッションのあいだ発言せず、テーブルを見つめていた。ぶかぶかの黒いパーカーの袖に手を隠し、はげかけた緑色のネイルをのぞかせている。同じく上から下まで黒――カシミアのセーターにブラックジーンズ――のマシューもただ静かに、発言する人間をじっと見つめていた。

最後にネッドはゲームの筋書きを細かいところまで語りだし、ギルがそこまで詳しく説明しなくていいと言うと、不満げな声を出してどさっと座った。「みんなに伝わればいいと思っただけですよ、まじですごいから。Ｘｂｏｘを持ってきてそこのプロジェクターにつないでやってみましょうか」

「ああ、うん。学期が終わるころ余裕があれば」余裕などあるわけないし、今日教室を出るころにはネッド本人もどうせ忘れているだろう。

「よし、次はマシューの番だ」ギルが身構えると腰がずきずき痛んだ。視界に現れた光の斑点を、まばたきをして追いはらう。

マシューは何も言わず、まるで降参の白旗のように紙の束を頭の上で振った。それからその束をふたつに分け、クラスメイトに渡した。

「始めていいですか？」とマシューが言う。ギルは集中しようと、ページを見ながら目をぱちぱちさせた。紙の擦れる音がする。マシューは咳ばらいをして読みはじめた。

# 友達のための親切

　ブロンクスのこのあたりを母が見たら、アルバニアみたいだと思ったことだろう。ここにいるのは、道路沿いに停めたトラックとトラックのあいだで煙草を吸う肌の浅黒い男たちだけだから。淡い色のコンクリートが陽光を照り返しているのも、円を描く色あせた落書きが陽を受けて光っているのもアルバニアっぽい。てっぺんに有刺鉄線が巻いてある金網のフェンスに囲まれた空き地や、ずんぐりした低い建物、整備されていない道路に、なんとなくポスト共産主義の雰囲気がある。雑草に絡まり風にはためくビニール袋。緑や茶色のガラス片に彩られたアスファルト。空き地にはリアウィンドウが割れ、タイヤがパンクした青いバン。おそらくすぐそこの廃棄物処理場から漂ってくる大麻のにおい。これらすべてが、僕たちの清潔で豪奢な家からほんの数キロ以内の光景だ。それぞれ八部屋ある二戸をぶち抜いてひとつにした我が家。黒いスーツを着たロシア人のドアマン。いつ見ても指紋ひとつない鏡張りのエレベーター。そこからたった数キロ離れるだけでここは別世界だった。母が決して喜んで訪れようとはしないだろう世界。

　トーマスは正午に待ち合わせようと言った。もう十二時半だ。僕は、彼が怖気づいたのだろうと思いはじめていた。もっとも、なぜ僕が会いたがっているのかを彼は知らない。僕は大金を稼げる仕事があるとしか言わなかった。もともと先に連絡をしてきたのはトーマスのほうで、それで今回の計画を思いついた。彼がよこしたのは、ほとんど理解不能なつたない英語のメールだった。いとこを訪ねにアメリカに来ているから、やってほしい仕事があればやるし、なければ働き口を紹介してくれ、たいていのことならできる、というようなことが書いてあった。

僕たちが出会ったのはティラナだ。少なくとも僕の知るかぎり、彼の職業は運転手だった。街まで生徒を車で送り迎えさせるために、ハーバート校が雇ったのだ。アルバニア語を一語として理解しない十代の外国人である僕たち生徒にとって、ボディガードでもあった。僕たちは彼をマッスルと呼んだ。

目の前で電球がふくらんで砕け散った。ギルは胸骨に二本の指をあて、乱れた鼓動を感じた。これだ、この手の中に真実がある。ギルだけが知っていた真実がついに姿を現した。それもマシューみずからクラス全員の前に提示したのだ。目を閉じるとまぶたの裏であらゆる色が爆発した。倒れないように片手をテーブルについて、続きに耳を傾けた。

空き地の向こうで煙草を吸っている、恐ろしく眉の濃い男ふたりがこちらをじっと見ている。あいつらのイライラが沸騰するまでぼーっとしているのはいい考えではないだろう。僕は近づいて声をかけた。「すみません、トーマスを探してるんですけど」

「なんだって？」ひとりが煙草を地面に捨て、くたびれたブーツでぐりぐりと踏みにじった。男のだぼついた服はなんとなく軍隊を連想させた。ジャケットの肩に何かのラベルか階級章のようなものを剝がしたらしい糊のあとがある。こういうことかもしれない。男はアドリア海でコンテナ船に乗りこむ前に階級章を剝がした。そしてアメリカ海域に入ると、どうやったかはわからないが人知れず船を降りて入国し、クイーンズのいとこの家に潜伏している。

「トーマスを知ってます？　友達なんですけど」

「トーマス？」男はとんでもなく不快な言葉を聞いたかのように首を振ると、大きな鼻の下に生えた、長く濃いひげを手の甲でこすった。

「眼鏡で背が低い」僕はあごの下に広げた片手で高さを示した。「トーマスです」

「トーマス、トーマス」もうひとりの小太りの男が歌うように言った。むくんだ赤ら顔はいつもこんなふうににやついているのだろう。並びの悪い黄色い歯を見せびらかすために。

「知らないんですね」と言って元いた場所に戻った僕を、ふたりはまだにらみつけていた。初めにしゃべったほうの男が煙草を箱に軽く叩きつけて灰を落とした。もうひとりの男は「トーマス、トーマス、トーマス」と鼻歌まじりに繰り返している。まるで呪文だ。

　呪文が功を奏したのか、ブロンクスキルがイーストリバーに合流するあたりの路地から、トーマスが手を振りながら現れた。サイズの合わないジーンズ、Tシャツの上に羽織ったフランネルのシャツ。空き地の男たちと同じような格好で、大きすぎる服の中に隠れようとしているみたいだ。男たちが眺めるなか、トーマスとハグをする。むせかえるようなコロンの香りとそれに混じったすっぱい体臭に息がつまった。小柄でがっしりした彼は僕の肩ほどの背丈しかないものの、力がある。張りのあるしなやかな筋肉に、分厚い背中。この力で、とぐろを巻いたヘビのごとく、いつでも襲いかかる準備ができていることを僕は知っていた。それが彼を選んだ理由のひとつだ。

「友よ」トーマスが僕の肩に手を置いた。「あっちに行って、話する」

　空き地を離れてローカスト通りへ連れていかれた。すぐに川の景色をさえぎる塀が現れ、その向こうには緑の丘しか見えなくなった。

「おれの助けがいると言った？　マシュー、我が友、おれは何すればいい？」

「仕事をしてほしい」

「仕事」トーマスの返事はそれだけだった。すでに僕の望みを知っているみたいだった。こういうたぐいの頼みごとをするのに彼を選んで正解だったということかもしれない。僕はアルバニアで目にしたいくつかの出来事から、彼ならやれると思っていた。まず、児童養護施設の近くの道を足を引きずって歩いていた犬。トーマスは躊躇なくハンドルを切った。車は揺れもしなかった。フェンダーに動物の頭がぶつかるドンッという音とタイヤがそれに乗りあげる感覚。僕も彼も何も言わず、彼は何事もなかったように車を走らせた。そのあと、彼がナイフを使うところも見た。ティラナに行くときいつもそれを持ち歩いていたが、たぶんどこに行くときもそうだったのだろう。ブロンクスで会ったこのときも。ティラナのひどく治安の悪いエリアにあるレストランの前で、トーマスは男の首にナイフを押し当てていた。ふたりがロマの方言か何かで言い争っているうちに、刃先に血がじわじわ広がった。トーマスは男を突き飛ばし、気色悪そうにナイフを見おろした。つまり僕が言いたいのは、トーマスがこういう仕事にうってつけだと思ったのには根拠がなかったわけではないということだ。それにおわかりだろうが、彼は貧しいうえに、養うべき家族が山ほどいた。僕は彼がノーと言えないほどの額を提示するつもりだった。

彼にやってほしいことを説明した。なんと言ったか正確には覚えていない。覚えているのは口から勝手に言葉が出てきたことだけだ。おそらく興奮しすぎて支離滅裂だった。でもトーマスはただじっと耳を傾けていた。それが僕の求めていることだと知っているみたいに。このためだけに彼が存在するみたいに。

「金、あるか？」僕がシャツの下に現金を隠していると思っているかのように、彼は僕の肩をぎゅっと握った。

「金なら払う、心配するな」そう言いながら自分にがっかりした。まるで陳腐な映画のセリフだ。「金はあるから。いつ欲しい？」

「前に」トーマスは答えた。「やる前に欲しい」それから僕に近づいて腕をつかみ、汚い息を吹きかけた。「金は家族のため。わかるな？　家族のため、やるんだ」

「わかった」僕はとりあえずそう答えた。状況からして、僕には〝家族のため〟なんて理屈は理解**できない**ことくらい彼にわかりそうなものだと、これを読んでいるきみなら思うだろうけど。「来週は？」

「だめだ、ここはだめ。いい場所じゃない。あとでメッセージする」

「わかった」と言ったものの、提示した額の金を用意する当てはなかった。十万ドル。

二万ドルなら一週間でなんとかなるだろう。まず仕事をする、支払いはそのあとでいいと言われるのを期待していたのに。でも僕がほんとうに望むのは、トーマスが逮捕されることだった。強制送還されるか刑務所に長期拘禁されたら全額支払わなくて済む。それがお粗末ながら僕の計画だった。ああ、読者に言われなくてもわかってる。こんなの計画ですらないって。

「あ、それから」どう質問したらいいかわからない。僕としたことが。「どうやってやるつもり?」

トーマスは目を細めて僕を見た。失望したのかもしれない。あるいは何か意図があってそうしたのかもしれない。太くてぼさぼさで、やぶのような眉が、彼の表情が示すものを曖昧にしていた。

「気にするな」トーマスはそう言って僕の肩をぴしゃりと叩き、歩きだした。

ついていくべきか迷ったものの、とにかくこの場所にひとりでいたくないので来た道を数十メートル戻った。空き地の男たちはまだいて、僕がそばを通りすぎるとき声を落とした。僕を襲う相談でもしていたのだろう。もしくは殺す相談を。走るなと自分に言い聞かせながら携帯電話を取り出し、地図上の青い線をなぞって、ここよりはいくらか安全な地下鉄の駅を目指した。

我が家がどんなふうか教えてあげようか？　こう言えばわかるだろうか。〝我が家がどんなふうか教えてさしあげたほうがよくて？〟と書きたくなる。僕の家はそういう場所だ。〝よくて？〟などと言いたくなってしまう。お高くとまったアパートメントなのだ。なにせアッパーイーストサイドにあって、貴重なヴィンテージの部屋をふたつつなげた部屋だ。

教えるのはここまで。詳しい説明はしない。何ページにもわたるくらい長くなるから。

はあ、わかったよ。仕方ないな。

玄関に入ると巨大な鏡がついた、フックがいくつもあってコートが数着かかっている、巨大なラックがある。コートをかける自分の姿を鏡で見られるのだ。ほらね？　まだドアを入ったばかりでこれだ。僕を信じて、言うとおりやってみてほしい。まず高級なアパートメントの部屋を想像して。それを広くして。もっと広くして。高い天井に沿って伸びる、人間の手で精巧に彫られた、世界にひとつしかない模様は見えてる？　窓から見える、向かいの凝った装飾の建物。リビングの窓に近づくと緑が目に飛びこんでくる。セントラルパークだ。家具も豪華。ほら、きりがない。もうやめたいのに。

家では僕はたいていひとりだ。清掃担当の女性たちはいるけど、僕と目を合わせないようにしつけてある。コツは返事をしないこと。「こんにちは、お元気ですか？マシューお坊ちゃん」と言われてもただ顔をまじまじと見るだけで、反応しない。彼女たちはラテン系か、アジアのどこか知らないけどそういう系だったから、人種差別的行動と思われるかもしれない。でも人種の問題じゃない。ていうか、人種だけの問題じゃない。でもまあじつのところ、そうともいえる。僕は白人だから。死ぬほど金を持ってる白人の男。彼女たちは貧しい。うちには掃除をしにきてる。おしゃべりするためじゃない。だからあっちに行けよ。

こんなことを書くのは、読まないでほしいからかもしれない。きみもそう思ってた？ 思ってたよね。僕が評価しているより、実際のきみは賢いに違いない。だってぶっちゃけ、きみに知性があるとは思ってないから。これっぽっちも。参考までに言っておくよ。

何人かの学生がくすくす笑い、ギルは顔をあげた。教室の向かいで、抑揚のない冷たい声で朗読しているマシューは、トーマスを知っていた。そして彼を雇った。話の中ではまだなんのために雇ったのかは明かされていないが、ギルは知っている。よくできた物語を読んでいるとき、不可避の結末に近づいていく感覚、結末をほぼ知っているような感覚になることがある。しかし今のギルが先を読めるのは、物語がよくできているからではない。第一、これは物語などではない。

読者の話題が出たついでに、こうも言っておく。きみの考えてることならお見通しだ。積極的にではなくても、なんとなくは考えているはずだ。意識下の疑問がだんだん無視できなくなっていないだろうか。いったい全体なんの話？　なぜもったいぶる？　トーマスに何をさせるつもりだ？　どうでもいいんだけど？

ひょっとするとわかった気になっているかもしれない。いずれ（といってもそんなに長く待たせはしない。約束する）なんらかの暴露があるんだろうと思っているんじゃないかな？　そのとおり、ずっと真実を闇の中に閉じこめておく理由はない。でも、何をさせたかについては、しばらく置いておこう。辛抱してくれ。保証する、すぐにすべてが明らかになるって。きみのいやらしい好奇心のせいで話がそれてしまったけど。本来は両親とのシーンを入れるつもりだったんだ。〝登場人物〟として特徴を描いて、欠点を含めて彼らがどんな人間だったかわかってもらうために。でも今はそんな『デイヴィッド・コパフィールド』みたいなしょうもない真似をする気はなくなった。だからやめる。アパートメントでやったように、イメージを上塗りしていこう。きみの両親を想像して。彼らを金持ちにして。もっと金持ちにして。もっとずっとだ。次に、その富がもたらす冷たい距離感を想像して。人生のひとつひとつの瞬間が露骨に取引になるところを。それが僕の人生だ。説明が足りないことは認める。ひょっとして気に入らない？　まあいい。本題に戻ろう。

トーマスが出るまで十回以上電話をかけた。僕は彼の気が変わったのではないかと心配になり、報酬金額をあげろとか、前払い金を増やせと言われる覚悟をしていた。トーマスが逮捕されたらどうなる？　僕が約束どおり彼の家族に送金するつもりだと信用させるには？　もちろん前にも話し合ったが、留守番電話に日時を指定するメッセージを残したあととなっては、条件が違ってくる。トーマスはメッセージを保存したかもしれない。自分が無防備で、危険にさらされていると感じたのはこれが初めてだった。もしかするとずっと危険にさらされていたのに気づいていなかっただけかもしれない。だが気づいてしまうと腹が立ってきた。電話をかけるたび怒りは増幅し、十三度めくらいの電話にやっと彼が出たとき、僕は言った。「なんのつもりだ、トーマス？　なめるなよ、クソ野郎が」

彼は僕の怒りを気にもかけなかった。

「マシュー、我が友、電話してくれてうれしい」

「おい、よく聞け」一瞬、怒りで目がくらんだ僕は、窓に向かって激しくまばたきをした。「準備はできてるのか？　何もかも？」

「友よ、そっちはどうだ？　準備できたか？　これはふたりの取引。おれだけじゃない、わかっているか？」

「できてるに決まってる。口座の情報もおまえが送ってよこしただろ」

「ああ」次にトーマスは、予想していたとおりのことを言いだした。人間の欲とは、まったく陳腐でありきたりだ。「あれで十分か？　どう思う、友よ？　ずっと考えてた。あれでは十分じゃないと思う。おれは刑務所行く可能性がある。わかってるだろ？」

「へえ、その可能性を考えてるんだ？」

「ああ、考えてる、友よ。その可能性がある。仕方ない。もっと欲しいと言えばよかった。家族は金が必要だ。おれが逮捕されたら、もっと金がいるようになる。家族に送ってくれ。教えた口座に。家族のためなんだ、マシュー」

「じつに感動的だ、トーマス。僕のクソ琴線に触れてくれてどうもありがとう。いいよ、おまえが逮捕されたら追加で送る」追加で送金するつもりなどさらさらない。というか、もとより信託を通じて作った口座から引き出した二万五千ドル以外を送るつもりはない。正しい情報と、強い意志を持っていれば、その金から僕にたどりつけるかもしれないが、誰もそこまで真剣に調べはしないだろう。大統領とゴルフをしたこともある善良なアメリカ人ふたりを殺した不法入国者の居場所を、匿名の通報者が知らせたあとではなおのこと。ちなみに大統領とは、現職のオレンジ色の髪のやつだ。考えてみれば、それ以前の大統領何人かともゴルフをしていた。

「それと、今すぐ〝五〟送ってくれ」

「五って何？」

「五万ドルだ、マシュー。冗談やめろ。おまえが馬鹿じゃないことは知ってる」

「僕が五万を送ると本気で思ってるなら、おまえは僕を底なしの馬鹿だと思ってるってことさ。まだ何もしないうちに逮捕されたいのか？　間抜けなアルバニア人め」

受話器の向こうでトーマスが鼻息を荒くしているのがわかった。鼻水と怒りのせいだ。結局のところ、彼は大人で、僕はただのガキだ。

「そんな言い方はよせ」トーマスは言った。僕はさらに罵声を浴びせようとしたけれど、その前に彼は続けた。「いいさ。あとだ。あとで全部の金を送れ。おれの家族に。

じゃあな」

トーマスは電話を切った。それが彼との最後の会話だ。

僕は寝室から電話をしていた。向かいのアパートメントのバレリーナらしい女性の部屋に目をやる。ボディスーツを着た彼女が練習しているのを何度も見たことがある。その姿にいったいどれだけの精液を消費したことか。たっぷりだ、それは間違いない。僕は十代の男子だから。それ以上は言うなって？　僕のマスターベーションの習慣なんて知りたくない？

きみはこう言いたいんだろう。何が起こったんだ？　もう回り道にはうんざりだ！　さて、読者の皆さま、安心してください。すべては僕の計画したとおり、夢見たとおりに進んだから。あの夜――どの夜かは周知のとおりだ――トーマスは盗んだトラックで両親のフェラーリに突っ込み、ふたりを殺した。見事な手並みだった。事故が起きたタイミングも位置もどんぴしゃだった。芸術作品とまでは言わないが、素晴らしかった。意図的にトラックを、車にぴったり九十度の角度で衝突させるとは。きみが信じなくてもまあいい。これはほんとうにあったことだ。グーグルで検索すればわかる。高級車スパイダーの高い安全性能評価にもかかわらず、両親は殺された。死んだ。成功だ。すべてが計画どおりだった。

ギルは目をあげたものの、焦点が合わない。テーブルのまわりをぼんやりした人影が囲んでいる。教室は静まりかえり、期待に満ちている。聞こえるのはマシューが原稿を平然と読みあげる声だけだ。

僕は冷静で無関心で〝しっかりしていた〟ふうに書いてしまったが、じつのところめちゃくちゃ緊張していた。両親が死んだあの木曜日、頭がろくに働かなかった。手にも力が入らず、拳を作ろうとしても中途半端に指が曲がるだけだった。教室に座っているあいだも、全身に、特に尻の穴と睾丸は念入りに、電気ショックを与えられているような感じがした。

両親はそう悪い人間ではなかったと、さっき言ったっけ。善い人間でもないが、悪い人間でもなかった。特に母はそうだ。悪い母親ではなかった。まず母は賢かった。決して馬鹿ではない父よりも、頭がよかった。あの莫大な金を稼いでくるのは父だったから、ほとんどの人は父のほうが頭がいいと思っただろうが、それは間違いだ。母が我が家のブレインだったし、たいていの場合彼女はやさしかった。自己中心的で、外見を気にかけすぎていたものの、無慈悲ではなかった。僕が九歳のころ、父の兄の家を訪れたとき、飼い猫が死体で発見された。父は僕がやったのだろうと責めて（その推測は正解だった。証拠はなかったけど）、僕を殴った。母は父と僕のあいだに立ちふさがり、もう一度この子に触れたらあなたを殺す、と言った。父は引き下がった。母の言葉を信じたのだ。正しい判断だったと思う。母は僕を守ってくれた。知ってのとおり、母親みんなができることじゃない。サディスティックな母親よりひどいのが、夫が虐待やレイプをする小児性愛者だという事実を見て見ぬふりをする母親で、しかもこっちのほうが一般的だ。僕のある友人はそういう父親に苦しめられた。彼は休暇で旅行に行くたび父親にレイプされた。いつも隣り合わない二部屋が予約されていて、父親は丸めた一足の靴下を持って友人の部屋にやってきた。悲鳴を消すためにそれを友人の口にねじこんで、それからあとはまあ、ご想像のとおりだ。彼の母親は気づいていたのに何もしなかった。知らないふりをした。友人は自殺した。彼の両親は自殺だとは思っていないが。薬物の過剰摂取だった。痛ましい、悲劇的だと誰もが言った。聡明な若者だったのに、コデインの飲みすぎだって、と。

もっとも僕がやっていることは彼のためじゃない。僕らの世代のみんなのために、過干渉なわりに子育てをきちんとできない親たちに復讐しているわけじゃない。いずれにしても、ここまでくればきみを納得させられる理由なんてないだろ？　それにこれは僕の物語だ。僕のやりたいように進める。

コロンバスサークルの近く、セントラルパークの南西の片隅に座っている僕を想像してほしい。携帯電話は着信音をオンにしてポケットに入れてある。トーマスからの電話を待っているところだ。彼にはプリペイド式携帯電話を買うよう、前もって指示しておいた。おこぼれを狙う鳥たちがアスファルトの小道と、芝生に立ち入らせないためのぐらついた柵の上を行ったり来たりしている。僕が少しでも体を動かすたび、小鳥たちの小さな頭はいっせいにこっちを向く。小道の向こうから母と同世代の女性がやってくる。光沢のある黒のランニングウェアに包まれた、完璧なスタイルの体。パンツに縦に走る反射材のラインが、凝ったデザインの街灯に照らされ光っている。柵に囲われた芝生の向こうを、一匹の犬が悠々と歩いている。そばを行く飼い主は、自分にだけは放し飼い禁止条例が適用されないという考えらしい。犬は毛並みのいい、美しいアイリッシュセッターだが、それは言い訳にならない。犬はリードにつなぐべし、ただし美しい犬を除く、なんていう法律はない。あの男にとってはどうでもいいことのようだけど。きっと背後の建物のどれかに住んでいるのだろう。セントラルパークウエスト二十五番地のアパートメントか、タイムワーナーセンターか。三千万ドルの部屋に住む者は法を超越するというわけだ。そのとおり、彼は正しい。

僕が座るベンチの真上に街灯があり、周囲に丸い光の水たまりを作っている。ここからは七番街が見通せる。暗い木々の向こうが六番街だ。たった今、六番街から両親の乗るフェラーリが出てきた。父はずいぶんスピードを出しているようだ。母は携帯電話に目を落としている。迫ってくるトラックを、ふたりが見ることはないだろう。見たとしても一秒かそれ以下だ。寒い夜のベンチで震えながら想像する。運転席で、硬い表情で集中したトーマスが、アクセルに乗せた足を踏みしめる。耳をつんざくような金属音。大破した優雅な車体が、母を、次に父を、切り刻みぐしゃぐしゃにする。

およそ二時間後に電話が来るまでに、僕は落ち着きを取り戻していた。震えは止まり、手もいつもどおり動く。立ちあがると、柵の上に一列になって僕を崇めるように見ていた小鳥たちが散り散りになる。次にやることは決まっている。エリックの家に行く。上等のコカインと欲しがりの女たちが待っている。でもその前にもうしばらく、暗闇の中で小鳥のきらきら輝く視線を浴びる時間を楽しもう。それで任務完了、僕の人生は解放される。僕は公園を出て、僕の街のやわらかで奇妙な光の中に戻っていくだろう。

ギルは息を吸おうとするが、喉がひゅーひゅー鳴るだけだ。ひそひそとささやく声とぎこちない笑い声がして、学生たちはギル抜きで感想を述べはじめた。**かなり気分は悪くなるけど、おもしろかったよね？　登場人物がユニークだし、独特のストーリー展開だよね？**　アリスはコロンが多すぎるから少し減らしてもいいのではと提案した。トニーはフェラーリの部分が好きだと言った。「すげえいい車だよな」

ある学生はアルバニア人を罵倒の言葉として使うのはやめたほうがいいかもと言った。だって人種差別っぽいじゃん？　集中力がそがれるし。語り手を嫌いになっちゃう。アリスが言う。「だけど読者は彼を嫌ってもいいんじゃない？　人殺しなのよ」

「もういい、もう十分だ」ギルは言った。学生たちの驚いた顔に焦点が合ってはずれる。「差別的だろうが好こうが嫌おうがどうだっていい、クソ」逆上しながらも、自分が理想とする姿――器の大きいジョーク好きな教授――と、狂暴で憎しみに満ちた今の姿がかけ離れていることに気づいていた。不可解そうに顔をしかめた学生たちは席の上でなるべく彼から距離を取ろうとしているようだ。「この話は、このクソ――」ギルは机をばんと叩いた。学生のひとりが不快そうな声をあげた。「これは短篇小説なんかじゃない。わからないか？　あいつが何をしようとしているのか」

ギルはマシューを手で指し示したが、そのとき彼の様子を見ずにはいられなかった。満足げな笑みを浮かべ、胸の前で腕を組んでいる。隣の席のスージーはパーカーのフードをすっぽりかぶって下を向いていた。

「教授」と言ったアリスをギルは無視した。

「やめろ、アリス。これは、これは**自白**だ。ほんとにわからないのか？」学生たちもさすがにそこまで馬鹿ではないだろう。いや、まさかそこまで馬鹿なのか？　そうかもしれない。

「あのー、共通点があるとは思います、けど」暴走している教授の手綱を握るのはわたしの仕事だと言わんばかりに、アリスが続けた。「これは小説ですから、たぶん彼は――」

「アリス、頼む、黙ってくれ。クソ、黙って話を聞け。ここに書いてあるのはおれの姉のことだ」ギルはアリスをにらんだ。彼女が憎い。クラスの全員が憎い。駄文の朗読に、殺人の自白に耳を傾け、その美点やらつまらないコロンについて話し合う彼らが。アリスも何もかも、くたばれ。アリスは顔を赤くして泣きだした。ギルは顔の近くで原稿をばさばさ振った。「書かれていることはすべて事実なんだ。それを理解してるやつはいないのか？　トラックの運転手、アパートメント、事故、姉、姉の夫。これらすべてを、あいつは――」

ギルはマシューに目をやった。とってつけたような心配そうな表情の裏に、うすら笑いが透けて見える。これがやつの望んでいたものだったのだ。ギルの真正面から事実をつきつけたかったのだ。今ギルが見せている反応を引き出すために。**いいさ、ほらやるよ、おまえが欲しかったリアクションだ。**

「マシュー」その名前を言うとギルの声は震えた。「黙っていないで話せ。みんなに——」マシューはテーブルに肘をついて身を乗り出した。

「何をですか、教授？　両親が車の残骸の中で亡くなったって？」マシューは戸惑った様子で教室を見まわして言った。「たしかにそれは事実で、実際にあったことを物語に使ったんです」

「おまえ、そんなことで説明——」ギルは言いかけたが、マシューにさえぎられた。

「教授が僕に何を言ってほしいのかわかりません。小説ですよ。ここは創作のクラスですよね。僕、何か勘違いしてたかな？」

「小説だなんて、よくも——話せ、今すぐここで……」息ができなくなり、椅子に座ってぜえぜえあえぐ。ひそひそ話す声、咳ばらい、ファスナーを閉める音。教室の後方でマシューの声がするが、何を言っているかまではわからない。最初は耳鳴りだけだったのが、だんだん雑音が頭に響きはじめた。テーブルにガタンとぶつかる椅子。目の前を通りすぎる人影。空気が抜けるような音と共に開くドア。ギルは目を閉じてうなだれ、両手のひらの付け根を顔に押し当てた。主導権を握らなければ。マシューを逃がしてはならない。目を開けると数人の学生が立ちあがっていた。

「どこへ行くんだ?」ギルは訊いた。トニーがリュックを肩にかけていた。まだ目がかすんではいるものの、マシューがテーブルの向こうの端で、スージーと小声で話しているのが見える。

「さあね。どっちにしても、教授、もうめちゃくちゃですよ」トニーは首を振ると出ていった。

それがきっかけでほかの学生たちも、まるで火災報知器が鳴ったときのように、大急ぎで書類やパソコンをバッグに詰めはじめた。

「おい、どこへ行く? 授業は終わってないぞ」

そこで気がついた。アリスがいない。とうに出ていったらしい。二、三人がまだ席についていたが、最悪なことにそのうちのひとりがマシューだった。腕を伸ばしてクラスメイトから原稿を受け取り、すでに回収した分の上にのせている。ギルは焦点を合わせようと、マシューのほうに目を凝らした。「マシュー」努めて落ち着いた声を出す。「話をしよう」

「どうかな」マシューは素早く立ちあがって、椅子の背にかけたジャケットをひったくった。「僕のほうは話すことないです」

「だめだ、そうはさせない」とは言ったものの、マシューがテーブルを回りこんで近づいてくると、ギルは恐怖に貫かれた。こいつは人殺しだ。ギルが長いこと恐れ、疑い、危険視し、軽蔑してきた、まさにその人物なのだ。こいつはトーマスを雇って両親を殺した。

「それ、いいですか」ギルの椅子の脇で動きを止めてマシューは言った。近づいてきたのは、殴り倒すためではなくて、原稿を回収するためだった。ギルは慌てて原稿を手に取り、腹の前で抱えた。マシューは目を細めて、さらに追及するべきか逡巡しているようだったが、歪んだ微笑を浮かべると教室を出ていった。

ギルは本とパソコンをバッグに入れ、コピーはそのまま手で持った。証拠だ。モリーと刑事に見せよう。あいつはミスを犯した。ようやくこの手にあいつのしっぽをつかんだのかもしれない。

# 26

オフィスに戻り、なんとかして興奮を鎮めようとした。うろたえている場合ではない。へたりこんでいる場合ではない、今はだめだ。マシューがしくじって、自ら無防備な姿をさらけ出した今は。呼吸が整うと、ギルは二一二で始まる番号に電話をかけた。確かこれがニューヨークの刑事の番号のはずだ。マシューの書いたものについて、彼女に話さなければ。呼び出し音が一回鳴ったあと、カチッと音がして留守番電話に切り替わった。事件番号と担当刑事の名前、そのあとご用件をお話しください。ギルは口ごもりながらメッセージを残した。ギル・ダガンです。シャロン・ウェストファレンの事件の担当刑事さんに折り返しお電話いただきたいんですが。あ、そうそう、名前はシンプソン刑事です、すみません、えー、話したいことがあるんです。捜査のお役に立てるかもしれません。

だんだん暗くなるオフィスで、ギルはぼんやりしていた。すでにキャンパスじゅうに噂が広まっているだろう。彼の言ったことやあのときの状況は省かれ、たんに耳目を集めることだけが伝えられているはずだ。ダガン教授が授業中に学生を罵倒したんだって。暴言をはいたらしい。甥に向かって。甥だけじゃないらしいよ。ギルには学部長のオフィスにいるアリスが目に見えるようだった。ティッシュのかたまりをぎゅっと握って、しゃくりあげながら、ギルに暴力的な言葉を浴びせられたこと、授業中彼が正気を失ったこと、危険を感じたことなどを詳細に説明するアリス。ひどいわ！　すごく意地悪だったんです！　わかった、と学部長は言うだろう。大切な顧客に、いつものように思いやりに満ちた声で。わかった、すぐにしかるべき措置を取る。心配しなくていい、私たちが守るから。ギルは床に置いたバッグを拾い、ずきんずきん痛む腰が許すかぎりの速さで、部屋を出て、裏の階段をおり、融雪剤が撒かれた歩道に出た。

帰ってきたとき、家の中は真っ暗だった。しまった。マシューがいると思っていたのに。ギルは甥と対峙する場面を、ひとつひとつの動きからセリフまで完璧に予習していたのだった。だから家が空っぽだとわかったとき、公演初日の夜、はりきって劇場にやってきたら、扉が閉まっていたような気分だった。扉の向こうには赤いカーペットが敷かれ、閉店した売店の床には乾燥した黄色のポップコーンが散らばり、真っ暗なゲームコーナーには椅子が高く積みあげられているのを想像した。

モリーとイングリッドはもうメリーランドに着いているころだろうし、クロエはサラ・ローレンス大学に向かっている。マシューは家に帰ってもかばってくれる者がいないので、外にいることにしたに違いない。調子に乗って手のうちを見せすぎたと自覚しているのだろう。自分に触れられるものは何もないと信じるように育てられ、とどまるところを知らない傲慢さを備えた人間が、当然犯しうるミスだ。

ギルはモリーに無事に着いたかどうか尋ねるメッセージを送った。授業のこと、マシューの書いたもののことを話して、ギルはずっと正しかったとわかってもらわなければならない。だが慎重さを欠いては彼女を怖がらせてしまう。怖がっても、今は遠くにいるので大丈夫だけれど。しかしマシューは彼女たちの居場所を知っている。今どこで何をしていてもおかしくない。スージーを叩きのめしているかもしれない。モリーとイングリッドに合流するため、メリーランドの牧場に向かっているかもしれない。みんなを油断させるために何かうまいことを言い、夜になったら順番にそれぞれの部屋に忍びこむのかもしれない。

モリーに電話すると、留守番電話に転送された。モリーの両親の牧場は電波が悪いのだが、彼女が知るかぎりそれで問題はないらしい。

マシューの部屋をのぞくと、デスクの上にあった紙類はすっかりなくなり、ダッフルバッグはどこかにしまってあるのか、見当たらなかった。今マシューが持っている可能性もある。授業中もずっとアウディの中にあったのかもしれない。思う存分ギルを愚弄してから行方をくらますというのが、計画だったとしたら。

しかしギルは原稿を手元に持っている。階下に走り、マウンテンパーカーのポケットからコピーを取り出した。スキャンしてモリーとニューヨークの警察に送ろう。リビングの隅にあるプラグやらコードを入れてある籐のかごをあさりながら、マシューの著作物を勝手に送るのは法律に違反しないだろうかと心配になった。個人情報だとか、家族の教育権とプライバシーに関する法律だとか。ほんとうはこういう法律のことも理解しているべきなのだろう。しかし今回は犯罪、しかも重罪が絡んでいるから、保護の対象にはならないはずだ。それにもし違反だとしてもかまわない。ギルの大学での仕事よりも、マシューの個人情報よりも、重大な問題のためなのだから。

かごの中身をソファの上に空けて、こんがらがった白や黒のコードをひとつひとつ確認したが、アダプターが見つからない。スキャナーは寝室にあったものの、つなげなければ意味がない。娘たちの部屋も探し、もう一度自分の寝室とマシューの寝室、かごの中も見てみたが、やはりなかった。この家にはひとつもアダプターがない。スキャナーが使えない。悪態をついて、絡まったコード類をつかめるだけつかんではかごに戻しながら、思い出した。クロエがサラ・ローレンス大学に持っていったのだ。研究内容をまとめたスライドの担当で、パソコンをプロジェクターにつなぐ必要があるから持っていっていいかと訊かれたのだった。もちろんいいよと答えた。なんでもうひとつかふたつか五つか七つくらいアダプターがないんだ？　しかし、ほかのやるべき雑用と同様に、予備を買うのを何年もあとまわしにしてきたのはギル自身だった。怠惰の報いだ。証拠になりそうな小説がこの手にあるのに、知らせる手段がない。

　鍋いっぱいのパスタにバターを混ぜたものを作って、カウンターに腰かけ、食べながら私道を見張った。クロエからメッセージが来た。**サラ・ローレンスに着いた。ルームメイトはリリーだよ（やったー）。明日、第一回目のディベートがある。**ギルは頑張れと書いて――アダプターのことを訊きたいのをこらえて――送信した。にわかに嫌な予感がして、クロエの居場所を確認した。だが当然、クロエを表す青い点はブロンクスビルにあった。次にモリーの居場所を確認した。メリーランドのペンシルベニア州との境界付近。みんないるべき場所にいる。マシューのいない安全な場所に。これでギルは心おきなくマシューと対峙することができる。彼を見つけられたら、あるいは彼が家に帰ってきたらの話だが。九時、ギルが落ち着きなくテレビのチャンネルを変えていると、モリーから電話があった。接続は不安定で、彼女の声はところどころ途切れた。

「そっちはどう？」モリーが訊いた。

「ぜんぜんだめ、最悪だよ、モリー」

「何があったの？」

ギルは支離滅裂な言葉の羅列で妻が理解してくれることを祈りつつ、本筋からそれないよう気をつけて説明した。マシューは両親を殺すため人を雇ったんだよ。全部書いたんだ、小説にして。しかもそれをクラスで発表した。自白だよ、モリー。あいつは今外をうろついてる。いったい何をしてるんだか。刑事にも電話して——そこでモリーが口を挟んだ。

「送ってくれる？」

「原稿？」

「うん。わたしも見てみたい」

「原稿はここにあるんだけど、スキャナーが——クロエがアダプターを持ってったんだ。あの白いやつだよ。だからスキャンできない。手元にあるにはあるんだ。読もうか？」

しばらく間が空いた「ううん、それは——」モリーは言いかけてやめた。それから小声になって訊いた。「ギル、そこにマシューはいるの？」

「いや。帰るのを待ってるところだ。でもなあ、モリー、わからないんだ。ここで何もせずじっとしていていいものか」

また間が空いてモリーは言った。「冷静でいるって約束して」

「約束する。ここで待つとするよ。自分の家にいることに問題があるわけないよな？　自分の家でゆっくりすることに」

「家にいて、ギル。わかった？　どこも行かないで、ね？」

ギルは妻に言った。ああ、そうする。愛してるよ。携帯電話を置いてすぐ、見るともなしにゾンビ映画を見ていると、マシューが恐ろしい暴力をふるうシーンが次から次へと頭に浮かんだ。モリーからメールがあり、とにかく落ち着くこと、ほんとうに深刻な事態だと思うなら警察に連絡して、と書いてあった。しかしこの件については、ギルのほうがよく知っている。モリーの考えは甘い。マシューは抑えられない発作のように、爆発した怒りのままに自分をさらけ出した結果、今ごろ逃亡しようとしているかもしれないのだ。殺人を画策したのなら、不測の事態が起きたときのためのプランを用意しているはずだ。海外口座とか、国外に逃げるためのプライベートジェットとか。行かせるわけにはいかない。やつはシャロンを殺した。姉を殺した人間が、自由にこの世界を歩きまわっているのだ。

ギルは早朝のまだ青い光の中、ソファで目を覚ました。体を動かすと腰から肩、そして腰から足まで鋭い痛みが走った。足をひきずるようにして洗面所に行き、痛み止めを飲んだ。それから寝室のベッドで浅い眠りについた。

誰もが起き出す時間になると、ギルはモリーに電話をした。彼女は昨日マシューに着信を残して、メッセージも送ったが、返事がないらしい。

「待つしかないわ、ギル。警察にも電話しないと」

コーヒーを抽出するあいだに重い腰をあげて警察に電話したものの、また留守番電話につながった。シンプソン刑事は病気で休んでいるか、休暇中なのだろうか。コーヒーを飲んで、森をゆっくり散歩しても、少しも不安を払うことはできず、ただ一歩一歩ブーツを雪に沈めるたびに腰が痛むだけだった。家に戻ると、どこかに潜んだ甥が自分を見張っている気がして、地下、洗濯室、すべての寝室、クローゼット——馬鹿馬鹿しいとは思いつつ——を見てまわったが、異常はなかった。

一箇所、確認したい場所があった。スージーの家。けれども今は危険だ。近所の人に気づかれるかもしれないし、スージーが通報するかもしれない。ストーカーの教授につきまとわれてるんです。今部屋の外で待ちぶせされてます、と。

仕事をすることにした。課題の採点を始めたもののすぐにあきらめ、授業で教えている小川洋子を読もうとした。それでも考えがあちこちをさまようのを止めることはできなかった。不安定で脆い考え同士がぶつかっては粉々に砕けた。ここにひとりでいてはいけない。いつも正しいモリーは、ギルの最大のリスクは彼自身だと考えている。マシューではなく。マシューはうまいことを言い、絵をプレゼントし、洗練された都会のセンスをひけらかして、モリーに気に入られた。彼女が都会の生活を恋しがっているのはもちろん知っているが、それをマシューに見出したり、裕福さに目がくらんで醜悪な人間性が見えなくなったりするなんて、どうかしている。何もせず家にいるように言われたものの、今回ばかりはモリーが間違っている。マシューが声に出してあの文章を読みあげたとき、彼女は教室にいなかった。マシューはまるでそれが聞く者にとって**娯楽**であるかのように朗読した。彼の本性を知っているのはギルだけだ。彼を止められるのもギルだけだ。いつの間にか午後になり、雪が降りはじめたころ、モリーからメッセージが入った。

**マシューから返事が来た。ニューヨークにいるんだって。**

ギルは目を丸くしてメッセージを読み返した。手が震えすぎて何度も打ち直した。

**なんだって？　いつ？　電話をくれ。**

そわそわとリビングを歩きまわる。ニューヨークに行かないと。今すぐ。今ごろ車に乗っていなければならないのに、いったいおれは何をぐずぐずしてたんだ？　マシューは逃走をはかるためニューヨークに行ったに違いない。じきに姿を消すだろう。だったらなぜモリーに居場所を知らせた？　おかしなことはないと信じさせ、遠ざけておくためだ。春休みですよ、何が心配なんですか？　あの小説？　やだなあ、作り話ですよ！　ただのジョーク。ジョークが通じないのかな？　今は、ただ休みに入ったから友達に会いにきてるだけです。頑張ったマシューにふさわしい休暇。いたって普通のことだ、逃亡なんてとんでもない、というわけだ。モリーから返信が来た。

**春休みだからニューヨークに遊びにいったんだって。あなたにも話したって言ってる。それは嘘だって知ってるけど、とりあえず彼がどこにいるかはわかったわね。**

これで解決したとでもいうのだろうか。モリーはマシューにかまわず、自由にさせておきたいようだ。

**逃がすわけにいかない。つかまえないと。**

モリーから次の返信が来るまで、時間がかかった。メッセージが来たとき、ギルは二階でリュックサックにまずマシューの原稿、その上に予備の靴下と下着を詰めているところだった。

**つかまえる？　お願い、放っておきましょうよ。警察に電話は？**

六時間後にはマンハッタンに着けるだろう。マシューを探して、警察と連絡がつくまで見張る。そのあとは警察にまかせるが、あいつがパトカーの後部座席に乗せられるところをこの目で見るのだ。

三回切り返してバックすると、速度も落とさず私道を出て右に曲がった。ガソリンを入れるときにモリーに連絡すればいい。妻に説得されても、もう引き返す気はない。世界はいまに、あの甘やかされた金持ちの小僧の空虚な心を、嫌でも目にすることになる。誰もが彼を意のままにさせ、見て見ぬふりをし、間違った進言をするのを恐れた結果生まれたモンスターに対峙することになる。砂利道に入り、車ががたがた揺れる。ギルはハンドルを握りしめ、スピードをあげた。これからやることは、自分が成し遂げることの中でもっとも偉大なおこないになるという気がした。

# 27

激しく吹きつけるいく筋もの雪をヘッドライトが照らす。山中に入り、高速道路を走る車はほとんどなくなった。真っ暗闇の中の長い下り坂は、特にスピードに注意しなければならない。警察に止められたら終わりだ。たどたどしく訳のわからないことを言うギルに警察官は腹を立て、勾留されてしまうだろう。このままいけばニューヨークに着くのは十一時をまわる。それから駐車場を探さなければならない。今は細かいことを考えすぎないほうがよさそうだ。たとえば、もしマシューがアパートメントにいたら、まずなんと言うか、とか。たぶんいないだろうけど。スージーも一緒ならアパートメントだ。彼女をぼこぼこに殴るために。

携帯電話は二回チェックした。モリーから六回の着信履歴と、二件の留守録と、五月雨のようなメッセージが届いていた。**どこにいる？　家にいて。お願い、ギル、マシューのところに行かないで。**ギルは一行だけ書いて送信した。**大丈夫だ。心配するな。すぐ帰る。**

ブラトルボロを過ぎてニューヨーク州に入るともう一度携帯電話をチェックした。八時十三分に二一二で始まる番号から着信が入っていた。営業時間外にかかってきたのか。警察に営業時間があるのなら。高速の脇に車を停めてかけ直したが、やはり留守番電話につながった。できるだけ落ち着いた声でメッセージを入れる。今ニューヨークに向かってます。マシューはすでにニューヨークにいます。彼が書いた小説を刑事さんにぜひ見てほしいんです。必ず見てください、持っていきますから。話に一貫性がなくなる前に電話を切り、再び走りだすと速度をあげた。

警察が重要だと考えていないなら、こんな時間にかかってこないはずだ。もしかするとトーマスが自白したから、マシューに話を聞きたいのかもしれない。それならなおのことやつは逃げようとするだろうし、なおのことやつを捕まえなければならない。

サービスエリアでガソリンを入れコーヒーを買ってから、モリーに電話した。近くのかすかに嫌なにおいのするトイレのドアを、疲れ果てた人たちがちらほらと出入りしている。ほんとうは電話などしないほうがいい。頭がおかしいと思われて叱られるだけだ。彼女には、ついに正気を失った夫が異常な行動に出たように見えているだろう。だけどとにかく電話してみることにした。たぶん――画面をタップして、熱い携帯電話を震える手で耳元に持っていきながらギルは認めた――彼女に止めてほしいのだ。いや、そうじゃない。止めようとしてほしい。そうしたらギルはいろんな事情で自分だけに留めていた数々の小さな事実を全部ぶちまけることができる。モリーならわかってくれる。そうでないと困る。

呼び出し音六回のあとにカチッという音がするとほっとして、次にどっと疲れが押し寄せた。メッセージをお話しくださいという声とビーという音を聞くと、ギルは通話を切り、車へ急いだ。カップホルダーに携帯電話を置いて、モリーがかけ直してくる前に再び高速に乗った。

マンハッタンに入ったのが十時すぎだった。それから三十分間、駐車できる場所を探しまわった。やっと空いているスペースを見つけても、どこもすでに別の誰かが入れようとしていたので、悪態をついてさらに車を走らせた。看板を読み違えて二十四時間OKの荷物の積み降ろしゾーンに停車してしまうとようやくあきらめがつき、イーストリバー沿いの駐車場に向かった。車のキーのロックボタンを押してから携帯電話を見た。モリーからメッセージではなく四件の不在着信があった。

クロエからのメッセージが一通来ていた。ロックを解除すると、彼女の居場所を確認するアプリが開いたままだった。青い点はブロンクスビルではなくマンハッタンで動きを止めた。アッパーイーストサイドの六十から六十四丁目あたり。ここからそう遠くない。

# 28

夕食のために街に出てきたのか？　先生たちの引率で？　指を滑らせてクロエからのメッセージを確認する。**一日目は無事終わったよ。ふたつのディベートは勝ったけど、ひとつは負けた。審判が馬鹿だったの。今日は早めに寝ます。**それだけだった。マンハッタンに行くとは書かれていない。吐き気がこみあげた。ギルは確信していた。クロエはマシューと一緒にいる。やつはマンハッタンのこの周辺にいる。そこにクロエが合流した。なかよしの、人殺しのいとこと遊ぶために。今マシューはギルから逃げている。これから完全に姿をくらますことを画策しているかもしれない。クロエと一緒にいるなら、もしそうなら――

ギルは車に寄りかかって、ゆっくりと震える息を吸った。ふたりを見つけなければ。マシューが娘に何かする前に。やっぱりモリーは何もわかっていなかった！

もう一度アプリを開くと三十秒ほどかかってクロエの居場所が表示された。青い点は移動して、五十丁目あたりにある。どうやってこんなに短時間でこの距離を移動したのだろう？　地下鉄か、でなければタクシーだ。

アパートメントのキーをじゃらじゃらさせて、風の中を小走りに行く。入るときノックはしたほうがいいだろうか？　ドアマンに部屋に電話してもらう？　建物に入れてもらえればの話だが。そもそも甥の後見人なのだから、今はギルが部屋の所有者ではなかったか？　縦に伸びる大通りは暗く冷たい。横に走る通りでは先を急ぐタクシーがクラクションを鳴らしまくっている。パーク街とマディソン街のあいだの通りに近づくにつれ、あたりは静かになった。威厳はあるが慎ましい城のような、背の高い赤レンガの建物が並ぶ。正面に緑の日よけがあるのがシャロンのアパートメントだ。

「いかがされました？」ガラスのドアを開けてドアマンが言う。しかし同時にその体で入り口をふさいでもいるので、ギルはロビーに入れず外のランプ型ヒーターの下で立ち止まった。

「ギルバート・ダガンです。十四A号室の」

「ダガン様？」ドアマンは眉間にしわを寄せた。その名前がギルの知る由もないどこかの方言で〝クソったれ〟を意味するかのように。

「シャロン・ウェストファレンの弟ですけど」冷静さが肝要だとわかっていた。揉めることなくこのアホのゴリラをやり過ごして、娘を見つけ出すのだ。

「ああ、ミスター・ダガンですね。こちらにいらっしゃると存じあげなかったもので」

「ご覧のとおり、来ました。では失礼」ところがギルが一歩踏み出すと、ドアマンが行く手を阻むように前に出てきた。ほんの一瞬だったので、見ていた人がいてもわからなかったかもしれない。それからドアマンは大げさな動きで道を空けた。

**気にするな、気にするな。**ギルが自分に言い聞かせながら通り過ぎたデスクからも、スーツ姿のちんぴらがにらんできた。みすぼらしいマウンテンパーカーのホームレスめ、とでもいうように。

「どうやって行くかはおわかりで？」さっきのドアマンが大声で訊いた。ギルはエレベーターの十四のボタンを乱暴に押すと、ぎっとにらんでやった。これでギルがドアマンのことをどう思っているか十分伝わるはずだ。おまえはただ金持ちに雇われただけの粗野な犬だ。いまに年を取り過ぎて使えなくなったという理由で放り出されて、クイーンズにある、カビくさい台所にくたびれたカーペットがあるあばら屋に逆戻りだ。そこでおまえは黄色いキッチンテーブルに背を丸めて座り、いずれおまえの命を奪う煙草を吸う。そしておまえをゴミのように捨てた富裕層への歪んだ忠誠心から、自分の利益に反する党に投票しつづけるんだ。ギルはエレベーターのドアが閉まる前に中指を立てたいのを必死で我慢した。

部屋には誰もいる気配がなかった。ラックにコートがかかっていないし、玄関に靴もない。物音もしない。

「おーい」奥に進んで照明をつけながら声をかける。「クロエ？」我ながら間抜けだ。携帯電話で調べて娘はここにいないとわかっているのに。

キッチンにもマシューの痕跡はなかった。シンクに皿やコップすらない。ギルはコップに水道水を汲み、気持ちを落ち着けようとした。手が震え、こぼれた水があごを流れた。よし、そろそろ行く時間だ。彼らを探しに。クロエだけでも絶対に見つけ出して、無事を確かめ、合宿先に送り返さなければ。いや、それよりもここに連れてきてそばに置いておくほうがいいかもしれない。まるで何事もなかったかのように、今までどおり過ごさせるわけにはいかない。父親に嘘をついたこと、マシューの悪影響を受けて悪い子になってしまった——少なくともそう見える——ことを、なかったことにはできない。あの人殺しめ、おれの姉を殺しただけでは飽き足らず、クロエまで巻きこんで危険にさらそうとするとは。

携帯電話のメッセージをチェックし、次にクロエの位置を確認しようとした。しかし地図は現れず、下のほうに〝位置情報をシェアする〟と出てきただけだった。どういうことだ？　クロエが機能をオフにした？　あの子がそんなことするはずない。でももしかしたら、父親からマンハッタンにいるのかと尋ねるメッセージが来たと、マシューに話したのかもしれない。悪魔のようで、かつ疑いようもなく頭がいいあいつは、おれが自分を追っていることに気づき、クロエの携帯電話をこっそりいじって〝位置情報をシェアする〟をオフにしたに違いない。

クロエに電話をかけると、呼び出し音もなしに留守番電話になった。仕方なくメッセージを打った。

**どこにいる？　安否を知らせてくれ。**

ギルは送信をためらった。マシューがクロエの携帯を持っていて、間抜けな叔父がメッセージを送ってくるのを待っているかもしれない。だが、とにかく送信するしかない。クロエは娘なのだから。メッセージが送信済みに変わった。既読になるのをしばらく待ったものの、ならなかった。

いったん落ち着こう。まだ震える手で水を飲み、コップをカウンターに置く。あまりに激しく手が震えるのでコップはカタカタとカウンターにぶつかり、ギルはコップが落ちて割れてしまうのではないかと思った。しかしなんとか惨事を起こさないで手を引っこめることができた。まだ何かがあったわけではない。ギルが知るかぎり、クロエは無事だ。

主寝室のライトをつけた。人がいた気配はない。次にゲストルームに行った。前にギルが使ったあと、誰かが整えてくれたらしい。シーツはぴしっと敷かれ、枕の位置も完璧だ。マシューの部屋のドアは閉まっていた。ノックをして、壁を手探りして照明のスイッチをつけてから、中に入った。

ベッドの上には小さな旅行鞄があった。数カ月前にバーリントンの空港で初めて見たのと同じものだ。キャリーケースにノートパソコンが入っていたが使えないので、デスクの紙類を探ることにした。引き出しの奥にハーバート校の試験や課題——すべてA評価で、〝目のつけどころがいい！〟とか〝美しい文章！〟という教師のコメントつき——とレシートが突っこまれていた。

レシートのほとんどがATMの利用明細だった。五百ドル、七百ドル、三百五十ドルの引き出し、残高は三万四千四百十六・八三ドル。場所はダウンタウン、アッパーイーストサイド、ミッドタウンとばらばらだ。買い物の領収書も同じように意味がなかった。バーバリーのトレンチコートが三千六百ドル、ナイキのスニーカーが四足で九百ドル。なんで四足も必要なんだ？　友達に買ってやったのかもしれない。両親の監督がない今、何をしても自由だから。そうだ、その手がある。友達。マシューの交友関係などまったく知らないが。いや、ひとりだけ名前を知っている。小説に出てきた名前。マシューを誕生日パーティーに招待した友達。エリック。

マシューの年ごろで住所録を使っている者などいない。彼を有罪にするのに十分な証拠も含めて、すべてが携帯電話に収められている。それでもギルはいいところまで来ているという実感があった。マンハッタンまでやってきたのは正気を失っているせいじゃない。疑いつづけた時間やスパイ行為はひとつも無駄ではなかった。ギルはリビングを通ってキッチンに行った。冷蔵庫の横の引き出しの中、サンキューカード、クリップ、封筒、ペン、名刺などの下に、電話番号と住所も載っているハーバート校十一年生の名簿があった。リストを震える指でたどる。一回目は見落としたが、ファーストネームだけに注意してもう一度見てみると、あった。エリックの名前が。エリック・ハーラン。イースト六十四丁目。携帯電話を取り出して、なんとか気持ちを落ち着けてグーグルマップに住所を入れた。遠くはない。徒歩十六分だ。クロエに送ったメッセージはまだ既読にならなかった。起きているならとっくに読んでいるはずだ。ではなぜ既読にならない？　なぜ返信がない？　何かあったのだろうか。マシューがクロエの携帯電話を持っているのかもしれない。あるいはもっと悪いことが起きたか。マウンテンパーカーを羽織り、マシューの原稿をリュックサックから出してポケットに入れ、部屋から飛び出す。それからチーンという音がしてエレベーターが到着するまで呼び出しボタンを連打しつづけた。

その赤レンガのタウンハウスは四階建てで、玄関前に階段があった。階段だけ見れば、ギルとモリーが最初に一緒に住んだ家に似ていた。もっとも、そのブルックリンの家は六〇年代からろくな手入れをされず老朽化し、塗料は剝がれ、階段は崩壊しかけ、地下室の窓には板張りがされていた。目の前の建物には汚れひとつない。鉄製のフェンスは光沢のある黒で塗られ、ガスランプの安定した炎は広い範囲を明るく照らす。階段の上の玄関にはあたたかい照明がついている。一階の窓のカーテンの隙間からは、黄色い壁と本棚の端が見えた。

唯一の選択肢は呼び鈴を押すことだった。ギルは彼らが多かれ少なかれ驚くだろうと予想していた。ドラッグでハイになったエリックが、またひとり堕落したティーンエイジャーがやってきたと思ってドアを開ける。その瞬間、彼の顔からだらしない笑みが消える。ギルが中に入るとマシューはソファから慌てて立ちあがるだろう。それからどうする？シャロンの名前を叫びながらやつの顔に殴りかかる？

ギルは呼び鈴を押した。数秒してもう一度押そうとしたとき、ドアのガラスにかかったカーテンの向こうに女の子の横顔の形をした影が現れた。

「どちらさま？」スピーカーから割れた声がした。

「こんばんは。マシュー・ウェストファレンを探しているんですが」ギルは警察官か、あるいはなんらかの権力を持つ人間に聞こえるように言った。

「えっ？」間違いなく十代の若者の声だった。恐れることは何もない。もし大人がいるなら、その人が応答したはずだ。そうなれば面倒なことになっただろう。もうすぐ夜中の一時だ。でも、だからどうだっていうんだ？　いくら相手が怒り、困惑したところで、どうせ他人だ。彼らにとってギルが重要ではないように、ギルにとってもここにいる人間たちは重要ではない。

「叔父だ。マシュー・ウェストファレンの」

「叔父さん？」と声がしたあと、しばらくしてまた彼女の声がした。「知らないよ！　あんたが自分で――」ビーと音がしてゲートが開いた。

階段をあがるとギルは大きく息を吸い、腹をくくった。追いかけてこられたことを、マシューは喜ばないだろう。残念だったな、クソったれ。クソったれ、クソったれ、クソったれ、クソったれ。

足音がした。それからささやく声。ドアがわずかに開いた。

「あの……」若い女性の顔が一部だけ見えた。金髪の美人で、怯えた表情が子どものようだ。

「マシューを探してるんだが、どこにいるか知ってるかい?」

「マシュー?」少女は首を振ってうしろを振り返ると、どこかに行った。代わりに若い男が茶色い目を片方だけのぞかせた。瞳孔が異常に大きく、白目は充血している。

「やあ、どうした?」その男が言うと、ドアの隙間からビールくさい息のにおいがした。

「マシューの叔父なんだが、彼に話したいことがあってね。居場所を知らないか?」

「マシューの叔父?」若い男——十中八九エリックだろう——が目を丸くして言った。

「まじで?」

「ああ、まじだ。マシューに会わないといけないんだ。マンハッタンに来ているはずで——」

言い終える前にドアがバタンと閉まり、また勢いよく開いた。エリックはギルよりずっと背が高く、筋肉質でがたいがよかった。太い首はまるで鋼鉄に皮膚を張ったようだ。

「粗末な我が家へよくぞいらっしゃいました、教授」言いながら彼は、体を曲げて笑った。

「すまないね、こんな時間に。だが——」

「いいんだよ、時間なんて気にしないさ!」エリックは大声で言うと近づいてきて、ギルの肩をばんばん叩いた。その勢いに押されてギルが玄関に足を踏み入れると、リビングが見えた。長い革のソファに若者が群がっている。

「マシューを探してるんだ」ギルは背後にそびえ立つようにしているエリックに、また叩かれないよう一歩離れた。「今日の午後マンハッタンに来たようなんだけど、会わなかったかい？」

「マシューに？」エリックは頬のにきびとあごひげの上に指を滑らせた。「マシューに会ったかって？　おれは知らないよ。おい、おまえらは？　叔父さんの言ったこと聞いただろ。マシューはどこだ？　おまえらマシューを隠したりしてないよな？　おれは見てないぜ。あのクソ野郎いったいどこにいる!?」

上を向いて吠えるように言うと、エリックは突然発作のように笑いだし、ふらふらと壁にぶつかった。

ソファのティーンエイジャーたち――男子がふたりに女子が四人――は生気のないうつろな目でこのやり取りを見ていた。部屋中に大麻のツンとするにおいが漂っているものの、ほかにドラッグはやっていないようだ。

「きみはマシューを見てないんだな？」ギルは座りこんでくつくつ笑っているエリックの顔を見て言った。

「ああ」目を拭いながら立ちあがってエリックは答えた。「見てない」

「そうか、じゃあ、もし見かけたら」ギルはここまで言って口ごもった。もし見かけたらどうしてほしい？　おれに電話してくれとマシューに伝えてもらう？　まさか。それとも、おれが真夜中過ぎにここに来たことを黙っていてくれと言う？　それは無駄だろう。

「わたし、メッセージ送ろうか？」ソファに座っている少女のひとりが携帯電話を見せた。人形のような顔立ちに淡い青の瞳の、四人の中で際立って美しい子だった。これほど美しい人間が存在するなんて何かの間違いだという気がした。それ以上に、これほど若い人間が存在するのはもっと間違っている気がした。彼女は細い脚をたたんで座っているので、スカートが尻までずれあがっている。ギルは目をそらして言った。「ありがとう。でも——」遅かった。彼女はすでにシルバーの爪で画面をかちかちさせながらメッセージを打ちこんでいた。


　エリックがギルにぐいっと近づいて、押さえつけるように肩に手を置いた。

「おれたちが見つけてやるからさ、教授。心配すんなって」エリックはギルの耳元でそう言うと、彼の肩を揉みはじめた。みんなが携帯電話をタップする少女を見つめていた。ほんとうにマシューにメッセージを送ってるのか？　ほかのメッセージに気を取られたり、ツイッターやら何やらを始めたんじゃないか？

「あんたの話は聞いてるよ、教授。知ってた？」至近距離から来るエリックの酒くさい息がギルの鼻をついた。「マシューが話してくれたんだ。あんたのことは**全部**」

「そうか」

「そうだ。おれたちは友達だからな。おれとマシューは。あいつはクソやばい話も何もかもおれに話すんだ」

ギルは少女に視線で訴えた。スカートがあがっているからじろじろ見たわけではない。思い出せ、集中しろ。**マシューにメッセージを送れ**。少女が足を組み替えたので、黒い下着が三角の形に見えた。

「ほんとあいつはまじでイカれてる。それはあんたも知ってるだろ。一緒に住んでるんだから。**養育**っていうんだっけ。イカれた野郎だ。そうだよな？　そこのクソども！」エリックはソファの連中に向かって大声で訊いた。

「イカれてんぜ」頬がにきびだらけの太った男子が答えた。

「そうだ！」エリックは叫んで、ギルの肩をゆすった。「あいつをそう呼んでる。イカれマシュー。イカれてるからな」エリックが大きく息を吸ったので、ギルは彼がまた大声を出すつもりなのだと思ったが、ため息を吐き出しただけだった。「まじであいつは最高だよ」

少女が携帯電話を耳にあてた。

「アルバニアの話は聞いた？」と質問をしておいて、答えを聞かずにエリックは続けた。

「マシューがアルバニアに行ったのは知ってるよな？　孤児だかなんだかを助けるため、みたいな。まあとにかく行ったんだ、アルバニアに。あいつ、あの話はした？」

「あの話？」すぐ隣で見おろしてくる、興奮で息を切らしたエリックにギルは訊いた。

「ネズミだよ。やつらのこと、あいつはそう呼んでた。あーあ」だんだん声が大きくなる。「クソ、うまくいかねえ。マシューがいたらなあ。あいつがこの話するとめちゃくちゃおもしろいんだ。それでだな、あいつはなんとかっていう街に行った。そこにネズミたちがいた。ストリートチルドレンとか、放浪してるやつらとか、たぶんそういうの。路上に住んでゴミを食べて盗みをするやつら。それでマシューは思ったんだ、こいつらの動きは誰にも監視されてないよな？　つまり気にかける大人はいないよなって。それでマシューはネズミたちに近づいた。金をあげたりして。わかるだろ、友達って雰囲気でさ」

ソファではさっきの少女が電話をしている。エリックが耳元で吠えるのでギルには彼女が何を言っているかさっぱり聞き取れない。少女が眉をひそめてこちらを見て、何か言った。そしてゆっくり脚を広げ、にやりと笑った。ギルは視線を床に落とした。

「そう、マシューには計画があった。だからおれたちはあいつをイカれマシューって呼ぶんだ。だって――」

少女が携帯電話をおろした。ギルはエリックの手から逃れてリビングに行った。ギルが一線を越えたと感じたのか、ソファの男の子たちに緊張した空気が流れた。

「マシューと話したのか？」ギルは少女に訊いた。

「うん」彼女は隣の女の子に呆れた表情を見せた。**この人いったいどうしちゃったの？**

「いるんだろ？　マンハッタンに？」

「うん」よくこんなつまらない質問ばっかり思いつくね、このおじさん！　いつまで続くの？　もううんざり、というように、少女は髪をばさっとひるがえした。

「どこだって？」

少女は仲間をぐるりと見て助けを求めた。このキモいおじさんなんなの？　せっかくエリックがネズミの話をしてたのに邪魔するし。しかし仲間たちは完全に思考停止しているようだった。

「ちょっと、聞いてるか。マシューはどこにいるって？」ギルは鼻息を荒くしたエリックがうしろに迫ってきたのを感じた。怒っている。でもどうせギルはじきにここを出ていく。退廃した若者どもとはおさらばだ。

「ドレークのところって言ってたけど。ブルックリンの」

「ドレークのところ。それはどこ？」ギルは尋ねたが、誰も答えたくないようだ。だが、しょせんこの子たちは子どもだった。アホで、危険で、大麻を吸うが、まだ子どもだ。

「ブルックリン。だよね、エリック？」少女が言う。

エリックが顔をしかめた。「ああ、ブルックリンのゴワナス。運河の近く」

「住所は？　携帯電話に入ってないか？」

エリックは不意に顔をあげて獰猛な目つきでにらんできたが、歯向かう気力は残っていないようだった。「さあ、入ってるかもね。クソ、ちょっと待てよ」

ギルは辛抱強く待った。親らしい態度をほんの一秒も崩さないよう気をつけた。麻薬でぼーっとなった彼らが、いつ襲ってこないともかぎらない。ギルはなんとか渋い表情――おまえらはおれの時間を無駄にしてるんだぞ。だがおまえたちがまだガキだってことはわかってるから我慢してやる、という表情――を保つことに成功した。ようやく少女が言った。「あ、あった」

彼女は住所をギルに教えた。

「ありがとう」ギルは頭の中で住所を反芻しながらエリックのそばを通り過ぎた。彼は今にも飛びかからんとするヒョウのように肩を怒らせている。「邪魔して悪かったな」

「別に」エリックはギルのほうを見ずに言った。「いい夜を、教授。寂しくなるよ、楽しかったぜ」

外に出てドアを閉めても、まだ逃げ出せた実感がなかった。ゲート――ラッキーなことに内側からはすんなり開いた――を出てはじめてほっとした。ドレークのところ。ゴワナス。キャロル通り。マシューはそこにいる。クロエもきっと。まだ証拠はないが確信していた。クロエはやつと一緒にいて、父親を必要としているだろう。

地下鉄の駅は数ブロック先だ。六番線に乗ってブロードウェイに行き、F番線に乗り換えよう。六十四丁目を歩く人はほとんどなかったが、レキシントン街まで来ると交差点をどんどん車が流れていた。深夜一時。絶対にクロエはブルックリンの、ドレークのところにいる。信号は赤だったが、車の列が途切れた隙に走って道を渡り、そのまま地下鉄の入り口まで走りつづけた。クロエを見つけるんだ。マシューも。警察が動きだすころには、マシューが潜んでいる場所を正確に教えてやれるだろう。

# 29

ギルはキャロルストリート駅でF番線を降り、静かな通りをゴワナス運河のほうへ一ブロック歩いた。ブルックリンは――少なくともブルックリンのこのあたりは――彼の記憶とまるで違っていた。といっても以前ギルがよくここに来ていたというわけではない。当時、このあたりといえば廃倉庫、犯罪組織、コカインの密売や強盗というイメージだった。荒れ放題だった土地に現在は高級コンドミニアムが並ぶものの、昔の雰囲気が巧妙に残されている。新しい住民が望むのは、これぞブルックリンという〝本物らしさ〟だった。絵になるように粗い砂粒をあえて残した、億万長者のための遊び場というわけだ。

ただの装飾だとわかっていても、ざらざらしたコンクリートの壁に描かれたグラフィティの線や、三メートルあるフェンスの上の有刺鉄線に、ギルは昔感じたような脅威を感じた。フェンスの向こうは空き地だ。全体が錆びた車、タイヤのない三輪車、フェンスにだらりと寄りかかる三つのゴミ袋、膝の高さの雑草に埋もれた空き瓶にコップに紙切れ。以前ならこういう空き地はギャングの犠牲者の埋葬地だったかもしれないが、今は開発されてコンドミニアムになる運命だ。ドレークのコンドミニアムのような。レンガとガラスの立方体をいくつも重ねたような建物。あの中にクロエがいる。マシューと一緒に。

建物の前にはゴワナス運河沿いをくねくねと走る遊歩道がある。遊歩道には木々が植えられ、ベンチが置かれているが、下水と化学廃棄物の強烈なにおいを放つ、ぎとぎとの緑のヘドロから一メートルも離れていないところで、誰がゆっくり座ってくつろぐ気になるのだろうか。もったり流れる水に浮かぶ、気味悪いほどしっかりした泡が街灯の光を受けてきらめいている。

建物にちりばめられた窓は明るく、ほとんどがカーテンもブラインドもついていない。ギルが建物の敷地内に入ると、倉庫と見まがうほど広いロビーにいるドアマンが、様子を見にガラスのドアのほうへ一歩踏み出した。運河の側にまわると部屋の中まで見えた。三階はパーティーをしているようだ。若者がひしめき合い、携帯電話をのぞきこんで大げさに笑い、生き生きとおしゃべりしている。ギルはクロエを探したが、ここからでは人の輪郭がわかる程度で、顔が見えることがあってもその顔は笑いで歪んでいた。

またクロエに電話をかけてみたが、やはりすぐに留守番電話になった。位置情報もまだオフだった。次にマシューの携帯電話にかけてみる。応答はなかったものの、呼び出し音はした。もう一度かける。さらにもう一度。窓の中では赤いプラスチックカップを持った若者たちが、カップルになって寄り添いあっている。

四回目、マシューが電話に出た。

「もしもし?」パーティーのざわめきを背景にマシューの声が言った。

「マシュー。ギルだ」

「なんだって?」マシューががなる。

「ギル、おまえの叔父だ」窓に人影が近づいてきた。細かい特徴が見えなくても甥だとすぐにわかった。

「ギル叔父さん? 本気で?」

「ああ、本気だ」ギルは怒鳴りたいのを我慢した。三階の人物は窓に背を向けているが、あれはマシューだ。黒い影。あのシルエット。

「午前二時だよ? 僕がいるのはバーモントじゃないし」

「知ってる」ギルは窓から目をそらして入り口のドアマンを見た。がっしりした胸の前で腕を組んでいる。

窓に目を戻す。マシューが振り向いて――やはり彼だった――ガラスに片手を置き、体重をかけた。ギルは窓ガラスが割れるのを想像した。設計段階からの欠陥。窓枠がごくわずかにずれていたために生じた髪の毛ほどの微細なひびに、誰も気づかなかった。マシューがかけた圧力に耐えられず、窓ガラスが爆発するように砕け散る。彼の体は一瞬宙に放り出されたあと、ガラスの破片を追うように落ちていく。黒い柵の上部の鋭利な棘に向かって。

「マシュー、クロエはどこだ？　そこにいるのか？」

「クロエ？」マシューが笑う。「クロエと話したいって？　彼女のほうは話したくないと思うけど」

「あの子はどこだ？」携帯電話を強く握りしめて、ギルは怒鳴った。「どこなんだ？　そこにいるのか？　パーティーに？」

クロエが無事だという証拠を求めて、ギルは人混みに目を凝らした。

「わ、えっと、ちょっと落ち着いてよ、叔父さん。冷静になって」

「マシュー、娘はどこだ」

「僕はベビーシッターじゃないから。正直言ってどうでもいい」

「このクソ――」ギルは言いかけたが、目を閉じて深呼吸をした。「マシュー」声が震えた。「警察に電話しないといけないようだな」これは言わないつもりだったが、マシューが慌てたように窓から手を離し、その手を目の上にかざして外を見ようとするのを見て、喜びがこみあげるのを禁じえなかった。ギルは木の陰に隠れた。葉のない枝のあいだから窓が見えるものの、マシューはもうその中にいなかった。

「いったいなんの話をしてるんだよ?」喧噪に紛れてマシューの声が遠くなった。ギルが何か言う前に電話が切れた。

ドアマンににらまれながらギルは急いで通りに戻り、曲がり角で待った。未成年の娘が中にいるから探したいのだとドアマンに説明して、入れてもらう手もある。だが、ドアマンがパーティー会場に電話をして、密かにマシューに警告する可能性がある。建物には別の入り口があるかもしれない。確か反対側にあった気がするが、ひとりでどちらも見張るのは不可能だ。マシューはここの住人ではないから、この正面玄関以外から出る方法を知らないだろう。たぶん。それに、ギルがここで待ちかまえていると確信していないかぎり、わざわざ裏口を探したりしないはずだ。

ふたりの若い男が煙草を吸いながら丘をおりてきた。ひとりがギルのほうを見て煙を吐き出した。マシューの友達だろうかと不安になったが、男たちはそのまま建物を通り過ぎ、橋を渡っていった。ギルは彼らが大通りのほうに曲がるまで、街灯の明かりの下と暗闇を交互に出入りして歩いていくのを眺めた。

十分ほど経った。あいつはどこに行った?　建物から出ていったのに気がつかなかったのだろうか？　そのときロビーの奥にあるエレベーターの扉が開き、フードがついたコートのファスナーを閉めながらマシューが出てきた。クロエの姿はない。ガラスのドアの前で、彼は注意深く左右を確認した。ギルは物陰で震えながら待った。

外に出るとすぐにマシューは携帯電話を取り出し、タップしてまたポケットに入れた。それから橋のほうに歩きだした。ギルはコートの襟を立て、マフラーにあごを埋め、あとを追う。早足で歩いていたマシューは橋の真ん中まで来ると立ち止まり、手すりに両手を置いた。彼は振り返らないが、自分を待っているのだとギルにはわかった。鉄筋とコンクリートの橋が、崩れ落ちそうな渓谷にかかるロープのように運河の上で揺れる。引き返したい。逃げたい。でも、あいつはおれがここにいることを知っている。罠だったのかもしれない。今の状況も、あいつの悪魔のような計画の一部であるような気がする。

「やあ、こんばんは」マシューが言った。「すごい偶然だね」

「マシュー、クロエは？　娘はどこだ？」

「おっと」マシューは両手をあげた。「ずいぶんなご挨拶だな、ギル叔父さん」

「クロエはどこだ？」ギルは一歩踏み出した。

「僕が知るわけないだろ？　こんな大きな街なのに」マシューは不敵な笑みを浮かべて足幅を広げた。おまえみたいな年寄り怖くない、というわけだ。

「おまえが何をしたか知ってる。全部知ってる」ギルは言った。

「そう？　僕が何をしたって思うの？　言ってみてくれる？」

「イングリッドにしたことと」愚かにも、犯罪といえるのかもわからない小さなものから始めてしまった――いや、あれも立派な犯罪だ。罰を受けなかっただけで。「おまえの両親にしたこと。おれは知ってるんだ。トーマスに金を払ったことも、スージーのことも」

「何？」マシューは首を振った。どうも楽しんでいるらしい。「スージー？　なんの関係があるのかさっぱりわかんないんだけど」

「あざだよ。おまえがつけたんだろう、マシュー。おまえが何をしたか、おまえが何者なのか、おれは知ってるんだよ、このろくでなしが」それはほとんど怒鳴り声だったので、広い橋の反対側を歩いていた女性が驚いて顔をあげ、逃げるように去っていった。急な吐き気に襲われて、ギルは手すりにつかまった。この人殺しをずっと自分の家に住まわせていたのだ。娘たちのいる家に。すでに以前、娘のひとりを殺されかけたことがあるというのに。今回マシューは娘たちに手を触れていない。だけどやろうと思えば簡単にできたはずだ。止めるものなど何もなかった。ギルが野放しにしてしまっていたから。

　もしかするとクロエにはもう危害を加えたかもしれない。今ごろあの子はドラッグや酒を飲まされて、どこかの悪党の部屋で気を失っているかもしれない。だったらおれはこんなところでこいつと話している場合じゃない。

「わお、あんたまじでイカれちゃってるんだな」マシューはあごをあげて吠えるように笑った。「いや、知ってたけどさ。でも僕はまだまだわかってなかった。こんなに見ものだとは。手加減なしだもんな」

「おもしろいと思うのか？　自分の母親を殺したのがそんなにおもしろいか？」ギルはなんとか言葉を絞り出してマシューに近づいた。少なくともその動きにマシューは反応し、背筋を伸ばした。自己防衛はマシューが唯一理解できる道理なのだ。

「証拠はあんの？　ど田舎のアホが。**創作**のクラスで書いた、あのくだらない小説？　でもあんた、初めから僕がやったと決めつけてただろ？　僕があれを書く前から。あんたはまったく意味のない〝証拠〟を手にする前から、完全にそう思いこんでたよな。その理由を僕が知らないとでも思う？　このクソったれ」

「なんの話だ？」ギルはマシューの質問を無視して、マシューはコートが触れ合う位置まで近づいてきた。恐怖と嫌悪感でギルの体はガタガタ震えだし、手に力が入らなくなった。動かさなければならないときに、おれの手はちゃんと動くだろうか？

「あんたは馬鹿なだけじゃない、ギル叔父さん。金だよ。**僕の金**。僕をはめて金を自分のものにしたかったんだろ？　言っておくけどあんたには無理だ。僕が何も知らないと思うな。遺言状の読み方くらい知ってる」少年の息には、煙草とビールと薬くさいコカインのにおいが混じっていた。

「金の話じゃない」ギルは言った。「おれの姉の話だ」

少年はギルのマウンテンパーカーの胸ぐらを両手でつかんだ。マシューはギルより背が高いだけでなく、力も強いのは明白だった。彼の腕からなんとか逃れようとしてギルはそれを悟った。腕はまるで鋼の筋肉をねじり合わせたコードのようだった。「僕の母親だ、このクソ野郎」マシューがギルの顔に向かって吐き捨てた。「僕の死んだ母親」

「おい――この――」ギルはマシューを押し戻そうともがくものの、びくともしない。肩を下げて今度はうしろに思いっきり体を引いた。腰が手すりにぶつかってバランスを失ったギルは、油が浮いた黒い水の上に上半身が投げ出されるのを感じて、胃が飛び出そうになった。マシューは何も言わない。取っ組み合いながら、ううと唸っただけだ。ギルの上半身がさらに傾いていく。完全にバランスがおかしい。足が歩道を離れる。次の瞬間、落ちていた。ギルの両手はもうマシューの腕もコートもつかんでいない。空をかくだけだ。片方の腕が橋にぶつかり、ものすごい痛みが走った。水の粒が顔にかかったかと思うと、全身が水に包まれた。水をたっぷり含んだマウンテンパーカーが、鉛の重さで彼を引きずりこむ。口を閉じる前に水が喉に流れてくる。すべてが真っ暗だった。重くぬるついた黒。

脚をばたつかせていると、金属を蹴る感触があり、鋭い何かが脛に刺さった。目を開けた――焼けるように痛い。まわりにあるのは暗闇のみだ。底を見ると――すでに視界はかすみ、見えなくなりかけていた――さらに深い闇だった。ギルの脚が白い雲のようなものに突っ込み、かき回した。渦巻く雲は顔まで流れてきて、ギルのあごを、鼻を、目を包んだ。ギルは目を閉じた。体が水流に引きずられるのを感じる。泳ごうと腕をまわすと、金属の破片のようなもの、沈んだボートらしきもの、針金の束などに手がぶつかる。ギルを捕らえた水流はあっという間にそれらのがらくたから彼を引き離した。口を開けて叫んだが、自分の声なのに聞こえない。水の外まで声が届くわけがなかった。もしかすると泡のひとつくらいは浮かんだかもしれない。ギルの最後のひと息が。だがそれも濃い緑の水面の泡に紛れて、誰にも気づかれることはないだろう。運河はすでに何事もなかったかのように凪ぎ、いつもどおり悪臭を放ちながらちらちらと輝いている。

# 30　二〇一八年九月

教室には彼しかいなかった。時間を間違えたからだ。十一時三十五分に開始？　そんな馬鹿な時間設定があるか？　待つしかすることがないので、椅子の背にもたれてメッセンジャーとスナップチャットとメールをチェックし、ぽつぽつと現れる学生を観察した。どの学生もライバルたちをこっそり盗み見ている。初々しい不安を抱えた彼らは、等しく胸を張っていた。まるで〝自信〟のブースター接種をしたみたいに。何しろここは〈小説創作入門〉のクラスだ。誰もがイェール大学でこの講義を受けられるわけではない。自分で書いた小説のサンプルを提出して、合格した者だけが受講できる。選ばれし者だけが。

おそらく一年生は彼だけだろう。入学時に認められた単位数を考慮しても彼が一年生といえるのであれば。知り合い同士も何人かいるようで、もったいぶった様子でひそひそ話をする小さなグループがいくつかできていた。ダサくて太ったラテン系の男子――見るからにゲイっぽい――が、ひそめたつもりかもしれないが丸聞こえの声で、ゴス系ファッションの女の子に話しかけている。化け物みたいな服、メイク、髪型にもかかわらず、その女の子はかわいかった。彼の視線に気づいた彼女は冷たくせせら笑った。**おやおや、かわい子ちゃん、そう焦るなよ。**

学期が始まる前に、慇懃（いんぎん）に提案された。イェール大では、一年生は通常〈創作執筆入門〉を取るんです。選抜がないから。そちらから始めてはどうでしょう？　彼は説明した。すでに似たような授業を取ったんです。はいそうです、エセックス・カレッジで。だから同じ内容を繰り返すのはちょっと。どのみち実力が足りなければ、教授が合格させないでしょ？　それから規則や慣習がどうだこうだと判断に迷う様子をさんざん見せられ、やっとオーケーが出た。彼の名字から、最近文学部に贈られた二十二万五千ドルの寄付を連想したのかもしれない。

このキャンパスに来て一週間になるが、まだどう考えていいかわからない。確かにほかの選択肢——たとえばバーモント——よりはましだ。バーモントは最悪だった。刑事が言っていたように、叔父が失踪してからはさらに状況が悪化しているだろう。ギルがニューヨークに行ったところまで、警察は把握していた。アパートメントでギルのリュックサックも発見された。叔父さんには会った？　連絡は取った？　マシューは答えた。ええ、連絡がありました。警察は通信の記録を調べられるはずだが、その手間を省いてやることにする。叔父が電話してきたんです、ニューヨークにいるから会おうって。それで翌朝会うことにしました。そのとき僕は友達といたし、時間も遅かったので。何時だったか覚えてる？　いいえ、かなり遅かったとしか。あ、携帯を見てみますね。えっと、夜中の二時二十一分だな。それ以降叔父さんからの連絡は？　ありません。変ですよね。まるで叔父は突然跡形もなく消えちゃったみたいだ。

そのほかにも質問をされているうちに、あのいまいましい叔父が、思っていたより危険な人物だったことがわかった。どうやらギルはマシューの小説の件で、警察に留守録を何度か残していたらしい。そういう小説を書いたのは事実？　と刑事に訊かれた。ええ、両親のこと、ふたりが亡くなったことなんかを書きました。別に不自然ではないと思うんですけど。あんな亡くなり方でしたから。でも叔父が小説をどう説明したかは想像もつかないので、叔父の表現が正しかったかどうか僕には判断できません。コピーは残っているかと刑事に訊かれ、残っていないと答えた。ほんとに？　パソコンにも？　メールにも、どこにも？　どうして？　彼女はギルが正しかったのではないかと思いはじめているようだった。少なくとも詳しく調べてみる必要があると。マシューは冷静に答えた。ただ試験的に書いてみただけですから。ダガン教授が言ったとおりに。実際の出来事を新しい視点から書いてみろ、主人公と悪役を作れって。ある種の実験です。でも事故があって間もないのに両親を題材にしたことには罪悪感がありました。なんていうか、利用してる気になるっていうか？　だから原稿を回収したらすぐに捨てたんです。刑事は納得できないようだった。彼女は言った。念のためもう一度訊くけど、ほんとうに一部も残ってないのよね？　はい、すみません。一部くらい取っておけばよかったな。授業のあとプリントアウトは捨てたし、パソコンも故障しちゃったのでデータが全部消えちゃって。新しいのを買わなきゃいけなかったんです。最後の部分だけは嘘ではない――データは確かにすっかり消えた。故障したからではないが。クラスメイトの誰かがまだ原稿を持っているってことはない？　ありえなくはないですけど、通常は授業が終わるとコピーは作者に返すことになってるんです。まあ、忘れて持っていってしまった人はいるかも。実際アリスを危うく逃がしてしまうところだったが、廊下でぐすぐす泣いているところを見つけ、取り返した。あとは叔父だ。だがあのコピーは彼と一緒に運河に沈んだ。そのはずだ。アパートメントからも車からも、そのほかどこからも出てこなかったから。刑事はクラスの生徒たちに持っていないか一応訊いてみると言った。だけど原稿がただの一部も、データすら残っていないなんて、自分でも妙だと思わない？　まあ、チェーホフの作品でもあるまいし、文学界にとってそう大きな損失じゃないですよ。冗談のつもりだったが、刑事は笑わなかった。マシューを見つめ、罪の重さをはかろうとしているようだった。それから警察は何人かのクラスメイトに話を聞いたようだ。もしかしたら叔父と同じようなことを言った学生もいたかもしれないが――マシューのご両親が実際に亡くなってることを思うと、かなり不謹慎な内容でした――、それは証拠にならないし、マシューの知るかぎり不謹慎な物語を書いてはいけないという決まりはない。

そのあとマシューの弁護士たちは強硬な姿勢を示した。今後の事情聴取には必ず弁護士を同席させること、また聴取をする場合は事前に通知することを求め、警察がマシューの権利を侵害する恐れがあると警告した。

バーモントに戻ることも考えた。それがいちばんのカモフラージュになると思ったのだが、すぐに考え直した。マシューの存在がモリーを刺激したら、もっと大げさに騒ぎだすかもしれない。それでニューヨークに残ることにした。初めはエリックの家にいて、しばらくして世間のマシューへの関心が薄れたころ、アパートメントに戻った。それからわずか数日後、モリーからメールが来た。春休み以降、彼女からの連絡はこれが初めてだった。あなたは何を知ってるの？　ギルに会ったの？　なんでもいいから知ってることを教えて。何もかも大丈夫、そうよね？　ギルが悩んでいるのは知ってたのに、もっと関心を持つべきだった。わたしにできることがあったはずなのに。だけど何ができた？　わたしに何ができたかな？

マシューは返信せず、メールを弁護士に転送した。もし誰かが、きみはバーモントに帰るべきだと言いだしたときに、あの家は危険で、僕を歓迎してくれないと主張するのに役立つと思ったのだ。でももし返信するなら、マシューはこう書いただろう。残念だけど、大丈夫じゃないと思うよ、少なくともギル叔父さんは。モリーは驚かないだろう。ギルがどういう人間かマシューが知っていたように、彼女もまた知っていたから。マシューは母親がギルについて話すのを聞いたことがあった。家族とともにモントークの別荘にやってきた年から数年後、自殺を図ったと。そのときからマシューは叔父が繊細で弱い人間だと知っていた。とにかく、いずれモリーも真実を知る。ゴワナス運河の清掃が進んだら、ギルの死体が発見されるだろう。嵐が来て高潮になり、叔父だったものの残骸が浮かんでくるかもしれない。または、ギルがとうに海との合流地点まで流れてしまっていたら、そのどちらも起こらない。しかし望みを持つのは個人の自由だ。

叔父が何をどうやって運河に落ちたのか、いまいちわからない。ふたりは確かに揉み合っていたが、叔父は突然彼を強く突き飛ばしたかと思うと、うしろの手すりにぶつかって、そのまま手すりの向こうに消えた。よどんだ水面が泡立ち、臭気がぶわっとあがってきたときの、腐敗した水の強烈なにおいを覚えている。洗っていないケツの穴のにおいだ。叔父があまりに早く消えたので驚いたことも覚えている。まるで文字どおり運河に飲みこまれたみたいだった。飢えた運河に。少しの泡のほかに、叔父が落ちたことを示すものは何もなかった。あの有毒な水を通り過ぎて別の場所にワープしたのかと思うほど。だが答えはもっとシンプルだ。水底の何かにひっかかったのだ。ゴワナス運河はがれき、ゴミ、ぬかるみだらけだ。政府から浄化するよう指定された、北米でもっとも汚染された水路なのだ。

自分も飛びこもうかと、一瞬だけ思った。叔父がいったいどこに行ったのか確かめるためだけに。そうしていたら、ピンチョンの小説の、スロースロップがハーモニカを追っていったトイレのシーンのようだっただろう。その気があれば叔父を助けることもできたかも。だけど、ゴワナス運河だ。防護服を着ないで飛びこんで死なないだろうか？　がんになったり、もっと悪ければヘドロに含まれる放射性物質のせいで突然変異を起こしたりして。助けを求めようかとまわりを見渡しても、誰もいなかった。さっき通り過ぎていった女性の姿ももうなかった。ドレークのアパートメントの明るい窓の向こうではまだパーティーが続いているものの、あちらから橋の上の人間など見えない。マシューを指さし、叫び、九一一に緊急通報している者もいなかった。もしすぐ近くに警察官がいたとしても、助けるにはもう遅かった。

それにマシューは酔っていた。いろいろ質問もされるだろう。何があった？　どうやって？　いったい何をした？　どうやって叔父が落ちたか正確に覚えていないから、何もしないことに決めた。中途半端にやるくらいなら何もしないほうがましだ。すでに数分経っていたし、自ら巻きこまれることになんの意味がある？　事故に死。すでに山ほど抱えているからもう結構だ。

あと少しで携帯電話を見逃すところだった。格闘中にギルのポケットから落ちたのだろう。去り際に振り返ったとき、小さな光を発する液晶画面に初めて気がついた。身の破滅まであと一歩だった。ぞっとしながらそれを拾いあげた。叔父はここでマシューに電話した。警察はすぐに探り出すだろう。叔父が映った防犯カメラも必ずどこかにある。

それから建物に戻った。またしても間一髪のところでセーフだった。ドアが開いて、クロエとリリーがコートのファスナーを閉めながら出てきたのだ。マシューは叔父の携帯をポケットに滑りこませた。

「もう行かなきゃ」近くに来てクロエが言った。「パパがずっと電話してくるの。ばれたらやばい、パパきっと怒り狂うよ」

クロエのうしろのリリーは、あからさまに気のある目つきでマシューに向かって微笑んでいた。一緒に遊ばない？　と言ってふたりがアパートメントに現れてから彼女はずっとこうだ。リリーはやや馬面ではあるものの――押しつぶしたような鼻に、長い顔――、その笑顔は全面的な許容をほのめかしていた。彼女になら何をしても許されただろう。ただし今となってはそれも台なしだ。

「それがいい、もう遅いから」

橋のたもとまで来ると、クロエは手すりから身を乗り出して運河を見おろした。その瞬間、クロエが何か――人影、父親の体、コートの袖、薄くなった丸い額とか――を目にしたのではないかとひやりとしたが、そこにはただ黒く重たい水面があるだけだった。

「ウーバーの車を呼ぶよ」マシューが言った。

「えっ、そんなことしたらすごく高くついちゃう」リリーが言った。

「そうだけど、こんな時間に電車はないし」

彼は車が来るまで、紳士らしく彼女たちと一緒に待った。

「じゃあね」マシューは言った。クロエが何か、おそらく父親を心配する言葉――パパを見かけたりしてない？　もしニューヨークに来てたらどうしよう？　何か知ってる？――を言おうと口を開いたちょうどそのとき、ドアが勢いよく閉まって、ＳＵＶは走り去った。こうしてマシューはついにダガン一家から解放された。

アパートメントまで戻る車中、計画を立てる時間は十分にあった。拾った携帯電話はそのまま持ち帰り、しばらくそれをいじった。暗証番号は、ギルがタップするのを何度も見たので知っていた。明け方四時、モリーが眠っていることを祈りながら彼女に電話をかけた。呼び出し音が四回鳴って——モリーの電話は鳴っていないことを祈る——留守番電話に転送された。電話を切って電源をオフにする。フードをかぶり頭を下げて、建物の裏手の通用口から外に出た。パーク街まで来るとタクシーを呼び止め、ジョージ・ワシントン・ブリッジまで行くよう頼んだ。

「まさか自殺なんてしませんよね?」と運転手に訊かれたが無視した。

橋の近くの、何本もの道路が立体に交差するところで、防犯カメラの死角になりそうな場所を探した。高架下でタクシーを降り、車が曲がって見えなくなるやいなや、傾斜したコンクリートの土手をよじ登り、暗くてくさい、鳩のフンだらけの場所に身を潜めた。暗さに目が慣れてくると、ずぶ濡れのぼろきれの塊があるのに気がついた。コンクリートと同じ茶色っぽい灰色に色あせている。食べ物の包み紙も落ちている。おそらくあのぼろきれをひっくり返したら、空っぽのヘロインの袋と注射針が出てくるだろう。鳩のトイレともいえるこのコンクリートのくぼみに長いことしゃがんでいるせいで、太ももがどんどん熱くなってくる。マシューはギルの姿を思い浮かべた。高架下の薄暗い場所で、切羽つまって息を荒くした彼は、必死で自分を止めようとしていた。娘たちとモリーのことを、そして彼が死んだら彼女たちがどれほど苦しむことになるかを考える。それでも彼の首に巻きつき、絞め、つぶそうとする自己嫌悪感を抑えることはできない。自由になる方法はただひとつ。ジャンプすることだ。ジャンプしなければならない。マシューには見える。立ちあがって、傾いたコンクリートの上をふらつきながら早足で行くギルが。この先の傾斜のきつい芝地をのぼると橋の上に出られる。あたりはまだ暗い。歩行者用通路をハドソン川の真上に来るまで歩いていく。暗い水が、眼下でまぶしくきらめく。それほど高くない柵を軽々と乗り越える。縁に立つ。そして、飛ぶ。空気がすごい速さで彼をかすめていく。風が顔に叩きつけられ、彼は下へ下へと落ちていく。流れつづける暗い水の壁に向かって。

一時間後、叔父の携帯電話の電源を入れた。この部分がもっともリスクが高い。朝の六時を過ぎていたからモリーは電話に出るかもしれなかった。でもこれが計画だ。マシューは叔父の携帯電話でモリーに電話した。運はマシューの味方だった。留守番電話につながってピーッと音がしたあと、ちょうどやってきたタクシーの音を拾うため携帯をかかげた。遠くで鳴るかすかなクラクションも拾えたかもしれない。それから電源を切って、完全に壊れたと確信できるよう、踏みつぶしてから油の浮いた水たまりに捨てた。

警察が携帯電話の位置を追跡したとしても、ブルックリンに注目されないようにしたかった。これで、アップタウンとこの橋付近に集中して捜査がおこなわれ、ギルは死めがけてジャンプしたと推測されるだろう。この計画はまったくの的はずれというわけではなかったようだ。あれから警察は、予想どおり携帯電話の通話履歴をたどったと思われる。実際のところは知る由もないが。ギルが消えた夜、彼がアパートメントに戻った姿が防犯カメラに記録されていないことに、警察はどう説明をつけたのだろう。アパートメントの正面には防犯カメラが絶対にあるはずだ。ジョージ・ワシントン・ブリッジにも。マウンテンパーカーをぶくぶくと着こんだ男が柵を乗り越える映像がないことはどう説明する？　でっちあげたストーリーが不完全なことは承知している。にもかかわらず、今のところうまくいっているようだ。その証拠に彼はこうしてイェール大学にいるし、叔父の失踪に関与しただろうと指摘してきた当局の人間もいない。無実を確実にするためにあらゆる手段を講じたなかで、最悪だったのがトーマス・ガシの裁判を傍聴したことだった。

その週ずっと、最前列に座ってトーマスをじっと見ていた。トーマスがマシューを見たのは一度だけ。この機会に傍聴席のマシュー・ウェストファレンに何か言いたいことはありますか？　と訊かれたときだけだった。トーマスは――トラックでふたりの車に衝突しました、赤信号に気づきませんでした、あれは事故でした。ほとんど何を言っているかわからないほど強い訛りだった――こちらを見た。嫌な瞬間だった。病気の猟犬のような垂れ目、黄色い眼球。彼は言った。「はい、申し訳ないと言いたいです。ほんとに申し訳ない。恐ろしい事故でした。申し訳ありません」

硬い木の椅子の上で居心地悪そうにしているあの男が、生きている両親を最後に見た人間かもしれない。少なくとも、突進してくる何かの影を振り返った母の顔、視界いっぱいにトラックのフロントグリルが迫っているというありえない状況に気づいた母の顔は見たはずだ。母の顔、母の恐怖、激しいパニックのなか彼のことを、愛しいマシューのことを思い出したごくわずかな瞬間も見たかもしれない。いつの間にか涙が出ていた。マシューは、悲しみが冷たい水のように流れこみ、指先や鼻先まで満たすのをそのままにした。〈ニューヨーク・タイムズ〉に載った、裁判とその評決——殺人罪の求刑から減刑され、過失致死罪で有罪——の記事は、彼の涙に言及した。それが六月だった。

くだらない家族の伝統だとかで両親が期待したとおりにイェール大学に入ったものの、確かに自由はいいものだった。寮にいるのは男か女かわからない聖人ぶったアホばかりだとしても。

小説創作の教授——夏に読んだ彼女の本に顔写真があったので見覚えがあった——が教室に入ってきて席につき、バッグの中身を出しながら新しい学生たちに挨拶をした。数人の学生に名前で呼びかけてから、マシューを含むほかの学生を見まわした。彼らが書いたサンプルと彼ら自身を照合しようとしているようだ。教授はシラバスを配ってから言った。つまらないシラバス説明に入る前にまずは自己紹介をしない？　尊厳を犠牲にせずに、

〝打ち解け〟あおうとするとどうしてもおもしろくなっちゃうけど仕方ないわよね。というわけで、名前、学年、専攻、出身地、最近読んだ本、今どんなものを書いているかを教えてくれる？　誰からいこうか？

マシューは自分の番になると、求められた情報をざっと述べ――一年生だと言うと何人かが興味深そうに彼を見た――、最近ナボコフにはまっていることに触れた。「今取り組んでいるのは長篇小説です。といっても今はまだ、ただの〝文章〟程度だけど、けっこう長いから最終的には長篇小説の形になると思います」

「長篇小説」教授が言う。「野心的ね。どんなお話？」

「両親を亡くした甥と一緒に住むことになった、バーモント州のある家族の話です。父親の視点から語られるんですけど、彼はだんだん精神が不安定になって、甥が彼自身の両親を殺したと思いこむようになるんです」

「信頼できない語り手ね？」

「三人称だけど限定されてるので、そう言ってもいいかと思います」

「小説の一部をワークショップに使うつもりなら」教授はすでに提出されたサンプルとの関連性に気づいたのか、笑顔になって――わたしのクラスに天才が現れたわ――言った。

「できるかぎりでいいから、全体の要約も一緒に提出してね。抜粋部分の文脈がわかるように」

「もちろんです。ありがとうございます」

それから次の学生の自己紹介に移り、マシューは注目から解放された気がした。じつは小説はすでに完成していた。裁判中に書きはじめ、夏のあいだに書き終えた。叔父のモレスキンのノートを使って。ブルックリンでの出来事のあと、アパートメントに戻って叔父のリュックを漁って(あさ)いて、そのノートを見つけた。ぱらぱらとめくると自分の名前が書いてあり、どうやら隠しておいたほうがよさそうだと思ったのだった。何週間か経ったころ、自分のリュックの内ポケットにそれを隠しておいたのを思い出した。書きこみのほとんどが断片的なもので、短い文や心証や比喩だった。予想どおり、ほぼすべてがマシューに関するものだった。マシューはモンスターだ、人殺しだ、犯罪の首謀者だ。おそらくギルはこれに〝物書きのノート〟とかださい名前をつけて、日記のように使っていたのだろう。捨ててしまうべきだったのかもしれないが、マシューはそのノートを読んで小説のアイデアが〝降りてくる〟のを感じた。なんだか思いあがって聞こえるので、そうは認めたくなかったけれど。でもここはイェールだ。多少思いあがったっていいだろう。教授が言ったように彼は野心的なのだ。そう、彼に欠けているものは野心ではない。

# 31

六つのことを同時進行する。毎日毎日そうなのだから、慣れているべきだ。実際もう慣れてはいるが、大変なことに変わりはない。そのうえ、朝の引き継ぎが終わる直前に言われた。ああ、そうだ、パッチを移動させておいてね。またか。しかも月曜日に。パッチに必要なのは部屋の引っ越しなんかじゃなくて、理学療法とさらなる検査と薬の変更だ。先週、彼は目を開けた。たった一分だったけれど、初めてのことだった。彼女は医者たちに知らせた。何カ月も治療してきて、ようやく進展が見られた今、彼らは関心を示したか？答えはノー。廊下の端の部屋に移動しといて、邪魔になるから、だそうだ。ジェロームに手伝ってもらわなきゃ。

しかし、パッチは彼女のやることリストの上位にはいない。すでに今日のカルテはチェックした。七一〇号室の患者にあの造影剤を飲ませないと。早くしなければ、CT検査室はじきに目がまわるほど忙しくなる。さて、担当する病室の備品が補充されているか確認しないと。

やっぱりね！　補充はまったくできていなかった。リネン類についていったい何度話をしないといけないんだろう？　それにさっき七二〇号室のトイレをちらっと見てしまった。あの惨事は、状況を確認しにいくだけでもマスクがいるな。

ようやく慌ただしさが一段落して――ＣＴ検査室も落ち着いた――、パソコンをチェックしたり、母親に連絡したりしたいところだったが、ジェロームを探しにいく。救急車の待機場所にいるはずだ。

「力持ちさん、あなたの助けが必要なんだけど」自動ドアが開いて外の熱気が入ってくると同時に彼女は言った。

ジェロームは煙草を吸うにしてはドアに近すぎる場所にいた。今にも人を絞め殺しそうな外見をしている。もしくはすでに殺したあとか。パッチという名前をつけたのは彼だ。なぜその名前にしたのかはわからない。以前尋ねてみたら、答えはこうだった。「だってどう考えたってそれがあいつの名前だろ」

ジェロームはむさ苦しい頬を手でこすった。「あんたはそうかもしれんが、おれにはこの煙草が必要だ」

思いっきり煙を吸って、鼻から息とともに吐き出すと彼は言った。「なんだ？　あんたも吸うか？」

「遠慮しとく」彼女は四角い陽だまりに足を踏み出した。三十度は超えていそうだ。駐車場の端で男がふたり、救急車のうしろからストレッチャーをおろしている。ストレッチャーにのせられた体——あのシルエットのか細さは老人に違いない——が、がたがた揺られてシーツが滑り落ち、マットレスにきつく縛りつけられた、やせ細ってしみだらけの腕があらわになった。フェンダーに引っかかってしまった車輪を彼らがはずし終わるころ、ジェロームは煙草を地面に落とし、火花がアスファルトに飛び散った。「クソ。行くか」そう言って彼は大きな体を壁から起こした。

パッチが来た夜、彼女は勤務中だった。パッチはレッドフック地区の川の近くでズボンもコートも身分証もなく、低体温症の状態で発見された。川に入って自殺しようとして未遂に終わったのだろうと推測された。彼は救急車内で心不全を起こし、運びこまれてきたときにはバイタルがぎりぎりまで低下していた。ひどい悪臭がしたものの、ホームレスのにおいとは違った。肺炎も発症し、もう助からないと誰もが思った。

その夜から一週間ももたないだろうというのが彼女の見立てだった。ところがパッチは三週間生き延びた。意識を取り戻す可能性はほとんどなかったものの、どうにか持ちこたえていた。ホームレスの避難施設に問い合わせても、彼らしい人物の記録はなかった。そもそも記録自体がそれほど多くはなかったけれど。誰に言われたわけでもないものの、彼女はできるだけのことをした。おそらく彼が名なしのホームレスではないと彼女の勘が告げていたからだろう。においはしたものの、彼はたいていのホームレスより清潔だった。ひげは整えられ、シラミもノミもいないし、傷や感染症もなかった。ただし脚にひどい切り傷があり、抗生物質での治療が必要だった。彼女はパッチのひげを剃ってやった。通常、冬に外で生活すると肌がかたくなりひび割れるが、彼の肌はそうなっていなかったし、手もきれいで、なめらかな爪は短く切りそろえられていた。ということは、最近施設で保護されたのにまた路上に戻ったか、それとも……さっぱりわからない。グロディン医師にも相談したが、彼はいつもどおり適当にうなずくだけで、彼女にクリップボードを渡すと、独特の変な歩き方で去っていった。

一週目にマンハッタンから来たソーシャルワーカーに、歯の治療記録を調べてはどうかと提案すると、彼は落ち着かなそうにもぞもぞし、ノートをペンで叩いて、首を振った。それはできませんが、行方不明者の報告に目を光らせておきますので。そのソーシャルワーカーがどんな男だったかよく思い出せない。ぶかぶかの茶色いズボン、ぺしゃんこの茶色い髪、口ひげ、いや、ひげがあったのはあごだったかも。唯一印象に残っているのは、シャツの裾がズボンから出て、ベルトに引っかかっていて、黒い針金のような毛の生えた青白いお腹がのぞいていたことだ。あの男は書類をきちんと上に提出しなかったんじゃないかと、彼女は疑っている。数週間経って、進捗（しんちょく）を聞くため電話してみたら、彼は退職したので別の職員が案件を引き継ぐと言われた。パッチの件がどうなっているか知りたいと食い下がると、受話器の向こうの女はムッとした声で、今は離職者が多くてばたばたしているから、しばらくお待ちくださいと言った。**待てますよね？　ね？　よろしい。**しかしそれから、その事務所から連絡が来ることはなかった。

　パッチのところに着く前にジェロームは、小便してくると言って大股で歩いていった。頭の中で、つけたままにしておくもの――そうすればあとでまた許可を得なくていい――のリストを作りながら、ひとりで先に病室に入る。点滴はもう取っちゃっていいわね。彼女はパッチの手を持ちあげてテープをゆるめた。そのときだった。強くはないが確実に、彼の手は彼女の手を握った。

「こんにちは。気分はよくなった？」彼の顔を見た。目が開いている。先週のようなうつろな目ではなく、しっかりと彼女に焦点が合っている。パッチの頭が枕の上で動いた。つまり、彼が自ら頭を動かした。その目には原始的な何かがあった。恐怖だ。

「わたしの声が聞こえますか？」彼女はパッチの手を握った。「聞こえますか？」

　彼はまた手に力を入れ、唇を動かすものの、聞こえるのは空気が出る音だけ。彼はもう一度声を出そうとした。かすかなうめき声。視線は彼女の顔の上を素早く動いている。

彼女はパッチの手を握ったまま、ベッドの脇に垂れていたナースコールにもう一方の手を伸ばして押した。

彼はパニックをたたえた目で彼女の顔を見ている。ピッピッという心拍の間隔が狭くなった。

「落ち着いてください。もう大丈夫ですから。もう安心です。わたしたちがあなたを診(み)てますからね」彼女に久々の感覚が訪れた。高揚。この人は死んでいてもおかしくなかった。そうでなくても植物状態になっていたかもしれない。ところが今こうして目を覚ましている。わたしのおかげで。わたしがパッチの看護をしてきた。もちろんひとりでじゃなく、同僚とだけれど、あの人たちはわたしほど気にかけてた？　わたしが体の向きを変え、清(せい)拭(しき)し、点滴をし、担当ではない日も様子を見にきた。なぜなら知っていたから。彼はいずれ目覚めるって。だからわたしが救ったと言ってもいいはずだ。

パッチは三十分以上起きていたあと再び眠った。彼女は彼が死んでしまうのではないかと不安だった。一瞬の覚醒のあとで意識レベルが急低下するのは珍しいことではない。しかし三時間後、パッチはまた目を覚ました。何か言おうとしているようだが、口をまったく動かせない。そこで彼女が質問をして、彼が手を握って答えることにした。自分が誰かわかりますか？　ぎゅ。住んでいる場所はわかりますか？　ぎゅ。ここに来る前どこにいたかわかりますか？　反応なし。ほんとうは、彼女がやるべき仕事ではなかった。専門家が診たがるはずだ。何カ月もの昏睡状態のあと意識を取り戻した彼を。奇跡などではないとわかっている。科学だ。でも奇跡のように**感じる**。彼女が起こした奇跡。聖ヘレン。いい響きだ。そう呼ばれるのも悪くない。

以上が、彼が言葉を発する三日前の出来事だ。彼女はその日の朝、真っ先にパッチの部屋に行って訊いた。「気分はどうですか？」

彼が彼女の手を握りかえすと、また訊いた。「お名前を言えますか？　名前がわかったら助けになれるので」

彼の唇がわなわな震え、音らしきものが出た。これまでのうめき声とは違う。

「もう一度やってみてくれますか？」彼女は彼の手の甲を撫でた。

かなり不明瞭な発音ではあったものの、何度も何度も何度も繰り返させた。そして聞き取った音が正しいかどうかと、彼が文字を読めるかどうかを確かめるため、紙に書いた。

彼女が書いたのは、**Bill**（ビル）。彼は首を振った。もう一度名前を言おうとしても、もごもごとこもった音しか出ない。

「最初の音だけやってみて」

男は目を閉じて、集中しようとした。口元に力を入れて発音する。Ｇ。唇の形、低い音、間違いない。彼女がメモ帳にＧと書くと、彼はほっとした表情でうなずいた。これでわかった。今度はＧｉｌｌ（ギル）と書く。こうですか？　あなたの名前はギル？　彼は書かれた名前をじっと見て、彼女の顔に視線を移すとうなずいた。目には涙がこみあげ、心拍数があがっている。

「じゃあらためて、ギル。はじめまして。あなたの気持ちが少しは楽になっているといいけど」

ギルは目を閉じ、鼻から大きく息を吐いた。

「よかったわ、ギル」彼女は言う。「ほんとにいいニュースよ。心配しないで。わたしたちがあなたを治します。必ず家に帰れるようにしますから」

# 訳者あとがき

バーモント州の自然に囲まれた一軒家で、平穏に暮らすダガン家。作家であり大学教授でもあるギル、大学講師として絵画を教えるかたわら自らも絵を描く妻モリー、部活動に熱心ではつらつとした長女クロエ、賢く心優しい次女イングリッドの四人家族だ。彼らのもとで、マンハッタンからやってきた甥のマシューが一緒に暮らすことになる。両親を不幸な事故でなくした彼は、未成年のため保護者が必要なのだ。彼らが住む州の成人年齢は十八歳だが、マシューはまだ十七歳だった。亡くなった父親は成功した銀行家だったので、彼は一生使いきれないほどの資産を相続していた。

突然孤児になるという悲劇的な境遇にもかかわらず、マシューは悲しんでいるそぶりを見せない。彼は次第にダガン家に溶け込み、家族の面々も彼に心を開いていく。ギル以外は。

ギルは、品行方正な甥が、邪悪な本性を巧みに隠しているのではないかと疑っていた。幼いころのマシューは素行が悪く、平気で暴力をふるう子どもだった。そして数年前に彼が起こしたある出来事をきっかけに、ギルの家族と姉の家族は疎遠になった。仲たがいしたまま姉と死に別れてしまったことを、ギルは悔やんでいた。

ところが現在のマシューは、無礼で暴力的な子ども時代とはまるで別人のように、もの静かで分別ある少年だ。学業も優秀な彼は、まだ高校生ながら、エセックス大学でギルが教える小説創作の講義を受けることになる。そして大学でもやはり、持ち前のカリスマ性ですぐに人気者になった。

そんななか、クラスで発表するためにマシューが書いてきた短篇小説が、ギルを戦慄させた。小説にはギルの家族と思われる登場人物と、その死が詳細に描かれていた。

それ以外にも、マシューの残虐性が垣間見える瞬間を、ギルは逃すことなくとらえた。ほかの誰も見ていないときにふと見せる冷たい表情、運動する彼から発散される荒々しいエネルギー。

しかし、そのシグナルの意味を理解しているのはギルだけのようだ。過去のマシューを知っているモリーは、初めこそ警戒していたものの、都会的で芸術に理解がある彼をいつしかかわいがりはじめていた。娘たちもハンサムで知的なないとこを頼りにし、上の娘クロエはときおり気のあるそぶりすら見せる。マシューが邪悪な人間だと考えているのは、大学の同僚や学生も含めて、ギルただひとりだった。

著者のネイサン・オーツは、本作の執筆に影響を与えた作家のひとりとしてウラジーミル・ナボコフをあげ、彼の読者を翻弄するような文体と、本質的に犯罪小説といえるものを融合させるやり方に興味があると述べている。

本書の巻頭に置かれた一文は、一九四八年に発表されたナボコフの短篇「暗号と象徴」から引用されている。老夫婦が精神障害で入院している息子に、誕生日の祝いを持っていく一日を描いた物語だ。息子は「言語強迫症」という病で、生身の人間以外のすべての事象、すなわち自然現象や身のまわりで起こることのすべてが、彼自身の存在に言及する暗号であると思いこんでいる。空は彼をじろじろと見つめ、その空に浮かぶ雲は彼に関する細々した情報をやり取りする。小石、何かの染み、木漏れ日などは模様を作ることでメッセージを伝達する。木々、流れる水、嵐、壮大な山々……ありとあらゆるものが彼についてであることないことを噂し、あるいは真実を言い当てる。息子は常に警戒し、暗号を傍受し解読しなければならないので、心が休まる暇がない。

すべての事象が彼に対する悪だくみであるという、息子にとって明白な事実は、他者には決して理解されない。両親にさえも。誰もが妄想だと信じて疑わず、医者は精神の病だと診断をくだす。

だが、その見方は正しいのだろうか。自然の何もかもが彼に関連する暗号だというのが真実である可能性を、誰がどうやって否定できるだろう。たとえそれが息子の世界のなかだけだったとしても。


ギルのマシューに対する疑念と、自分が家族を守らねばならないという責任感は、時が経つほどにエスカレートしていく。初めは小さな疑惑にすぎなかったのが、それ自体に意味はなさそうな些末な事実をつなぎあわせるうちに、確信へと変わっていく。しかし、ギルは不器用さゆえに自分の考えをうまく説明することができない。味方であるはずの妻にも、マシューの秘められた本性を伝えるチャンスをことごとく逃す。モリーは夫が不安定になっていく様を見て、パニック障害を再発したのではないか、極端な行動を起こすのではないかと危惧しはじめる。「暗号と象徴」の息子の精神世界が誰にも理解されないように、ギルが抱く少年への恐怖もまた、誰にも理解されない。

はたしてマシューはほんとうに、ギルの考えるようなモンスターなのか。それとも、些細な瞬間や出来事がマシューの邪悪さをほのめかすサインだと感じるのは、ギルの想像力が暴走しているせいなのだろうか。彼の思考に寄り添ううちに、読者はいつの間にかバーモントの暗い森の中に迷いこんだように方向感覚を失っていく。

ネイサン・オーツはこれまでに短篇集を一冊発表しており(未邦訳)、本作は初の長篇小説である。ブルックリンに家族と住むオーツは、ニュージャージー州にあるシートン・ホール大学で小説創作を教えている。現在イタリアを舞台にしたスリラーを執筆中とのこと。最後の最後まで誰を、何を信じていいかわからず、自分さえも疑いたくなるようなスリルを再び味わえると思うと、次の作品も楽しみでならない。

二〇二四年三月

訳者略歴　奈良県生，ブリティッシュコロンビア大学卒，英米文学翻訳家　訳書『あの夜、わたしたちの罪』フリン（早川書房刊）

HM=Hayakawa Mystery
SF=Science Fiction
JA=Japanese Author
NV=Novel
NF=Nonfiction
FT=Fantasy


# 死を弄ぶ少年

〈HM517-1〉

二〇二四年四月　二十日　印刷
二〇二四年四月二十五日　発行

（定価はカバーに表示してあります）

著者　ネイサン・オーツ
訳者　山田佳世
発行者　早川浩
発行所　株式会社　早川書房

郵便番号　一〇一 - 〇〇四六
東京都千代田区神田多町二ノ二
電話　〇三 - 三二五二 - 三一一一
振替　〇〇一六〇 - 三 - 四七七九九
https://www.hayakawa-online.co.jp

乱丁・落丁本は小社制作部宛お送り下さい。
送料小社負担にてお取りかえいたします。

印刷・三松堂株式会社　製本・株式会社フォーネット社
Printed and bound in Japan
ISBN978-4-15-186051-5 C0197




本書は活字が大きく読みやすい〈トールサイズ〉です。